赤い森

折原 一

祥伝社文庫

目次

第一部　樹海伝説

騙《だま》しの森へ

私はだめな男だ。もうこれ以上、生きてはいけない。可哀相だが、あいつらも私と一緒にあの世へ旅立ってもらおう。

ただ、私たちが生きていた証《あかし》を後世に残しておかなくてはならなかった。ここで一体何が起きたのか、後で鬼頭《きとう》家の「現場」に踏みこんできた連中に知らせる意味でも、記録を残しておくことが私の使命だと考えている。

さあて。では、始めるか。


九月二日、午後八時二十分、人間狩りのゲームの幕が、今まさに切って落とされようとしていた。

斧《おの》を持った人間から逃《のが》れようとして駆けまわる者たちの悲鳴。その人物は右手で斧を軽々と振りまわす。

ビュンと空気を切り裂く音が静寂を破る。

「やめて、お願いだから」

複数の悲鳴が深い木立を抜け、赤羽《あかばね》の住宅地のほうへ伝わっていった。

…………

こうして、血塗られた鬼頭家の伝説が始まったのである。だが、語り継《つ》がれているうちに、さまざまな小さなエピソードが積み重なっていった。そして、伝説は歪曲《わいきょく》され、真実の姿を隠し、何が本当なのか定かではなくなったのだ。

鬼頭家で一体何が起こったのか。十年以上もたっているのに、犯人はまだ森の中に逃げていた。

…………

1

「あの家で何が起こったのか、実際のところ、誰も知らないんだ」

民宿の主人は、ひび割れた太い手で剛毛に覆《おお》われた顎《あご》を撫《な》でながら、宿泊客の反応を窺《うかが》った。その民宿では、主人が囲炉裏《いろり》ばたで地元に伝わる昔話を語り聞かせるのを売りにしている。主人の年齢は不詳だ。三十代半《なか》ばとも見えるし、あるいは五十歳をすぎているようにも見える。

七月下旬のこの日は、東京のある大学のハイキングクラブの部員十人が宿泊していた。男七人に女三人だ。彼らは串に刺した鮎《あゆ》の塩焼きをかじりながら、主人の話に目を輝かせていた。

今日の話は樹海に伝わる怪談だった。真夏にもかかわらず、夜が更《ふ》けるにつれ、気温が下がっており、囲炉裏の火は暖をとるのにちょうどよかった。それでも、学生たちの背筋が冷えるのは、話の内容が真に迫っていて、かなり怖いからかもしれない。

「その人は作家だったんですね？」

　部長でリーダー格の児玉俊介《こだましゅんすけ》が聞いた。

「そう、亭主が作家で、妻が画家なんだ。それに、幼い双子《ふたご》の娘がいた」

「いつ頃の話なんですか？」

「十年くらい前かな」

「そんなに前の話じゃないのに、ずいぶん話が曖昧《あいまい》になってるんですね？」

「まあ、あそこは樹海の中だし、一度入ったら、地元の人間でも迷ってしまうほどのところだからね」

「そんなところによく住んでましたね？」

「もともと山荘だったのを買い取ったんだ。昔は踏み分け道があったんだけど、あの事件が起こって以来、誰も近寄らなくなって、今では道もなくなってしまったんだよ」

「ふうん、なんかおもしろそう」

　二年生の坂上麻衣《さかがみまい》は目を輝かせながら聞いていた。部長の俊介と麻衣は恋人同士だが、クラブの連中には知られないように付き合っていた。

「わたし、そこへ行ってみたいな。児玉先輩、明日みんなで行きませんか？」

「ああ、悪いことは言わないから、おやめなさい」

民宿の主人は苦笑しながら言った。「樹海に入ると、ほんとに道に迷って、外へ出られなくなるからね。それに、あそこは自殺の名所だから、浮かばれない霊がうようよいると思うよ」

主人は思い止《とど》まらせるために、話をわざと大げさに脚色したようだったが、麻衣はすでに乗り気になっていた。

「ねえねえ、先輩。いいでしょう?」

俊介にしなだれる形で、麻衣が近づいてきて、彼の顔をのぞきこんだ。淡い栗色に染《そ》めた長い髪がさらりと垂れ、Tシャツの胸元からほのかな香水のにおいが漂《ただよ》ってきた。

「ね、先輩」

「あ、ああ。おもしろそうだね」

俊介は酒が入って開放的になった麻衣に戸惑《とまど》いながら、さらりと話題を変える。

「その作家はどうして樹海に住む気になったんですか?」

「静かな環境で執筆しようと思ったんだろうね。それで森の中の荒れた山荘を改装して家族で住んだんだ」

「その廃屋《はいおく》にも不吉な伝説があったりして?」

「そうだ。そこも昔、首吊《つ》りが出てね。結局、誰も住まなくなったんだ」

「じゃあ、その家自体が呪《のろ》われてたんですね？」

「というか、寂《さび》しいところだから、住んでる人の頭が変になっちゃうんだと思うよ。いいかい、君たち。間違っても、あの森に近づこうだなんて考えないほうがいい」

民宿の主人は厳しい口調で言った。

「行きませんよ。これでも命は惜《お》しいですからね」

児玉俊介は、他の部員の目を意識しながら笑った。「それに、たとえ森に入ったとしても、その山荘を見つけることは無理だと思いますよ」

「絶対不可能だ。本を読むだけですませるといい」

「え、本があるんですか？」

「うん、一人の物好きな若者がいてね、森の中に入って調べた記録が残っているんだ」

主人はそう言うと、本棚の中に無造作に突っこまれていた小冊子を取り出して、児玉に手わたした。それは、学校の記念文集のような簡単な造りのものだった。

『遭難記――魔の森調査報告書』

ぱらぱらとめくってみると、森への入り方とその悲劇の起こった山荘に至るまでの過程が微に入り細にわたり克明に書かれていたのだ。だが、なぜか最後のほうが糊《のり》付けされていて読めないようになっていた。推理小説によくある袋とじ本に似ている。

「最後は読めないの？」と麻衣。

「うん、無理に破ると、糊で文字が剝《は》がれてしまうかもしれない」

俊介は剝がそうとしたが、結局あきらめた。

「この人は森から脱出できたんですね?」

俊介は主人に訊《たず》ねた。「だから、こうして記録が残っているんでしょう?」

「いや、その若者も失敗した」

主人はにやりとした。

「え、失敗? どういうことですか」

俊介は思わずごくりと唾《つば》を飲みこんだ。

「この記録は若者の死体のそばに落ちてたんだ。年に一回、自殺者の一斉捜索をするんだけど、数年前に消防団で山狩りした時、半ば白骨化した死体のそばに手帳を見つけてね。それをこうして本にしたというわけだ」

主人は「どうだ、怖いだろう」というような顔をして、一同を見まわした。重苦しい沈黙がその場に流れた。時々起こる火の爆《は》ぜる音が、よけいに恐怖をかきたてる。屋外の風の音が斧を振りまわす音に似ていた。

その時、坂上麻衣はうなじに誰かの吐息《といき》を感じた。彼女は囲炉裏部屋の背後の薄闇をふり返ると、きゃっと小さな悲鳴をあげ、俊介にしがみついてきた。

2

「それにしても、昨日は怖かったなあ」

翌日、朝食の後、湖畔の砂浜でミーティングが行われた。児玉俊介が今日のスケジュールを発表する前に前夜の怪談に話題を振ったのだ。

「でもさ、あれって単なる暗闇のマジックだよね。朝の明るい光の下で思い返してみると、ほんと、他愛《たわい》がない話なんだ。みんなもそう思わないかな?」

「ああ、同感だ。確かにそうだね」

三年の野々村直樹《ののむらなおき》が言った。彼は部長の児玉俊介と高校の時からの同級生だ。特に親友というわけではないが、なぜか高校のクラブも一緒、大学に入ってからも同じハイキングクラブに所属していた。

「俺の友だちが前にあの民宿に泊まった時も同じ話をしたらしいぜ」

その友だちが野々村に民宿を紹介し、野々村が児玉に合宿の宿泊場所に推薦したという経緯があった。「要するに、あれは主人得意のパフォーマンスなんだ。客の怖がる様子を見て楽しむという趣向さ」

「わたし、過剰に反応しちゃったみたい」

坂上麻衣はそう言って、照れ臭そうにうつむいた。

「坂上みたいな怖がりがいないと、話が盛り上がらないのさ」

俊介は、朝日を浴びてきらめく麻衣をまぶしそうに見た。昨夜は酔っていたので、彼女は俊介にべたべたとくっついていたが、今は平静をとりもどしているようだ。二人の関係も案外みんなは察しているのかもしれないなと彼は思った。

「それでさ、今日のスケジュールなんだけど、僕のほうから一つ提案があるんだ」

九人のメンバーが期待を込めた目でリーダーを見た。

「つまり、昨日の怪談の延長ってわけじゃないんだけど、あの森に入ってみようと思うんだ」

俊介がそう言うと、部員の間からいっせいに溜息《ためいき》が漏れた。ただ、溜息の色合いは、賛同を示すものと不満を示すもの、あるいは無関心を装《よそお》うものに分かれているようだった。

「俺は反対だな」

副部長の武田光一《たけだこういち》が即座に異を唱《とな》えた。「あそこは明るいうちは安心かもしれないけど、暗くなったら、やばいんじゃないかな。磁石もきかないって話だし」

そう言って、武田は湖の向こう側に広がる黒い森を不安そうに眺めた。

「危ないことはないよ。道に迷わないように目印をつけたりすれば、絶対に大丈夫さ。集団で行動すればいいんだから、危険じゃないと思うけどな」

「俺はやめとくよ。まだ死にたくないからな」

武田は頑《かたくな》に参加を拒《こば》んだ。

「臆病《おくびょう》だな」

俊介は皮肉を込めて言った。

「そういう問題じゃないんだ。命にかかわるから心配なんだよ。でも、児玉がどうしても行きたければ、勝手に行くといいよ。俺は単独行動をするからさ」

武田はぷいと横を向くと、足元の小石を拾い、湖に投げた。石が水面を蹴《け》るようにして何度か跳《は》ね、湖面に吸いこまれた。グループの中に起こった不協和音のように波紋が湖面を広がっていった。

「わかった。そんなに嫌なら、希望者だけで行くことにするよ」

俊介は苦笑して、残ったメンバーに声をかけた。「僕は樹海に行くけど、他に行きたい者はいるかな？」

案に相違して、俊介の計画に賛成する者は二人だけだった。坂上麻衣は嬉《うれ》しそうに両手を挙げた。もう一人は、おずおずと他人の目を気にするように手を挙げた。

「片岡《かたおか》も行くんだな」

二年の片岡哲哉《てつや》は、存在感が希薄で陰気な男だった。あまり人と話すこともなく、快活な学生が集まるハイキングクラブでは異質な存在だった。

「はい。行きます」

小太りの片岡は、強烈な陽射《ひざ》しに早くも汗をかき、ずり落ちる眼鏡《めがね》が気になるのか、しきりに直している。

「よし、他にいないか？」

俊介の呼びかけに応《こた》えるものは他にはいなかった。湖畔の砂浜に腰を下ろしていた副部長の武田光一がその時、おもむろに立ち上がり、メンバーの輪の中にもどってきた。武田は俊介に挑戦的な視線を投げてから、声をかけた。

「俺は衣笠山《きぬがさ》に行くけど、希望者はいないか？」

武田が湖の反対側にある小さな山を指差すと、部員の中からぱらぱらと手が挙がった。男子二人と女子二人だ。

「よし、俺を入れて五人だな」

武田は得意げに鼻をふくらませた。

「じゃあ、今日は別行動とするか」

俊介は少し悔《くや》しそうな顔をして、樹海のほうを望んだ。七月下旬の太陽はすでに東の空、衣笠山の真上に出ており、暑くなりそうな予感がした。

「ちょっと待って。あとの二人はどうするの？」

麻衣が言った。

「十人のうち、樹海に行くのが三人、衣笠山が五人でしょ。二人残るじゃない？」

「そうだ。大島《おおしま》と野々村はどうするんだ？」

呼ばれた二人のうち大島洋治《ようじ》は、まだ少年の面影を顔に残す一年生である。

「すみません。僕、体調が悪くて……」

大島の顔は蒼白で、立っているのもやっとという状況だった。

「病気か？」

「いえ、昨日の怪談を聞いてから眠れなくなってしまって、それでその……。一睡もできなかったんです。今、胸がむかむかして、とにかく倒れてしまいそうで……」

「なんだ、情けない奴だな。じゃあ、無理にとは言わないよ。民宿で寝ていたらどうだい？　今日も予約がとってあるから、かまわないだろう」

「はい、そうさせてもらいます」

大島洋治はそう言うと、口を押さえながら、よろよろと民宿のほうへ歩いていった。ただでさえ、部員の数が少ないというのに、相手の気をそこねて退部されるようなことになったらたまらないと俊介は思っている。最近の若い奴は軟弱だな、過保護は悪いことだと知りつつ、部員の機嫌をそこねないように気をつかう部長の自分も情けないと思う。

「困った奴だな」

俊介は苦笑いして、残った野々村直樹を見た。「おまえはどうなんだ」

三年の野々村は困惑した顔をして、首を振った。

「俺、従兄《いとこ》が昨日、交通事故で死んでね。急にもどらなくちゃならなくなったんだ」

「どうして、早く言わないんだよ」

「だって、さっき携帯に連絡が入ったばかりなんだ。ミーティングで話そうと思ってたんだけど、ちょっと話しにくくなって……」

野々村直樹はやや険悪になりかかった雰囲気の中で、話すタイミングを失っていたようだ。

「何を言うんだ。そういうことなら、かまわないよ。急いで帰ったほうがいい」

「わかった。そうする」

野々村は「じゃあ、悪いな」と言って、みんなに軽く頭を下げると、荷物をまとめるため民宿のほうにもどっていった。

「これで、八人になったな。でも、かえってこのほうが動きやすくなっていいんじゃないかな」

俊介は少し苦しまぎれに言った。「いくら日が長いといっても、時間がなくなるから、食料と地図を持ったら、出発しよう。いいね？」

結局、部長の児玉俊介の率いる三人と副部長の武田の率いる五人の二つのグループは、民宿で昼食用のにぎり飯を調達すると、それぞれのコースへとスタートしたのだった。

3――〈俺〉

俺は坂上麻衣が好きだ。恋い焦《こ》がれている、死ぬほど愛しているといってもいいくらいだ。

だが、残念なことに、彼女に俺の気持ちは伝わっていなかった。いつもシグナルを送っているにもかかわらず、彼女は鈍感なのか気づいてくれないのだ。

俺は常に麻衣を尾行し、彼女の住んでいるワンルーム・マンションの前に立ち、彼女の動静を窺っていた。何時に部屋を出て、何時に部屋に帰る。ゴミ捨て場に出したビニール袋の中もチェックし、彼女の体のこともすべて把握《はあく》していた。

電話番号も知っているし、携帯電話の番号も知っている。メールアドレスでさえ、すでに俺の知るところであった。俺の手にかかれば、麻衣のデータはほとんどすべて入手できるのだ。

ただ、俺にできないのは、麻衣と夜をすごすことだけだった。畜生《ちくしょう》、児玉の奴め。

あいつは許せない。あの二人ができているのは公然の秘密だった。クラブの仲間だって、みんな知っていて、知らないふりをしているだけなのだ。児玉は部長という立場を利用して巧《たく》みに麻衣に接近し、体をものにした。あいつだけは許せない。

だから、俺は児玉を亡き者にしたいと考えている。

だが、殺すとなると、すぐに捕まるおそれがあるので、何か妙案がないかなと考えているうちに絶好のチャンスが到来したのだ。

クラブの合宿。しかも、場所は樹海の近くだった。

これを利用しない手はない。宿泊場所は民宿だし、まわりは夜になれば、人けがなくなる。三日の間に絶対チャンスがめぐってくるはずだ。

俺はその機会を狙《ねら》っていたが、本当にうまい具合になった。天の配剤だろう。それも樹海の中に入るなんて。樹海に死体を隠せば、犯罪が露顕することはない。

俺は麻衣たちのあとを追うことにした。飛んで火に入る夏の虫。俺はスキップしたい気分だった。

4

「かえって、このほうがよかったよ」

児玉俊介は樹海に向かう湖沿いの道を麻衣と一緒に歩いていた。その五メートルほど背後から片岡哲哉が無言でついてきている。

「でもね、先輩。片岡君が邪魔じゃない？」

麻衣は小声で言った。

「樹海だから、人が多いほうがいいよ。もし万一のことがあったら……」

俊介が言葉を切ったので、麻衣は不安そうに聞いた。

「万一のこと？」

「人を呼びにいかせるとか、いろいろさ」

「助けを？」

「もし事故とかあったら、たいへんだろ？　この樹海に入ると、携帯が使えなくなるんだよ」

「嘘《うそ》でしょ？」と言いながら、麻衣は自分の携帯電話を取り出して、メールの着信をチェックした。「ほらね、十五分前に一件入ってる」

「そりゃ、今は電波を遮《さえぎ》るものがないからさ。森に入ったら、もう一度試してみるといい。絶対通じないから」

問題の樹海は目前に迫っていた。真夏の陽射しを浴びてきらきら輝く湖面とそれを囲む白い砂浜がまぶしいのとは対照的に、そこは一切の光を受け付けず、黒々と蟠《わだかま》るように存在していた。森の背後になだらかな山があり、その広大な裾野《すその》はすべて針葉樹林になっているようだ。いったん、そこに呑《の》みこまれたら、目印でもつけないかぎり、脱出するのはむずかしいにちがいない。

樹海の地図は存在する。昨夜、民宿の主人が見せてくれた小冊子に手描きの地図が載《の》っているのだ。山荘における事件の調査のために単身で乗りこんだ若者は、自分で歩いた道筋に目印をつけて、山荘までのルートを示していた。それなのに森を脱出できなかったのは、途中で不測の事態が起こったからだと思われる。それは何だったのか。小冊子の結末部分はなぜか糊のようなものがくっついて封印される形になっているのだ。

若者は道に迷い、何日も森の中を彷徨《さまよ》った。その挙げ句に食料が尽き、力尽きて息絶えたらしいのだが、半ば白骨化した死体は、皮肉にも森の出口からわずか百メートルのところで発見されたという。そんなわずかな距離で湖畔に出られなかったのは、ちょうど夏場で森の中の植物が繁茂していて視界を隠していたためだと推測できる。若者の記録をまとめた編者は、そのあとがきにおいて、そのような推理を開陳していた。

小冊子は、若者の手帳をコピーして綴《と》じてあるので、明らかに血と思われる黒い染みや指紋も一緒に写しこんでいて、読む者に臨場感をもって迫ってくる。

そうこうしているうちに、森の入口に着いた。俊介は背後をふり返り、片岡哲哉の到着を待った。小太りの片岡は少し遅れ気味で、額《ひたい》に汗をかいていた。黒縁《くろぶち》眼鏡がすべるのか、しきりに手で調整する。彼は強い陽射しを浴び、明らかにへばっているのだ。

「片岡、おまえ、大丈夫か？　調子が悪かったら、民宿にもどっていいんだぞ。森の中で足手まといになったら、僕らが困るからね」

「いいえ、大丈夫です。ちょっと暑かったものですから。森に入って涼しくなれば大丈夫だと思います」

片岡は口元に力ない笑みを浮かべた。

「じゃあ、ついてきていいけど、おまえは目印をつける係になってくれ」

俊介はナップザックから赤い紐《ひも》を取り出し、鋏《はさみ》と一緒に片岡にわたした。「途中、木の枝に結びつけておくんだ」

森は入口から見ても、その底知れぬ深さを彼らに見せつけた。林立する針葉樹の〝壁〟。俊介は立ち止まり、大きく深呼吸した。

「さあ、出発するぞ」

俊介は自分に言い聞かせるようにいった。午前八時十七分。森の中に一歩足を踏み入れると、急に涼しくなった。俊介は見えないバリアを通り抜けたような気がした。バリアの向こう側は湖畔とは別の世界だったのだ。

麻衣はTシャツから伸びている白くて細い腕を両手でさすった。

「寒いわ」

5――『遭難記』

樹海に入る。頭上を覆う鬱蒼《うっそう》とした森。太陽は中天高く昇《のぼ》っているというのに、密生した枝葉が太陽の光線を遮っているのだ。じめじめとして、とても暗く、そして寒い。

僕はもうここへ来たことを後悔しはじめている。

いや、弱気になってはいけない。僕には、あの悲惨な事件を研究する仕事があるのだ。樹海の中のあの山荘で一体何が起こったのか、実際に現場に立って、彼らの意識を体験し、それをつぶさに記録するのだ。

小説家はスランプを打開するため、閑静な環境の場所を求めていたという。現地に一人で暮らすよりはいっそのこと家族とともに住んでしまえと一年間、誰も住まなくなった廃屋を借りることにした。彼の妻も画家なので、四季折々の景色《けしき》を絵に止めることに積極的で、夫婦の利害が一致したことになる。それに二人の娘はまだ就学前で、人里から隔絶《かくぜつ》されたところに住んでも、それほど困ることはなかったのだ。

もともと山荘は森の周縁部にあったが、事件後、誰も寄りつかなくなり、森に吸収される形で呑みこまれ、地図でさえ、その位置がわかりにくくなっていた。

しかし、目印さえつけておけば心配はない。僕は黄色い紐を約三十メートルおきに枝に結びつけて、森の奥へ奥へと進んでいったのだ。

……………

6

児玉俊介は『遭難記』を手に持ち、そこに描かれた地図の通りに進んでいった。描かれたのは数年前だというが、記述に間違いはなかった。遭難した若者が入っていったのも今と同じ時期だし、森の茂《しげ》り具合や地形もほぼ一致していたのだ。

背後の片岡哲哉が時々立ち止まっては、枝に目印の赤い紐を結びつけ、前を行く俊介と麻衣のあとを追いかけてくる。そんなことの繰《く》り返しで、三人は森の奥へ奥へと進んでいったのだ。

不気味な静けさに満ちた森だった。鳥の鳴き声も聞こえないし、針葉樹林ということもあって、木々の葉擦《はず》れの音さえ聞こえないのだ。そして、歩いても歩いても景色に変化はなかった。道といっても明確に造ったものではなく、けものみちのようなものが木の間を右へ左へ曲がりながら奥へとつづいている。道を一歩逸《そ》れると、そこは深い森。地表は苔《こけ》むし、ところどころに腐《くさ》った倒木があって、緑色の苔に覆われていた。

俊介は一度だけ磁石を取り出してみた。

「わーお、針が全然動かないよ」

彼らはすでに森の中に取りこまれて、方向感覚を失っているのだ。手描きの地図があるので、何となくどの辺にいるのかわかっているだけだった。ふだんは饒舌《じょうぜつ》な麻衣も森の無言の圧力に呑まれているのか、言葉少なになり、ただひたすら俊介のあとを追っていくだけだ。

一時間ほどすぎた頃、森の切れ目に達した。そこだけ頭上の枝が丸く刈り取ったようになっており、真っ青な空が見えた。光が森の中に差しこみ、座るのに手頃な木の切り株三つを照らしていた。

「ここで休もうか」

俊介の声に麻衣がほっとしたように笑顔を見せた。

「あとどのくらいで着くのかしら？」

「この本によると、あと四時間くらいかな」

俊介はハンカチをポケットから取り出すと、麻衣のために切り株の上に敷いた。切り株はまるでつい最近伐《き》ったように真新しく、そのままでも服を汚すことなく座ることができた。麻衣は携帯電話が通じるか試してみた。

「ほんと、圏外になってる」

「ほらね」

「磁気が電波の邪魔をするとは思えないんだけど、変だなあ」

麻衣が首を傾《かし》げたその時、俊介は片岡哲哉の疲れきった様子に気づき、驚いて声をかけた。

「おい、片岡、どうした？」

片岡は休もうとはせず、ただ突っ立っているだけで、虚《うつ》ろな目を俊介たちに向けているのだ。

「おまえ、体調が悪いんじゃないか？　さっきも言ったけど、今ならまだ引き返せるぞ。目印がついてるんだから、そのまま元にもどればいいんだ」

「大丈夫です。先輩」

片岡は元気のない声で言った。

「おまえは大丈夫でも、僕たちがだめなんだぞ。あと四時間も歩かなくてはならないし、山荘に着いたら、同じ道を引き返すのにさらに五時間もかかるんだ」

「ほんとに大丈夫なんです」

片岡は初めて苛立《いらだ》ちを目に浮かべた。「僕を信じてください」

「わかったよ」

俊介はなだめるように言った。「とにかく休憩するんだ。いいね？」

片岡は力なくうなずき、切り株に腰を下ろした。

「片岡、あと十分したら、出発する。もし今以上におかしくなったら、絶対帰るんだ」

「わかりました」

片岡はハンカチで青白い額に浮かんだ脂汗《あぶらあせ》を拭《ぬぐ》い、うつむきながら、切り株の根元を這《は》っていたナメクジのような軟体動物を何匹も足でつぶした。

「気持ちの悪い人」

麻衣が小声で言ったが、俊介が「しっ」と人差し指を口にあててたしなめた。

腕時計を見ていた俊介が、それから正確に十分後、立ち上がった。

「さあ、遅くならないうちに出発だ。歩きながらでいいから、二人とも聞いてくれ」

俊介は遭難の記録に目を落としながら言った。「あと四時間で山荘に着いたら、三十分を建物の中の調査にあてて、それから引き返す。予定通りに行けば、そうだな、今日中に湖畔に出られるってわけだ」

彼はその時、ふり返り、片岡が切り株に座ったままなのに気づいた。

「おい、片岡。おまえ、やっぱりここにいろ。このまま歩いたら、絶対倒れてしまうよ。僕たちが山荘に行って引き返すまでここで待ってるんだ。そのほうがいい。これは命令だと思ってくれ」

「わかりました。そうします」

片岡は今度は素直に俊介の言葉に従い、目印に使っていた赤い紐と鋏を麻衣にわたした。

児玉俊介と坂上麻衣は、こうして二人で森のさらなる奥へ分け入っていったのである。

7──〈俺〉

やった、やった。奴らがついに二人きりになった。これで狙いやすくなったぞ。児玉をやっつけてから、麻衣を襲うのだ。

俺は樹海の中、彼らのあとを追っていった。道に迷わないように赤い紐で目印をつけるなんて、愚の骨頂である。俺は尾行しながら奴らが結んだ紐をすぐ後からはずしていった。たとえ俺から逃げようとしても、帰り道はわからないのだ。すぐにやっつけるのはもったいない。奴らをいたぶっておいてから、ゆっくり料理する。

それには、紐をはずして、奴らを森の中で迷わせてしまうのだ。そんなことをしたら、俺自身も迷子《まいご》になってしまうって？

ふん、ばかめ。

俺はこの森の中に骨を埋《うず》めてもいいくらいの覚悟で来ているのだ。麻衣と俺だけの世界。他人の干渉を受けずに暮らすのに、この樹海ほど条件に合っている場所はないのだ。

俺たちはあの事件の起きた山荘で二人で幸せに暮らすのだ。それで、めでたしめでたしさ。

ただし、麻衣にも苦労をしてもらわなくてはならない。

さんざん俺を無視、いや愚弄《ぐろう》した罰だ。俺の愛情がこもった監視をストーカーだなんて決めつけた罰だ。そして、俺を意識しながら、児玉に体を捧《ささ》げた罰。そんなことは、あばずれ女のやる恥知らずの行為だ。それを治すには特別のメニューが必要だった。愛の鞭《むち》だと思ってほしい。そのメニューをこなして、初めて俺の女にふさわしくなる。

麻衣は完全には腐っていない。体の中の膿《うみ》を出してしまえば、俺の理想の女になるにきまっている。雨降って地固まるっていうじゃないか。その後、俺たちは深く深く結ばれるというわけだ。ハハッ、理想的なカップルだな。

今日、帰る時、奴らは紐がないことに気づいて泡を食うはずだ。時間はどんどんすぎていき、いくら日が長いといっても、すべてを覆い尽くす漆黒《しっこく》の闇が訪れる。楽しい、楽しい夜がね。

奴らはそんなことも知らないで、楽しそうに前を行く。おいおい、楽しんでいるのも今のうちだぞ。俺が何をやろうとするのかわかったら、児玉の奴め、失禁することだろうよ。

俺は麻衣が結んだ紐を気づかれないようにはずしていく。

さあ、そろそろおもしろくなってくるはずだ。

森はさらに深くなり、道はいよいよ迷路のようにわかりにくくなる。

8

道が完全になくなった。

もともと、けものみちほどの細い道だったが、それでもクマザサの中に何となく人が通れる程度の隙間《すきま》があった。それも『遭難記』の記述がなければわからないほどの幅だ。それが突然なくなってしまったのだ。

「道が終わってるわ」

麻衣が不安そうに声を上げる。

「うん、まさにこの本の記述通りだ」

一方の児玉俊介は例の小冊子を読みながら、いささかも動じることはなかった。「つまり、この人の書いているように、道がいきなりなくなっているということは、この本が信用できる証拠なんだよ」

「でも、その人、遭難したんでしょ？」

「遭難する前に、ちゃんと山荘に辿《たど》り着いているのさ。だから、心配することなんかないんだ」

麻衣はそれでも不安そうに背後をふり返る。

「帰る方向もわからないわ」

「僕がついてるから安心して」

俊介は麻衣の肩を抱き寄せて、彼女の頬《ほお》に軽くキスをした。

「だめよ」

「誰も見てないから、平気だよ」

「片岡君がどこかで見てるかもしれない」

「あいつなら、あの空き地で何時間でも座ってるさ。道の出口がわかるように僕はここに多めに目印をつけておく。帰り道にここまで来れば、地図がなくても樹海を出られるさ」

そう言うと、彼は道の両側にせり出している二本の枝に赤い紐を二重に結び付けた。

「さあ、遅くならないうちに先へ進もう」

そこからは、木と木の間の狭《せま》い隙間を歩いていく。遭難者の記述によれば、森の向こうのほうにかすかに明るいところが見えるとあるが、確かに森の薄闇の中に一条の光が差しこんでいるような気がした。

……僕は不安だった。この樹海の中に取り残されたら、一人では帰れないのだから。でも、せっかくここまで来たのだから、前へ進むしかなかった。道なき道に入る前に目印となる木に傷でもつけておこう。僕はナイフを出して、ちょうど人が万歳をしているように枝を伸ばしている木に深い切れこみを入れた。さあ、出発だ……。

（『遭難記』より）

「ほらね、ここだ」

俊介は遭難者の記述の通りに万歳の形をしている木を指差した。その張り出した枝に確かにナイフで切った痕《あと》があった。切ってからかなりの時がたっているので、切られた箇所は濃緑色に変色し、一部に宿り木のような植物や苔が生《は》えていた。

「本の作者がここから入った証拠さ」

そう思って見ると、確かに人が歩ける程度の道があるような気がするから不思議だ。森全体が溶岩台地のため、下生えが少ない。足に露がつくとか、鋭い葉で足を傷つけるようなこともなかった。

問題なのは、地面に凹凸があるので、転びやすいことだった。麻衣が一度、苔にすべって転倒しかけた。彼女がきゃっと悲鳴をあげたので、俊介はすぐに起こしたが、白いジーンズの尻の部分に少し苔の染みがついた。

「足元に気をつけてね」と注意を促《うなが》すが、足元ばかりに目が行くと、進むべき方向を見誤るおそれもあり、俊介だけは『遭難記』を見ながら前方にも注意を払った。
「ねえ。今、変な音、聞こえなかった？」
道なき道に入ってから十五分ほどして、麻衣が突然立ち止まり、びくびくと背後をふり
返った。「がさって音がしたような気がするの」
俊介も立ち止まり、森全体を見まわすが、物音はしない。太陽がちょうど真上にあるら
しく、濃密な木の隙間から細かい光がシャワーのように降ってきて、森の中に幻想的なム
ードを醸《かも》しだしている。
俊介は麻衣の肩を叩《たた》き、「大丈夫、気のせいだよ」と言った。野生動物さえ棲息《せいそく》しない
不気味な森だけに、ちょっとした物音でも大きく反響してしまうのだ。
「わたしのストーカー、こんな森の中までついてくるかしら」
「さあ、どうだろう。そいつが誰なのか、君は知ってるの？」
「わからない。でも、わたしの身近にいることは確かよ」
「そんなに執念深い奴だろうか」
「いつもわたしのまわりにつきまとってるのよ。あれと同じ粘《ねば》っこい視線を、今わたし、
はっきり感じるの」
「まあ、大丈夫さ。もしストーカーがいたら、そいつにだって遭難する危険性があるんだ

ぞ。それに僕たちの会話、聞かれてるおそれがあるから、声を低くしたほうがいい」

俊介は苦笑して、麻衣の唇に軽くキスをした。彼女はすぐに元気な笑顔をとりもどして、俊介の手をつかみながらハミングした。それが二人の気分を軽くし、冒険を楽しいものにしたのだ。

9――〈俺〉

畜生、あいつら、ずいぶん楽しそうじゃないか。

でも、歌をうたっていられるのも今のうちだけだぞ。そのうち、おまえらは森の中に取り残されて、地獄の苦しみを味わうことになるのだ。ハハハと笑いかけて俺は慌《あわ》てて口を閉ざした。

この森の中は不気味な沈黙に包まれていて、少しの物音をたてても響いてしまうのだ。あいつらに気づかれたら、俺の計画は頓挫《とんざ》する。いや、頓挫しないまでも、あいつらの抵抗に遭《あ》って、俺もトラブルに巻きこまれるかもしれない。

ここは、音がしないよう細心の注意を払って、奴らのあとを追うだけだ。俺は奴らがつける目印をはずしながら、ゆっくりついていった。

待ってろ、麻衣。

おまえは俺のものだ。愛してる、愛してるぜ、麻衣。

10――『遭難記』

……歩いても歩いても道はなかった。僕はひたすら苔の上を歩いていく。

不安だ。とても不安だ。僕は間違った道を通っているのだろうか。地図を見ても、磁石が使えないのだから、全然頼りにならない。右を向いても左を向いても、前後を見ても、景色はほとんど変わらないのだ。不気味なほど同じ景色、無表情な針葉樹。信じられるのは時計だけだが、すでに午後一時をまわっている。

腹がへった。死ぬほどへった。そろそろ飯を食べよう。

そう思って、適当な休憩場所を探したが、見つからなかった。地表はじめじめしているし、座れるような木の切り株もない。

その時、僕は人の気配を感じた。殺気といってもいい。

嘘だ。こんなところに人がいるはずがない。誰かが僕を待ち伏せしているのだろうか。

まさか、そんなはずはないだろう。

いや、待てよ。あの家族を皆殺しにした小説家は、どこへ行ったのかわからないのだ。

十年の時がたてば、すでに死んでいると見るのが妥当だが、もしかして……。

いや、そんなはずはない。

と思ったその時、僕はいやなものを見てしまった。

ああ、こんなところでよくやるよ。

そう、自殺者だ。左手前方の大木の枝にロープが結びつけてあり、そこに人がぶら下がっていたのだ。男であるのは、その服装や体型でわかった。

あの小説家ではありえない。背広を着ているし、死んだのも比較的最近であるようだ。

死体は腐臭を放《はな》っていた。淀《よど》んだ目が虚ろに空をにらみ、そこが腐って熟れすぎた柿のようになっている。不思議なのは、死体に群がるはずの蠅《はえ》や昆虫、小動物類が全然いないことだ。ここが樹海だと知って、不潔な虫たちも自《みずか》ら出られなくなるのを恐れて近寄ってこないのだろうか。

僕は慌てて目を背《そむ》けたが、首が不自然に長く伸びたその腐乱死体の映像は網膜に強く焼きつけられ、その腐臭も鼻粘膜に膠《にかわ》のように付着した。

くそっと思って、そこから駆けだした。

足が木の根に捕らえられ、僕はたちまちすべって転び、前頭部を打った。ああ、意識が朦朧《もうろう》とする。僕はどうなってしまうのだろうか。

…………

「わたし、また変な気がする。誰かに監視されてるようないやな感じがするの」

そう言って、麻衣が俊介の背中に体を寄せてきた。「わたし、怖いわ。もう帰りましょう」

11

「そんなはずはない。君の気のせいさ」

俊介は正面から麻衣を強く抱きしめる。「さあ、気を取り直して、僕についてくるんだ」

麻衣の背中を抱いて、前進しようとした俊介は、左手前方にいやなものを見てしまった。『遭難記』に書かれている通りだった。道が間違っていない証拠ではあるが、こんなものを見て嬉しいわけがない。彼は麻衣の目に触《ふ》れさせないように、彼女の体を右のほうにまわした。だが、遅かった。俊介の視線を追って、麻衣もそれを見てしまったのだ。

彼女がきゃっと言って失神しそうになったのを見て、彼は慌てて両手を彼女の脇の下に入れてすくい上げた。

「気をしっかり持つんだ。ここは樹海なんだ。自殺志願者が入りこんで、人知れずに死んでいく。そんなところなんだよ」

「わかってるわ。それを承知で来たんだもの。わたし、もう大丈夫。絶対に負けない。だって、あの人は死んでるんだし、わたしたちを襲ってくるわけがないもの」

麻衣は俊介の体を押しのけて、挑戦するように首吊り死体を見た。

「君がそう言ってくれて嬉しいよ。さすがに気持ちのいいもんじゃないけど、これを道しるべだと思って、このまま進むしかない」

俊介は『遭難記』に書いてあることが真実であるのを、ある意味で心強く感じた。この小冊子を信じるなら、目的地まであと一時間なのだ。

「今の人、背広を着てたわね？」

首吊り死体が見えなくなってから、麻衣が言った。「あの人に何があったのかしら。死ぬためにこの森に入るまでにどんなドラマがあったんだろうって、わたし、すごく興味がある」

「死に場所へ背広なんか着て来るのが、なんか興味深いね。樹海と正装のミスマッチっていうか……」

「家族は自殺したことを知ってるのかしら？」

「いや、知らないだろうな」

「だったら、背広のポケットを見て、身元を調べたほうがいいんじゃない？」

「村の消防団が見つけるさ。毎年、樹海の捜索をするっていうからね」

「でも、変なんじゃない？」

「何が？」

「だって、消防団が調べたとしたら、『遭難記』に書いてある首吊り死体はどうなの？」

麻衣は一つの疑問を出した。「本にある死体とさっきの死体は別物なんじゃないかしら。記録されてから何年もたってるのよ。背広は真新しい気がするし、とても何年も前のものとは思えない」

「うん、それは……」

俊介は言葉に詰まった。

「本の記述が正しいとすると、同じところで別の人が自殺したことになるけど」

「そ、それは……」

その先を口にするのは、ある意味で恐ろしいことだった。同じ場所で二人の人間が首を吊って死んだだなんて。俊介は麻衣を納得させられるような解答を必死に考えたが、正解を見いだすことはできなかった。

「昼食にしようか」

俊介は麻衣の気持ちを逸らせる意味で言った。

「食欲がないの。先を急ぎましょう」

麻衣が先に立って歩きだした。

12──〈俺〉

うへっ、気持ち悪いぜ。

俺は危《あや》うく声を出しそうになった。前を行く二人が突然立ち止まり、何かを見つけたようだった。それから、二人がまた歩きだしたので、俺はゆっくりそこへ近づいていったのだ。音をたてないように足元に注意を払っていた時に、いきなり目の前に人が現れたので俺は肝《きも》を潰《つぶ》しそうになった。

「く、首吊りだ」

言ってから、慌てて口を手でふさいだ。風もなく、湿った空気が淀む森の中で、そいつは死んでもなお恨《うら》みを誰かにぶつけようとしているかのように、ふらふらと揺れていた。こんなところにまで律儀《りちぎ》に背広を着てこなくてもいいのに。そんなばか正直だから、人生ゲームから落伍《らくご》するんだ。ふん、愚《おろ》か者め。

背広がほとんど古びていないので、最近の死体かなと思ってよく見ると、死体はミイラ化しているようだった。窪《くぼ》んだ真っ黒な眼窩《がんか》が俺を恨むかのように見ていた。

畜生。夢にうなされそうだぜ。

おまえの怒りは、あいつらに持っていくんだ。俺と一緒にな。

俺は気を引き締めなおして、奴らの後を追っていった。

もちろん、目印の紐ははずしながらだ。

13――『遭難記』

……気がつくと、薄闇が迫っていた。もともと森の中は樹影が濃くて薄暗い。それでも、宵《よい》が迫っているのは、空気のにおいでわかった。まだ二時にもなっていないのに、宵を感じさせるとは……。これから引き返すとしても、日没前に樹海を出るのは困難であろう。

このまま山荘を見つけることができなければ、僕はこの気味の悪い森で野宿をしなければならない。それだけは絶対に避けたかった。

焦燥《しょうそう》感が次第につのってくる。

その時、僕は水の流れるような音を耳にした。

川だ。森の中を川が流れているのだ。地図にはなかったが、おそらく小川のようなものだろう。一週間ほど前、大雨があったので、その溜まった水が流れていることが考えられた。

僕は急に喉《のど》の渇《かわ》きを覚え、音のするほうへ進んだ。やがて、幅一メートルにも満たない小さな流れに出た。水筒は持っていたが、すでに半分以上飲んでいる。むだにできないので、僕はひざまずくと、流れに口をつけた。

まさに清流。うまい水だった。僕は水筒にその水を入れた。地図には載っていないが、この小川の上流のほうに問題の山荘がありそうだ。

滅入りかけていた気分がまた持ち直してきた。僕は気持ちが変わらないうちにさらに森の奥へ進んでいった。

…………

14

「先輩、何か聞こえない？」

麻衣が突然立ち止まり、耳に手をあてた。

「川の流れみたいな音がするんだけど」

児玉俊介も立ち止まって、耳をすました。確かにちろちろと小さな音がする。沈黙の森の中で、それは異質であるため、かえって耳につくのだ。

「僕たちの進行方向が間違っていないってことだ」

俊介が音のする方向を見定め、そっちへ進んでいくと、やがて幅一メートルほどの清流に出た。彼は体の深奥《しんおう》から力が漲《みなぎ》るのを覚えた。『遭難記』の内容の正しさは、森の奥へ進むごとに証明されているのだ。本の記述が正しければ、あと三十分で目指す山荘に到着する。

「水を飲んでみよう」

俊介はそう言うと、遭難した若者のように小川のほとりにひざまずいて、直接流れに口をつけた。冷えていて、くせのない水だ。広大な裾野を持つ山に降った水が地中で濾過《ろか》され清水となって流れてきている。まさに天然のミネラル・ウォーターだった。

「うまいぞ。麻衣も飲んでみろよ」

「わたしはやめておくわ。なんか、汚らしい感じがする」

麻衣は俊介が飲んでいるのをただ不安そうに見守っているだけだった。「おなか、壊すわよ」

「そんなに神経質になるなよ」

俊介は立ち上がると、小川を跳び越え、麻衣にも跳ぶように指示した。

だが、麻衣は着地する時に湿った土に足をとられ、バランスを崩した。俊介が両手を差し延べたので、何とか転倒を免《まぬか》れたが、彼女はかなり疲労しているようだった。目的地まであと少しだが、この辺で最後の小休止をとっておいたほうがいいのかもしれない。

二人は倒木の上に座って遅い昼食をとった。俊介は空腹感を覚え、にぎり飯をぱくついたが、麻衣はあまり食欲がないようで、二口かじったくらいでやめて、水筒に入れたスポーツドリンクだけを飲んだ。それでも、休んだことで彼女は少し元気をとりもどしたように見えた。

「早く行って、早く帰りましょう」

「わかった。小川に沿ってのぼっていけば、そんなに時間はかからないはずだ」

川沿いの道は落ちた針葉樹の葉が積み重なっている。水分をたっぷり含んでいるので、適度なクッションとなっていて、わりと歩きやすかった。二人は無言のまま、川を遡《さかのぼ》っていった。

途中、俊介は川の中に光るものを見つけた。何だろうと思って、冷たい水の中に手を突っこんで引き上げてみると、清涼飲料水の空缶だった。

「これは……」

彼の頭の中に違和感が湧《わ》いた。この飲み物はテレビのコマーシャルで最近よくやっているものだ。この夏に向けて大々的に売り出したもので、アイドル歌手の歌うコマーシャルソングが大ヒットしていた。ということは、この缶が捨てられたのは……。

「最近誰かがここに来てるのよ」

俊介の顔に浮かんだ不安を麻衣はしっかり読みとっていたようだ。「このドリンクって、新商品よ。出てからまだ一ヵ月もたっていないと思う。だから、最近誰かがこの森に入っているのよ。こんな森の奥まで」

麻衣の目に恐怖の色が広がっていくのを見て、俊介の背筋を冷たいものが走った。だが、彼の抱いた恐怖感を彼女に見せるわけにはいかなかった。いたずらに恐怖を拡大させ、収拾がつかなくなるおそれがあるからだ。

「いや、入ってきてもおかしくないよ。森の外から直線距離にして十キロもないんだからね。それに、さっき見た自殺者にしたって森の奥深くまで入ってきてるんだし……」

と言いかけて、彼女が両手で口を押さえているのを見て、今の話が不適切であることを知った。「いや、たとえばの話だよ。僕は誰でも簡単にこの森に入ってこれるということを言いたかったんだ」

もしかして、この飲料缶を捨てた者が自殺志願者であって、どこかで命を絶《た》っている可能性もあるのだ。それとも……。

「とにかく、ここまで来たんだから、先に進もう」

俊介はこの森の持つ魔力にとらえられている自分を意識しつつ、麻衣の肩を軽く叩いて、前進するよう促した。

麻衣は力なくうなずいて、俊介とともに小川のわきを上流に向かって歩きだしたのだ。ここでは、目印をつける必要はなかった。

15——『遭難記』

……小川沿いを黙々と歩くうちに、僕はついに山荘に到達した。

もうそこへは辿り着けないのかなとあきらめに似た気持ちが僕をとらえかけていた時だっただけに、嬉しさは格別だった。同じような濃灰色の木々がえんえんとつづく森の中、頼りになるのは小川の流れだけで、僕はひたすら歩いていたのだ。川があるからには、その起点となる場所があるはずだという思いだけで僕は歩いた。

そして、どれくらいたっただろう。ふと足元から目を上げると、木の間《こま》越しに森と色合いの違った何かが目に飛びこんできたのだ。

黄土色《おうどいろ》の何か。薄暗い森の中では場違いな気がするほど明るいもの。僕は浮き立つ気持ちを抑えながら、足を速めた。そして、ついに「そこ」に到達したのだ。

そこは森とは別世界だった。森がその家の敷地まで迫っているが、家の中心部からコンパスで描いたように半円形の広場ができているのだ。まるで森が家に手を触れるのを恐れているかのようにも見える。

西に傾きかけた太陽の強い光線がスポットライトを浴びせるように、その家を照らしていた。血管が破裂しそうになるくらい、僕の心臓はどきどきとしてきた。かつてここで陰惨な殺人事件があっただなんて、この眩《まぶ》しいほどに輝いた建物を見ただけでは想像もつかない。今にも双子の娘たちが玄関から飛び出してきて、僕を歓迎するのではないかという錯覚《さっかく》にとらわれたくらいだった。

そこには幸福な家族の住居があった。十年前にタイムスリップしてしまったと思うくらい、広場には雑草一本生えておらず、芝生《しばふ》は青々として、手入れが行き届いているように見えたのだ。

だが、誰がここの手入れをしているのか。湖畔の宿の人の話では、もう何年も誰もあそこには近づいていないという話だった。

箱型のブランコがあった。公園でよく事故を起こすというあれだ。鉄製の遊具は錆《さ》びることなく、鮮《あざ》やかな色彩の塗装もそのままだ。無風状態なのに、ブランコがかすかに揺れているように感じられた。

森を抜けて、「広場」に足を踏み入れた僕の目が、その時、山荘の窓に向かう。カーテンが閉じられているので、そこが惨劇の舞台だったことが容易に信じられなかった。もしかして、僕は間違ったところに来てしまったのだろうか。森の中に双子のようによく似た別の山荘があっても不思議ではない気もするのだ。

玄関のそばに花壇があって、赤いガーベラがまさに夏の陽射しを浴びて活き活きと咲き誇っていた。ちゃんと水やりがなされていなければ、こんなに元気よく草花が育たないだろう。

僕は木の段をのぼってポーチに達した。

ドアの上から紐が下がっていて、それを引いて訪問を告げるようになっているらしい。真新しい紐を僕はゆっくりと引っ張った。山の分校の授業開始を告げるような鐘の音が荘重に鳴った。

応答がなかったので、僕はもう一度紐を引っ張った。

それでも応答がないので、僕は家の中に声をかけようとした。その時、ドアに鍵が掛っていないことに気づいた。ドアは軋《きし》むことなく、なめらかに動いたのだ。

16

児玉俊介は『遭難記』と同じ展開になったことに驚いていた。

小川を遡ること約三十分で、俊介と麻衣はその広場に達した。なるほど、そこだけ深い森が覆い尽くすのを断念したかのように広場になっていて、そのほぼ中央に二階建てのログハウス風の家があったのだ。

ただ記述と違うのは、家の前の芝生が茶褐色になっていることだった。しかし、無人になってからかなりの歳月が流れており、その間手入れがなされていないのであれば不自然ではない。家の前の花壇にはガーベラではなく、サルビアの毒々しい花が咲いていた。種類は違うが、同じ赤色の花だ。

「麻衣、着いたよ」

俊介が言うと、麻衣は安堵《あんど》したような明るい笑みを浮かべた。

「やっと笑ってくれたね。君の笑顔を見るとほっとするよ」

麻衣は枯れた芝生の上を歩きながらブランコに向かった。彼女はところどころ赤錆びている遊具に乗ると、無邪気な幼児のように漕《こ》ぎだした。油が切れてキーキーと耳障《みみざわ》りな音を立てる。その音が俊介に時の長さをいやでも感じさせた。

彼は廃屋の前に立ち、家の全体を観察する。一階と二階の窓にはレースのカーテンが閉じられている。それだけを見ると、住人が旅行で不在のようにも思えるが、家自体は明らかに死んでいた。不気味に静まり返った家。

その時、ぐわあっと断末魔《だんまつま》の叫びのような声が静寂を鋭《するど》く破った。ドキッとして頭上を見ると、一羽の烏《からす》が上空をすさまじい勢いで飛んでいって、たちまち視界から消え去った。まるで誰かに追い立てられているかのように慌てて……。

彼は胸に兆《きざ》した不安を抑えながら、麻衣を残して玄関への階段を上がった。ポーチに立って庭をふり返ると、麻衣は相変わらず一人でブランコを漕いでいる。

俊介は呼吸を整えると、ドアの上の壁から吊り下がった紐を引っ張ってみた。カランコロンと鳴り響く鐘の音は、まさに遭難した若者の聞いた音色そのものにちがいない。多少はくすんだ音が玄関の外に流れ出て、森の中に吸収されていった。

遭難者はここでドアの鍵が掛かっていないことに驚いたはずだ。

表札には「鬼頭」と書いてあった。

鬼頭武彦《たけひこ》。気がふれた作家の名前だ。

俊介は大きく深呼吸すると、ドアのノブを握った。真鍮《しんちゆう》製の丸い握りからビリッと静電気に触れるような痺《しび》れが走った。慌てて手を引っこめ、手に息を吐《は》きかけて少し湿らせた。それから再びノブに触れて、引こうとした時、彼の背中に誰かの手が置かれた。

「うわっ」と驚いてふり返ると、麻衣がおどけた顔で舌を出していた。

「やあい、びっくりした？」

「こいつめ」

右手の拳《こぶし》を振り上げようとしたその時、背後でギイイと骨の軋むような音がした。ドアがひとりでに開き、家の中から黴臭《かびくさ》い淀んだ空気が流れだしてきたのだ。

今度は麻衣がきゃっと悲鳴をあげた。

「大丈夫だよ。誰もいないはずだから」

俊介は麻衣を後方に下がらせてから、自らドアを引いて、家の中に首を突っこんだ。玄関ホールは窓から差しこむ外光でうっすらと明るい。試しに手近なところにあるスイッチを押してみたが、当然のことながら明かりはつかなかった。

彼の背中に貼《は》りつくように麻衣が家の中に入ってきて、何もないことを確認すると、今度ははしゃぎだした。

「とても素敵なところじゃない？」

「そうだね。ここで陰惨な殺人事件があったなんて、ちょっと信じられない」

これまでずっと歩いてきて、少し汗ばんだ肌にひんやりとした室内の空気は心地よかった。空気の中に血のにおいはないし、床に埃《ほこり》だって積もっていない。まるで今朝掃除したばかりのように清潔な印象だった。

ホールは吹き抜けになっていた。天井には吊り下げ式の照明があり、鬼頭家の一家団欒《だんらん》の光景が容易に目に浮かんでくる。『遭難記』の筆者はこう書いている。

……ホールの奥にダイニングルームとキッチンがある。鬼頭の妻が料理を作り、テーブルでおなかをすかしている二人の娘に運んでくる。夫はパイプをくゆらせながら、椅子《いす》に座り、ウィスキーの水割りを飲んでいる。そんなイメージが脳裏に浮かぶのだ。

ホールに接して右と左に部屋が二つずつある。玄関に近い左右の部屋は施錠《せじょう》されていて、開かなかった。物置のようになって、使われていないのかもしれない。右手奥の部屋はドアが開いていた。用心しながら中をのぞいてみると、部屋の中央にイーゼルが置いてあった。ここは画家だった妻のアトリエのようだ。

部屋の隅《すみ》に大きな木箱があって、油絵の額が無造作にいくつも放りこんであった。その中に十号ほどの大きさの絵が一際目《ひときわ》を引いた。

僕はその油絵を取り出して、イーゼルに立て掛けてみた。鬼頭一家四人の絵だ。まるでフランス人形のような幼い双子の姉妹を真ん中に挟んで鬼頭夫妻が幸福そうな笑みを浮かべている。みな着飾っているところを見ると、七五三などの祝い事の記念に描かれたものかもしれない。絵の右下に「M.Kitoh」と鬼頭の妻のサインがある。額の裏を見ると「団欒」とタイトルが筆で記してあった。

まさに平和そのものの鬼頭家だ。何が原因で、この平和な家庭が壊《こわ》れてしまったのだろうか。窓のレースのカーテンを開け放つと、ちょうど太陽の光線が差しこんで「団欒」を照らした。僕は一瞬、四人の家族たちが嬉しそうに微笑《ほほえ》んだような思いにとらわれた。幸福と地獄の落差に思いを馳《は》せ、僕は物悲しい気分でその部屋に立ち尽くしていた。

その時、窓の外に何かが動くのが見えた。……


（『遭難記』より）

ホールの玄関に近い左右の部屋は、『遭難記』の記述と同じく、施錠されていて開かなかった。空室になっているようだ。俊介はホール右手奥のアトリエのドアを開けた。『遭難記』をガイドブック代わりにして、部屋の中を探検するつもりだ。少ない時間を有効に使うにはそれが手っとり早い。

アトリエの中には、イーゼルが置いてあった。そして、そこには絵が飾られていたのだ。まるで俊介たちの到着を心待ちにしていたかのように。

ここも床には塵《ちり》一つ落ちていなかった。麻衣が「まあ、素敵な絵があるのね」と言って窓側に向いている絵をのぞきこんだ。

「でも、みんな、ずいぶん悲しそうな顔をしてるわ。まるでお通夜みたい」

「え、嘘だろ?」

俊介はそう言って、イーゼルに掛かった絵を見た。「ほんとだ」

『遭難記』の記述にあるように平和な一家団欒の風景ではなく、これから悲劇に向かう一家を予感させるものが四人の表情に見えた。悲しみの感情を抱き、心に屈託《くったく》を抱《かか》えているような感じなのだ。

『遭難記』の筆者が見た油絵とは違うものなのか。それとも、同じ絵を見て、筆者と俊介たちの感想が違っているだけなのか。額の裏には「困惑」と記してあった。

「みんな、顔は笑っているけど、泣き笑いみたいな感じね。ここで悲劇が起こったという先入観があって、そう見えるのかなあ」

麻衣の言うのが正解なのかもしれなかった。

「あら、誰かいる」

窓のレースのカーテンを開け放った麻衣が突然叫んだ。

「どこに？」

「森の中で白いものがちらっと動いたような気がしたんだけど」

麻衣は彼らが入ってきた森の辺りを指差した。俊介は目を凝《こ》らして見てみたが、何も見えなかった。

「錯覚じゃないの？」

「確かにいたのよ、誰かが」

見ているうちに、森は濃灰色からさらに黒さを増しつつあった。

17――（俺）

俺は奴らが山荘に入っていくのを確認した。

そろそろ仕掛ける時が来ているかと思うのだが、どのように児玉俊介を襲ったらいいか、まだ考えがまとまっていなかった。あの山荘の中なら、麻衣がいくら叫んでも誰にも聞こえないし、気づかれるおそれもないのだ。俺と麻衣は幸せな愛を育《はぐく》む。あの作家一家のようにな。

児玉とまともに戦ったら、激しい抵抗を受け、こっちのダメージが大きくなるから、背後から隙を見て襲うのがいいと思う。もう少し暗くなるのを待つか、それとも奴らが森へ出てくるのを待って、やっつけるか。

まだ時間はたっぷりある。

俺は木の間から山荘を見ていたが、その時、窓のカーテンが揺れた。予期していなかったので、顔をひっこめるのが少し遅れた。

奴らに見られなかったらいいのだが。

麻衣、もうすぐ迎えにいくぞ。待ってろよ。

18

「ほら、誰もいないじゃないか」

児玉俊介は笑いながら麻衣の頭を軽く叩いた。

「だって、そんな気がしたんだもの」

麻衣は甘えた声を出して、俊介の胸に顔を埋める。彼は急に麻衣が愛《いと》しくなって強く抱きしめた。

「片岡君かしら?」

「ばかだな。あいつにここまで来る勇気はないよ。臆病者だもの」

「彼がストーカーよ、たぶん」

「それだったら、話は簡単だけどね」

俊介は苦笑した。

「たぶん、今頃、あいつは樹海の外に出ているさ」

「紐を頼りに？」

「そうさ。僕たちのあとをついてくることはできないと思う」

俊介は麻衣の肩を抱いて、アトリエを出た。「じゃあ、今度は作家の仕事部屋に行ってみるか」

彼は『遭難記』の次のページを開いた。


……僕は何か違和感を覚えながら、アトリエを出て、その部屋の対《つい》の位置にある部屋へ入った。そこは明るいアトリエと違って、なんと陰鬱《いんうつ》な部屋なのだろう。日当たりはいいはずなのに、カーテンが遮光《しゃこう》用であるために、外の光がほとんど入ってこないのだ。昼なお暗い部屋。まさにスランプに陥《おちい》った作家の仕事部屋だ。

僕の時計はまもなく二時になろうとしていた。正直言って、この部屋にはあまりいたくないが、ここに家族惨殺に至った秘密が隠されている可能性もあるので、じっくり見ておく必要がある。

僕は遮光カーテンを開け放ち、外の光を取り入れた。

と、その時だ。背後で何かが動く気配がした。

どきっとしてふり向くと、それは人ではなくて柱時計だった。今まさに短針が「Ⅱ」を指し、時を告げようとしていた。肝を震わせるような大きな音が二度鳴ると、時計はまた不機嫌な沈黙の世界に入った。

時計が動いている。そんなばかな。あのときから時を刻みつづけているというのか。時間はぴたりと合っている。まるで誰かが定期的にネジを巻き、調整しているかのように。アンティークの時計なので、ネジを巻かなければ、時計は時を刻むのをやめるはずなのだが。

時計が事件の起こった時刻のまま止まっているのも不気味だが、動いているのはなおさら不気味だ。

それから、僕の視線は丸太の壁に接して設置してあるデスクに向かった。鬼頭の執筆作業はそこで行われたのだろう。

驚いたことに、デスクの上には万年筆と原稿用紙がいつでも仕事を始められるかのように置かれていた。パソコン全盛時になっても彼はかたくなにペンで小説を書いていたのだ。

デスクの脚元に丸められた紙がいくつも捨てられている。スランプに陥っていたのか、紙の数が多いように感じられた。

僕は一番手近にあったくしゃくしゃの紙を拾い上げて、開いてみた。

「うわっ」

……………

（『遭難記』より）

児玉俊介は鬼頭武彦の仕事部屋に入ると、まずカーテンを開けた。

それから、デスクの下に落ちている丸められた紙を開いてみた。

「何て書いてあるの？」

麻衣も別の紙を拾って、開けてみた。

「書けない、書けない、書けない」

原稿用紙の枡目《ますめ》を大きくはみ出した金釘《かなくぎ》流の文字。首を切断されてのたうつ蛇のような文字が、作家の苦悩を表現していた。その文字の醸しだす力が、どのような大作家が生み出す名文よりも書き手の心中を雄弁に物語っているのだ。

麻衣はその文字に合わせて、声に出してみた。すると、彼女の声は別の人間の口から漏れるように太く響きわたった。

「こっちも同じ文面だ」

俊介は他の丸められた紙も拾い上げると、デスクの上に広げ、並べてみた。「どれもみんな、『書けない』って書いてあるよ」

「相当なスランプだったみたいね」

麻衣は大きな吐息をついた。

「なぜ悲劇に向かったのか、小学生だってわかるパターンだ」

「情けない男だったのね。自分に負けて、家族を巻きこんでしまったんだから」

「まあ、こんな人里離れたところに住んでたら、近所の人間と交流がないだろうし、精神的におかしくなっちゃうかもしれないね」

「この人、樹海の中で一人で勝手に死ねばよかったのよ。奥さんや子供たちを巻き添えにするなんて卑怯《ひきょう》だわ」

「でも、この男の死体は見つかっていないんだ」

「森へ逃げたのね？」

「いや、わからない。樹海から脱出したのか、それとも樹海のどこかで人知れず死んだのか、今となっては調べようがないんだ」

「生きている可能性もあるのね？」

「あるかもしれない」

その時、突然、時計が二回鳴った。柱時計の振り子が揺れている。今も時を刻んでいるのだ。二人はぎょっとして顔を見合わせたが、麻衣がすぐに沈黙を振り払うように質問をつづけた。

「三人はどうやって殺されたの？」

「寝室で斧のようなもので切り殺されたらしい」

「わあ、残酷」

麻衣は両手を口の前で握り合わせた。「寝室はどこにあるの？」

「二階だよ」

その時、部屋の中がさあっと暗くなった。まるで売れない作家を咎《とが》めた彼らを部屋自体が作家に成り代わって非難するかのように。

「雲が厚くなってる」

窓の外を見た俊介が眉間《みけん》にしわを寄せる。「一雨あるかもしれないな」

「帰れなくなるってこと？」

麻衣が眉根《まゆね》を寄せた。

「いいや。夕立ならすぐにやむから、ここで雨宿りすればいい。森の中にいると、かえってひどいことになる。帰る前に二階のほうをざっと見ておこう」

二人は仕事部屋からホールに出ると、吹き抜けをめぐるような階段をのぼって、二階へ向かった。『遭難記』の筆者は次のように書いている。

……惨劇に至る秘密の一端を知った僕は、吹き抜けの階段をのぼり、二階へ上がった。二階の手すりからは玄関のホールが見下ろせるようになっている。

怖くないといえば嘘になる。こんなところに来なければよかったと後悔する気持ちもあった。けれども、やはり、怖いもの見たさや、好奇心があるのも事実だ。

鬼頭一家はどうなったのか。彼らにどのような災難が降りかかったのか。

階段のそばに書斎らしき部屋があった。書棚一つとデスクがあるだけで、がらんとしていた。ホールを見下ろせる手すりのある通路の奥の右手に一室、左手にもう一室があるが、おそらく双子の娘たちの部屋と夫婦の部屋になっているのだろう。

僕はまず右手の部屋に入ることにした。

ドアを開けようと、ノブを握った瞬間、僕の体はその場に凍《こお》りついた。なぜなら、ノブの上に大きな裂け目ができていたからだ。そう、斧を思いきり叩きつけたような痕が三つも四つもあった。鍵穴の上の部分にちょうど大人の拳が入るくらいの穴が開いており、血《けっ》痕《こん》とおぼしき黒い染みがぎざぎざの木の裂け目に付着していた。小説家は斧でドアに穴を開けた後、手を突っこんだ時に腕に傷を負ったらしい。それから、彼は部屋に逃げこんだ家族を外へ引きずり出そうとしたのだろう。

僕は生唾《なまつば》を飲みこみ、ドアを開けた。

壁に接して二段ベッドがあった。ここは双子の寝室なのだ。

他に段ボールの中にぬいぐるみが無造作に突っこんであった。色褪《あ》せたテディベアが悲しげに……。

（『遭難記』より）

二階の部屋のドアには斧で破られたような痕はなかった。

「あら、ここにテディベアがある」

双子の部屋に入ると、麻衣は真っ先に段ボールに気づき、ぬいぐるみの中からテディベアを取り上げた。

「可哀相に」

色褪せた熊のぬいぐるみは、無邪気な目をして麻衣を見上げる。この古びた人形は悲劇の一部始終を目にしていたにちがいない。

二段ベッドの下段に写真のフレームがきちんと立てかけてあった。双子だけの写真で、今も褪色《たいしょく》することなく鮮やかな色合いを残していた。写真から判断すると、まだ四歳か五歳といったところだろう。二人とも撮影者に向かって元気な笑顔を見せ、Vサインを作っている。

写真の手前のほうに撮影者の黒い影が映っているが、それは父親だろうか、それとも母親なのだろうか。

麻衣の目が潤《うる》んでいる。彼女は洟《はな》を啜《すす》りながら、写真立てをベッドにきちんともどすと、瞑目《めいもく》し、合掌《がっしょう》した。

「さあ、次へ行こうか」

俊介は腕時計に目を落とす。二時半。階下の時計が一つ鳴った。ごろごろごろと足元を揺らすような振動があった。そして、部屋の中が俄《にわか》に暗くなってきた。

「雷だ」

彼は窓へ行って、カーテンを開け放った。分厚《ぶあつ》い雲がいつの間にか空を覆い尽くしていた。稲妻《いなずま》が光り、ほとんど間をおかず雷鳴が轟《とどろ》いた。バチッと電気がショートするような光が近くの木で走り、間髪《かんはつ》を入れず、ズドーンと凄《すさ》まじい地響きがした。

麻衣が悲鳴をあげて俊介の胸に飛びこんできた。彼は麻衣の長い髪を撫でながら、背中のナップザックごしに彼女を抱きつづけた。

「大丈夫だよ。すぐにやむさ」

俊介の慰《なぐさ》めにも、麻衣の震えは止まらない。

「わたしたち、間違ったところに来ちゃったんじゃないかしら。こんなことまでしないでも……」

「その先は言わないで」

俊介は麻衣の唇に手を触れた。

「あいつがいるのよ。どこかに隠れてる」

「いたとしても、この家にはいないはずだ。森にいたとしたら、今頃、びしょ濡《ぬ》れでたいへんだよ。大丈夫、僕がついてるから、君は心配する必要はない」

その時、窓の下を黒い影が走った。稲光がその人物を闇の中に浮かび上がらせたのだ。

それは俊介しか目にしていない。もし今の状況で麻衣が見たとしたら、彼女はパニックに陥ってしまうはずで、彼としては絶対それは避けたかった。

19――(俺)

分厚い雲から湖の水を全部ぶちまけたと思うくらいの雨が落ちてきた。

俺は森の中にいるので、それほど影響は受けないと思ったが、そんなことはなかった。

凄まじい雨は、森を突き抜くほどの激しさで落ちてくる。雨はいったん深い森に吸収されたかと思うと、重さに耐《た》えきれなくなった葉が一気に水を落としてくるのだ。

さすがにこれにはまいった。

どこかで雨宿りをしなくてはならないと思って、俺は山荘へ駆けだした。土砂降りの雨の中、駆けていく俺を稲妻が一瞬照らしだす。

俺は突然ライトを浴びた夜行性の動物のように足を止め、空を見上げた。

くそっ、見られたかもしれない。

ちょうど二階の右手の部屋の窓に人の顔がちらっと見えたような気がしたからだ。こうなったら、素早く仕掛けていくしかないのかもしれない。建物の横を走り抜けて、背後にまわると、物置小屋が見えた。助かったと思い、俺は迷わずそこへ飛びこんだ。

埃のにおいのする空間で、俺はずぶ濡れのシャツを脱いで、絞った。それからまた服を着て、懐中電灯をつけた。

ほう、これはいいぜ。物置の中には、薪《まき》が散乱していたが、木材伐採用の道具類が置かれていたのだ。その中には斧や鉈《なた》があった。俺は迷わず斧を取り上げた。

ずっしりと重いが、手にしっくりくる重さだ。片手で振ってみると、ぶるんと空気が振動する。俺は快感に酔いしれる。こいつで奴らを追いつめるのだ。

これから人狩りゲームが始まる。

待っていろ、麻衣。おまえを俺に服従させる。そう、動物のようにな。

児玉俊介、おまえは殺す。

20

「この部屋を出よう。もう一方の部屋を探検するんだ」

児玉俊介は持参してきた懐中電灯をナップザックから取り出すと、ほとんど宵闇に近い暗さの部屋の中でスイッチを入れた。

彼は『遭難記』の次のページを開け、光をあてた。

それから、ざっと読んだ。

「何が書いてあるの？」

麻衣がのぞきこんできた。

「いや、ちょっと刺激が強すぎるかも」

俊介は冊子を閉じると、麻衣の背中を押しながら子供部屋を出た。

……事件の記憶が生々しい子供部屋。僕はほうほうの態《てい》で通路を伝って同じ階にある夫婦の寝室へ向かった。

そこのドアもやはり子供部屋と同じく斧で破られた形跡があった。子供たちは父親の魔の手を何とかふりきり、母親のいるこっちの部屋に来たものと思われる。母親はその夫の狂気に気づき、娘たちを部屋に入れて内側から鍵を掛けるのだ。だが、作家は斧を持ってドアに迫り、「早く開けろ」と要求する。必死で娘たちを守る妻。しかし、斧の前には限界があった。殺人鬼と化した夫は、ドアを打ち破り、部屋に押し入ってくる。

そんな生々しい惨劇を夢想しながら、僕はドアを開けて夫婦部屋に入った。

ふと血のにおいを感じたのは、凄惨《せいさん》な事件に影響されているためだろうか。僕は吐き気を覚えながら、部屋に一歩足を踏み入れ、室内を見まわした。殺人鬼が物陰に隠れて僕を狙っているのではないかとふと考えたのだ。

いや、そんなはずはない。あの事件から何年もたっているのだし、ここはただの廃屋なのだ。恐怖は僕の頭が生み出した、ただの妄想なのだ。

怖くなんかない。怖いとは思うな。ここはがらくた。過去の事件の遺物なのだと自分に言い聞かせれば、何のことはない。

僕は頭を振ってから目を開けた。

床が濡れていた。

赤く黒く……。

…………

（『遭難記』より）


俊介が夫婦部屋のドアを開けた時、ふっと生臭《なまぐさ》い血のにおいを嗅《か》いだような気がした。

『遭難記』の記述が多分に影響しているのかもしれない。

背後の麻衣が彼のシャツを引っ張った。

「大丈夫だ。落ち着け」

何度同じ言葉を繰り返しているだろう。俊介は励《はげ》ましの言葉を麻衣だけではなく、自分に対しても掛けているのだ。

「変なにおいがする」

麻衣の声は震えを帯びていた。

「まるでお魚屋さんに来たみたい」

「ここはやめて、一階に降りようか」

俊介は開いたドアを閉めかけた。部屋は暗いので、何も見えないが、今のうちなら見ないで引き返すことができる。遭難した若者が見たものは、床に流れているおびただしい量の血痕だったのだ。今それを見ることは、麻衣にいい影響を与えないだろう。

「うん、無理に見ることはないかも」

彼女がそう言った時だった。またしても凄まじい雷鳴が家全体を揺るがし、近くに落雷があった。ぴかっと光った一瞬に、夫婦部屋が感光したように浮かび上がった。その光景は二人の網膜に鮮烈に焼きついた。

まるで、たった今、凶行があったような生々しい赤と黒の染みが床全体についていたのだ。そして、二人のほうにむかつくようなにおいが漂ってきた。

麻衣が悲鳴をあげた。

殺人鬼にたった今襲われたような衝撃が彼女を襲ったのだ。

21――〈俺〉

何だ、今の悲鳴は？

俺が物置を出た時だった。

女の悲鳴？

俺が襲う前に誰かにやられたのか。俺は物置を出て、山荘に向かった。

雨はやや勢いを弱めていたが、それでも土砂降りであることに変わりはない。俺はぬかるんだ地面に足をとられ、派手に転倒し、仰向《あおむ》けに転がった。があんと後頭部を打ちつける。意識が朦朧としかけたが、降りつづく雨がまた俺の意識を取りもどさせた。

溺死《できし》しそうなほどの大量の雨を浴びながら、俺は立ち上がり、山荘の裏口に達した。鍵が掛かっていなければ、ここから入るつもりだった。転んだことが俺の怒りを倍加させていた。畜生。おまえらのせいだ。おまえらがこんなふざけた森に入ってこなければ、俺はこんなひどい目に遭わずにすんだのだ。

ばかやろう。

裏口の鍵は掛かっていなかったが、開かなかった。ノブはまわるものの、立て付けが悪いのか、それとも湿気でドアが膨張したためか、ドアは押しても引いても動かないのだ。

くそ野郎。俺はドアを蹴りつけた。

爪先《つまさき》から電流のような痛みが脳天まで走った。

こうなったら、何か策略を考えなくてはならない。俺はずぶ濡れになりながら必死に考える。

22

夕立が急速に勢いを弱めている。あれほどまでに暗かった上空が、みるみる明るくなっていく。

雷鳴は起こるたびにだんだん遠ざかっていくのがわかる。雲の厚みが薄くなり、雲の切れ間から薄日が差してきた。雲は左手のほうに流れていっているが、おそらく雲の向かう先が東だと思われた。ということは、この家は南に向いて建っていることになる。
児玉俊介は失神した麻衣を背後から支えながら、呆然《ぼうぜん》として夫婦部屋の入口に立ってい
た。どのくらいの時間がたったのか。一時間なのか、それとも五分くらいなのか、俊介の
意識から時間の概念が失われている。
目の前に展開する無残な光景は、彼の当初の予想を大きくうわまわっていた。
「残酷すぎる、生々しすぎる、可哀相すぎる」
俊介はつぶやいた。外が明るさをとりもどすとともに、部屋の中の全貌《ぜんぼう》も見えてきた。
西に傾いた太陽の光がちょうど窓から床にかけて斜めに入ってきて、ほとんど彼の足元ま
で達した。
部屋の中央にダブルベッドが据《す》えられていた。その上に三人の死体が整然と並べられて
いたのだ。
だが、落ち着きをとりもどすとともに、それらが人形であるのがわかった。確かに床に
は血の痕らしき汚れが広範囲にわたっているように見えたが、実際は真紅のカーペットだ
ったのだ。人形は誰かがこの事件を風化させないように置いたものなのかもしれなかっ
た。
あの生々しいにおいも、死体に見えた人形が生み出したまやかしだったのだろう。今は
何のにおいもなく、草木をすりつぶしたような青臭いにおいがするだけだ。

「麻衣、しっかりしろ。大丈夫だよ」

俊介が麻衣を揺り動かすと、彼女はようやく意識をとりもどし、目を見開いた。彼女が悲鳴をあげる前に、彼はそれが人形であることを素早く説明した。

「ああ、驚いた。でも、いくら人形でも気味が悪いわ」

「まあ、確かにね」

麻衣はベッドに近づくと、人形に触れてみた。マネキンに使われるタイプのもので、成人女性が一体と子供が二体。いずれも白人風の顔だちだが、場違いな感じが、かえって不気味で生々しい。

「結局、何も起こらなかったわね」

麻衣はほっとしたように言った。「でも、『遭難記』の人は何て書いてるの？」

「そこだけ破り取られてるんだ。ほら、ページが二ページ飛んでしまってるだろ？」

冊子のそのページは手で無理やり引き裂かれたらしく、ぎざぎざになっていた。

「ほんとだ。誰かが破ってる」

「彼は何かを見て、パニック状態になってこの家を逃げだすんだ。だけど、慌ててたから、道がわからなくなって、森で迷子になってしまう。それが彼が命を落とした原因なんだな」

「わたし、そのつづきを読んでみたい」

「それができないんだ」

「なぜ?」

「だって、結末のほうが糊付けされてるんだよ。前に話したと思うんだけど、無理に破ると、糊で文字が剝がれてしまうかもしれない」

「そうだったわね」

「偶然糊が付いたのか、意識的にやったのか、僕には判断できないけどね」

「封付きのミステリーか」

「この本のことは忘れて、今は僕たちのこれからのことを考えたほうがいい」

「わかった。前向きに考えるのね」

「そうだ」

「じゃあ、雨も上がったことだし、もう帰ったほうがいいかもね。早くしないと森から出られなくなるから」

「もう遅いかもしれない」

「それ、どういうこと?」

麻衣は怪訝《けげん》な顔をした。

「あとちょっとで日が暮れてしまう。今、四時すぎだから、これから帰ったとしても森の中で暗くなってしまう。そんなことになるより、ここで夜を明かしたほうが安全だと思うんだ」

「ここで？」

麻衣はこわごわと部屋の中を見まわした。窓から望むと、日没まではまだ間があるはずなのに、太陽は樹海の木々の向こうに消えていた。心なしか部屋の中に薄闇がまぎれこんでいるような気がする。

「だって、食料は？」

「それなら、心配はないよ。そんなこともあるだろうと、菓子パンとかチョコレートを多めに持ってきてるんだ。一晩や二晩はへっちゃらさ」

「明かりは？　こんな暗いところに閉じこめられたら、わたし、気が狂いそう」

電灯のスイッチはあちこちにあったが、明かりはつかなかった。その代わり、各部屋にランプがあり、わずかながら灯油が入っていた。

「懐中電灯を持ってきた。あと、キッチンに蠟燭《ろうそく》とマッチがあるので有効に使えそうだ。ここにはベッドもあるし、森の中で夜を明かすよりずっと安全だよ」

「みんな、心配しないかなあ」

麻衣は自分の携帯電話を出して、民宿の番号を押した。だが、相変わらず「圏外」の表示が出てきた。

「だめかあ。ここはやっぱり魔の森なんだわ」

「一晩くらい、ピクニック気分でいいんじゃないかな。僕たちだけなんだし」

「うん、二人っきりね」

麻衣はぱっと顔を輝かせ、俊介に抱きついてきた。「長い二人だけの夜と思えばいいんだ。ここだったら、誰にも邪魔されないものね」

「殺された家族の亡霊が出るかもしれないぞ」

「いやだあ」

麻衣はふざけて俊介の胸を拳で叩いた。

23——〈俺〉

樹海の森の果てに太陽が落ちていく。

この時期、平地では七時までは明るいが、ここは樹海の奥の奥。四時半をまわれば、太陽の光は木々に遮られ、届かなくなるのだ。

俺は山荘の裏の物置の中で日が暮れるのを待っていた。豪雨の中、奴らを襲うより、夜の闇の中、奴らを恐怖のどん底に突き落とし、それからゆっくり料理するのが得策と判断したのだ。あと少しで樹海は闇の世界に変わる。俺はそれまでに計画をじっくり練るのだ。

酒を持ってくればよかったが、森で夜をすごす展開になるとは予想もしていなかったので、仕方がない。児玉を始末して、麻衣をこの手で抱くことを考えれば、酒のないことなんかどうでもいい。

腹の底で怒りがふつふつとたぎっている。体の芯《しん》からの熱が濡れた服をたちまち乾かした。樹海は日中でも涼しいが、日が落ちるとともに、さらに気温が低下していく。それに反比例して、俺の怒りは燃え盛っていくのだ。

麻衣は大学の同じクラブに所属している。

クラブの溜まり場にしている喫茶店で最初に彼女を見た瞬間、俺は恋に落ちてしまったのだ。やや小柄だが、全身が健康的な活力で漲っていた。一目惚《ぼ》れは生まれて初めての経験で、俺は病気のようになってしまった。そう、恋の病《やまい》だ。

だが、悲しいことに、俺は小心者だ。面《ひと》と向かって麻衣に心のうちを打ち明けられなかった。俺は悶々《もんもん》と毎日をすごし、彼女の独り暮らしのマンションへ行ったり、尾行したりした。もちろん、悪い虫がつかないかどうかチェックするためだ。ゴミ袋の中も漁《あさ》ったし、彼女の体調のことも全部知っている。

そんな時に、よりによって部長の児玉俊介と関係ができてしまうとは。児玉は部長の「特権」を使って彼女に接近し、ものにしてしまった。口先だけの軽い男であることは誰もが知っている。ああいう甘いマスクの長身の男に女はころっとまいってしまうのが、悲しいかな、現実なのだ。

だが、俺はあきらめない。たとえストーカーと呼ばれようが、俺のよさを麻衣に知ってもらい、児玉と別れさせる。強引にな。その絶好のチャンスが今度の合宿だったのだ。しかも、樹海の中に自ら飛びこんでいくとは、児玉も愚かな奴だ。かえって、憐《あわ》れみを覚えるぜ。磁石もきかないし、一度入ったら、九十九パーセント脱出することは不可能な樹海なのだ。民宿の主人が口を酸《す》っぱくして忠告していたではないか。

「あの森には行くな」と。

奴らはその忠告を無視して、森へ入った。そして、脱出できなくなったのだ。そう、児玉は人知れず死に、俺と麻衣は森の奥で幸福な生活をいとなむ。誰も俺たちのところに来られないし、死んだ児玉を探し出すことはむずかしい。

警察だって、児玉が樹海の中で迷い、野垂れ死んだと信じるはずだ。たとえ地元の消防団が人海戦術で探そうと、この広大な森を全部カバーするのは至難のわざ。証拠は何も見つからないだろう。こんないい隠し場所は日本中どこを探してもないと俺は思う。

自業自得《じごうじとく》。児玉はこの世から姿を消すが、みんなすぐに忘れてしまうにちがいない。フフッ、哀れな奴だ。

気がつくと、物置の扉の隙間から夜の闇が忍び寄ってきた。いくら俺でも、この山荘は気味が悪い。あんな禍々《まがまが》しい事件が起こったところだからな。幽霊が出てこないことを祈るしかないなと思うと、急に愉快な気分になり、俺は笑った。腹の底から大声で笑ったが、誰にも聞かれる心配はなかった。

俺はゆっくり立ち上がり、頬を両手でぴしゃりと叩いた。途端に笑いの発作《ほっさ》は収まり、俺の全身は緊張感に包まれたのだ。

さて、どこから攻めていくか。相手を油断させる方法はないか。まず、俺は頭をふり絞った。表から堂々と乗りこんでいくか、それとも裏口を無理やり破って押し入るか。最初の判断はけっこう重要だと思うのだが……。

24

「今、何か聞こえなかった？」

坂上麻衣は耳を屋外のほうへ向け、人差し指を口にあてた。「ちょっと静かに」

俊介と麻衣は一階に降りてきていた。玄関のドア、裏口のドア、各部屋の窓が施錠されているかどうか確認してから、ホール奥のダイニングルームで楽しく語らっていたのだ。テーブルの上に蠟燭を立て、その淡い光がロマンチックなムードを演出していた。麻衣はすっかり遠足に来たようにテンションが高くなっている。

「いや、何も聞こえなかったけど」

俊介は立ち上がり、窓のカーテンを開け放った。庭を取り囲む森は、無言の圧力を彼のほうに送ってきていた。森ははっきり見えないものの、その存在を感じているだけで薄気味悪い。雷雨があったのが嘘のように上空は晴れわたっていた。

無数の星が輝いている。あの星たちを民宿にいる連中はどんな思いで見ているのだろう。今夜は合宿の打ち上げで、湖畔でキャンプファイアーを予定していたのだ。帰ってこない俊介と麻衣を心配して、捜索を依頼しているのだろうか。樹海の途中で脱落した片岡哲哉はどうしているだろう。あいつは腹の底で何を考えているのかわからないのが不気味だった。無事、「計画」が完了すれば、明日我々は湖畔に出て、「やあ、心配かけて、ごめんね」と言うつもりでいる。

「何か見えた?」

俊介は、麻衣の声にふと我に返った。

「いや、何も見えないよ。ほら、屋根から雨の滴《しずく》が落ちてきているんだ。あれだけ降ったんだから、雨垂れがあっても不思議じゃないよ」

彼はふり返り、彼女を安心させるようにうなずいた。「おなかが空《す》いたから、食事にしようか。コーヒーがないのは残念だけどね」

「あら、わたし、缶コーヒーを二つ持ってきてるけど」

「おう、ありがたいね」

二人は缶を開けると、テーブル越しに乾杯した。

「なんか、わたしたちだけの夜って、すごく素敵じゃない？」

「卒業したら、毎日二人で暮らせるよ」

俊介は照れながら言った。

「あら、それって……」

それまで屈託なく笑っていた麻衣が、急に恥ずかしそうにうつむいた。

「卒業したら、僕たち、結婚しよう」

麻衣が顔を上げて答えようとした時、どこかでごとりと物音がした。

「何だ、今の音は？」

俊介は麻衣の顔を見た。彼女も同じ音を聞いたらしく、不安げに彼を見返してきた。

「駆けるような足音だわ」

「動物かもしれない。猪か鹿か」

と言いながらも、俊介はそんなことを信じていなかった。「麻衣。君はこんな小説を知ってる？　地球上で最後の一人になってしまった男の話さ」

「さあ、聞いたことはないけど」

「つまりこういう話だ。核戦争の後、人類が死に絶えて主人公の男が地球最後の人間になるんだけど、男のいる家のドアを誰かが叩くんだ。ありえない話だけど、それって、誰だと思う？」

　麻衣は彼の唐突な話題の変更に戸惑い気味に首を傾げる。

「ロボット」

「ほう、そう来たか」

「だって、最後の人間じゃなければ、そういうことになるじゃない？　そうでなかったら、動物が叩いたのよ。熊かもしれない」

「いい線、突いてるね」

「答えが違うの？」

「降参する？」

　俊介が訊ねたその瞬間、玄関のほうでかすかな物音がした。

「ねえ、誰だったと思う？」

　ややあって、俊介が同じ質問を繰り返した。

「幽霊」

　麻衣は首を傾げ、ホールのほうを見ながら不安そうに答えた。

　俊介は立ち上がると、ホールへ移動した。麻衣はこわごわといった様子でそのあとをついていく。

25

玄関のドアがノックされた。ゆっくりと重々しく三回。

麻衣の顔に恐怖がパッチワークのように貼りついた。彼女は口を開き、困惑の表情を浮かべて俊介を見た。

「誰？」

俊介は平然として彼女を見返す。まるでこうなることを予感していたかのように。

「先輩は知ってるの？」

「地球最後の男かもしれない」

「こんな時、冗談、言わないで」

「僕は待っていた。奴が来るのを」

「奴？」

麻衣が戸惑い気味に玄関のドアを見た。またノックがあった。その人物の苛立ちが拳に込められているかのように、ノックの間隔《かんかく》は短くなり、音は強くなっていった。俊介はホールのランプにマッチで火をつけると、足音をたてずにドアに近づき、ノブに触れた。

「だめっ。開けないで」

麻衣が悲鳴をあげた。

「簡単には開けないよ」

俊介はふり返らずにシニカルに笑った。「誰が来たのか、確かめてからさ」

彼の手にいつの間にかナイフが握られている。キャンプに使うために持ってきたものだ。鋭い刃がランプの淡い光を反射した時、麻衣は声を呑みこんだ。

次のノックがあった時、俊介は声をかけた。

「誰だ?」

外の人物は応答があるのを予想していなかったのか、ノックがやみ、しばらく沈黙がつづいた。ドアを挟んで二人の人間が相手の出方を探っていたが、沈黙を破ったのは、俊介だった。

「誰だ。名前を言え」

「児玉先輩ですか?」

ドアの向こう側からの思わぬ反応に、俊介は首を傾げて麻衣をふり返った。「麻衣、今の声、聞き覚えないか?」

「もしかして……」

「片岡?」

「そうかもしれない。でも、開けないほうがいいと思うけど」

「片岡なら心配ないよ。樹海を出られなくなって、僕たちを追ってきたにちがいない」

俊介はロックを解除し、ドアを押した。

錆びついた蝶番《ちょうつがい》が軋み音を立てながら、ゆっくりと開き、夜の闇から黒い影が家の中に転がりこんできた。それと同時に、どぶが放つような悪臭を含んだ生ぬるい風が吹きこみ、ランプの炎を揺らした。

「片岡」

床にうつ伏せに倒れこんだのは、樹海の中で別れた二年の片岡哲哉だったのだ。「おまえだったのか」

「児玉先輩。すみません。僕……」

片岡はひどく疲れているらしく、息を喘《あえ》がせている。

「おまえ、どうしてここまで来たんだ？」

片岡はうつ伏せの状態から苦労して起き上がり、床に腰を下ろした。

「帰ろうと思ったら、目印が消えていたんです」

「消えてた？」

「紐で印をつけてたでしょ？　あれがなくなってたんですよ。それでも、僕、何とかもどろうとしたんですけど、結局わからなくなってしまって……」

「けものみちみたいになってたじゃないか」

「歩いているうちはわかるんですけど、いったん道からはずれると、どれが本当の道なのか全然わからなくなったんです」

片岡は泥だらけの眼鏡をはずし、シャツの裾で拭《ふ》いた。

「わからなくなったら、どうしてここがわかったんだ?」

「破れかぶれになって、あっちこっちへ行ったら、小川に出て、それを遡ってきたら、ここに来て……」

片岡は罠《わな》に落ちた哀れな濡れネズミのように首を縮《ちぢ》めていた。「大雨でどうしようもなくて、森の中で雨宿りをしながら、やっと明かりを見つけたんです。すみません。腹がへってるんですけど、何か食べるものはないでしょうか?」

「おまえ、食料は?」

「途中でバッグを落として……」

「ここには何もないぞ。僕たちも弁当は食べたし、お菓子だって、もうほとんど残ってないんだ。あるのは水だけだな」

本当は菓子パンが少し残っているのだが、俊介は突き放した言い方をした。

「水は途中でいやになるほど飲みました」

さすがに哀れに思ったのか、麻衣が口を挟んだ。

「チョコレートならあるけど」

　彼女が板チョコを差し出すと、片岡は頭をぺこぺこ下げて受け取り、欠食児童のようにあっという間に平らげてしまった。

「助かりました。麻衣さん。これだけでも体が温まります。あなたの心が溶けこんだようなおいしさです」

　片岡の言い方は湿っぽい。鬱陶《うっとう》しい奴だなと俊介は思った。

「まあ、そんなに感謝されると、困っちゃうけど」

　麻衣はかえって困惑気味に答えた。

　片岡の話を聞き終わる頃には、十時をまわっていた。

「そろそろ休んだほうがいいだろう。とりあえず、今日はここで夜を明かして、明日の早朝にここを出る。いいね？」

　俊介はリーダーらしく言い、作家の仕事部屋を指差した。「片岡、おまえはそっちの部屋で寝ろ。僕と麻衣はアトリエだ」

　片岡がえっと驚いた顔をした。

「何だ。文句があるか。僕と麻衣は今日婚約したんだ」

「こ、婚約？」

「そうだよ。卒業したら、僕たちは結婚する。こういうことは早いうちに言っておいたほうがいいと思ってね」

「そ、そうですか」

片岡は悄然《しょうぜん》とした様子で、黙りこんでしまった。

「おまえさ、麻衣が好きだったんじゃないかな？」

俊介はうつむいている片岡に声をかける。

「クラブの中に麻衣さんが嫌いな人はいませんよ」

「おまえ、麻衣につきまとっていなかったか？」

「つきまとう？」

「そうだ。ストーカーみたいに麻衣をつけまわしたんじゃないか？　麻衣が迷惑してたんだ」

「いいえ、そんなことはしてませんよ」

片岡は首がちぎれるほど強く振った。

「そうかな」

「信じてください。僕は……」

片岡は涙に濡れた目で哀願するように言った。

「わかった。信じるとするよ」

俊介はあっさりと引き下がり、

「おやすみ。明日また」とだけ言った。

吹き抜けのホールに片岡を残し、俊介と麻衣はかつての妻の部屋、一階のアトリエに入った。

26――（俺）

山荘にはすんなりと入れた。こんなにスムーズにいっていいのかと思うほどだった。時刻は十時をすぎ、俺は児玉たちが寝静まるのを待つことにした。夜は長いのだ。そんなに焦《あせ》っても、いい結果は得られないだろうとの判断だった。

俺は硬い床に身を横たえた。ひんやりした床から奴らの動きが伝わってくる。

だが、横になっていると、疲労が襲ってくる。俺は睡魔をはねのけながら、暗闇の中、目を必死に開けていた。それでも、激しい憎悪を覆い尽くすほどの疲労が強引に俺を眠りの世界に引きずりこんだのだ。

………………

俺は早速人狩りの夢を見た。

その部屋を出て、あいつらが寝ている部屋の前に立った。ドアに耳をつける。寝静まっていると確認してから、ノブに手をかける。愚かな奴らめ。鍵を掛けないで寝てやがるぜ。俺は斧を右手に持ち、左手でドアを開けた。それから、首を部屋の中に突っこんだ。

おやっと思ったのは、人の気配がしないことだった。しまった、逃げられたかと泡を食って部屋の中に入った時、背後からいきなり後頭部を殴られた。

くそっ、待ち伏せしてたのか。

二人が部屋から逃げる気配がした。俺は奴らのあとを追って、月の光が差しこんでいる吹き抜けに出た。奴らの黒い影が階段におぼろげに浮かび上がる。

「畜生、待ちやがれ」

俺は斧を振り上げながら、階段に向かって突き進んだ。とその時だった。何かに足を引っかけて、俺は前につんのめったのだ。

突然、どすんと大きな音がした。

俺は一気に夢から覚める。

素早く斧に手をのばして、はね起きた。すぐ近くで人の気配がする。そう思った瞬間……。

27

どこかでどすんと大きな音がした。地震かと思って、麻衣は目を開ける。だが、目の前には深い闇と底知れぬ沈黙があった。彼女は手探りで俊介の体を求めるが、触れるのは硬くて冷えた床だけだった。

起き上がると、体の節々《ふしぶし》が軋み音を発している。疲れていなければ、とてもこんな床に眠れるはずがない。彼女の下にはビニールのシートが敷かれているだけなのだ。ランプの火は消されていたが、部屋の中は窓からの月明かりではっきり見えた。

俊介はどこにもいなかった。

もしかして、よくないことが起こったのか。

不安になった彼女はドアに向かった。鍵がはずれているのは、俊介がこの部屋から出ていったことを意味する。どうしたらいいかと思って、ノブに手を触れようとした時、いきなりドアが開いた。きゃっと悲鳴をあげようとする彼女の口に誰かの手が押しつけられた。

「静かに」

俊介だった。「この家の中で何かが起きてる」

彼のただならぬ声の調子に、麻衣の不安は増していく。

「今向こうのほうを見たんだけど、家の中に誰かが忍びこんだような気がするんだ」

「誰かって、片岡君じゃなくて？」

「そうだ。今、ホールに行ったら、玄関のドアが開いていた」

「鍵を掛けてたんじゃないの？」

「そのつもりだけど、今になってみると、あやふやなんだよ」

「ずいぶん不用心ね。もし誰かが入りこんでいるとしたら、わたしたち、どうすればいいの。この部屋に閉じこもる？」

「いや、何が起こったのか調べるのが先決だ。それから、対策を考えよう」

「でも、侵入者がいるとしたら、向こうに行くのはかえって危険なんじゃないの？」

「君は僕の後ろからついてくればいい」

俊介は左手に懐中電灯、右手にナイフを持っていた。「さあ、来るんだ」

ホールは吹き抜けなので、危険は多かった。一階部分の他、二階や階段など、隠れる場所がたくさんあるからだ。ランプに火をつけていたが、残り少なかった灯油がなくなり、自然に消えてしまったようだ。俊介が懐中電灯をつけると、淡い光が吹き抜けの二階部分までかろうじて届いた。麻衣は玄関と裏口のドアが施錠されていることを確認した。

「片岡君」

麻衣が緊張で引きつった声で呼びかけた。

「片岡の返事がないぞ」

「どうしたのかしら？」

俊介は素早く作家の仕事部屋のドアの前に達し、ドアをノックした。だが、応答はなかった。

「片岡、いたら返事をしてくれ」

答えがないと見ると、俊介はドアを開けて、素早く部屋の中を懐中電灯で照らした。そして、そこにあったものを見て、彼は「うっ」と呻《うめ》き声を上げた。俊介は麻衣の体の前に腕を伸ばして、これ以上入るなと無言の指示を送った。だが、麻衣は彼の腕を押し退《の》けて、仕事部屋に入っていった。

部屋の中央、デスクのわきに小太りの男がうつ伏せに倒れていた。

「片岡君」

「近寄るな」

俊介が前に出て、倒れている片岡のそばにしゃがんで、顔にライトをあてた。後頭部を殴られたのか血が流れている。

「死んでるよ」

「死んでるって、自殺したの?」

「そんなわけないじゃないか。自分で後頭部をこんなふうに殴れないよ」

「じゃあ、誰がやったの?」

麻衣はヒステリックに声を張り上げた。「この家にいるのは、わたしと先輩と……」

「僕じゃないぞ」

「わたしでもない」

恐怖で体を引きつらせる彼女を俊介が抱きしめた。

「幽霊かもしれない」

「幽霊？」

「だって、他に考えられないだろう。この家で殺された作家の妻と二人の娘の霊が成仏《じょうぶつ》できないで彷徨っているんだ」

「そんなはずはないわよ」

「だったら、他にどう考えればいいんだ？」

「家族を殺した例の小説家って、行方《ゆくえ》がわからなくなってるんでしょ？　その人がここにいるとしたら？」

「ばか言うな。あれは何年も前の事件だぞ。いくら何でも小説家が生きてるわけがないよ」

「小説家なら、この家の鍵を持っているはずじゃない？　いつでも好きな時に自由にここにもどってこれるわよ。先輩は幽霊が殺人を犯すなんて、ほんとに信じてるの？」

「この樹海の中だったら、何でもありさ」

「そう考えること自体、先輩は正気を失ってる」

「ああ、森の磁気が頭を狂わせてるのさ」

二人が珍しく言い合ったその時、家のどこかでごとりと物音がした。それが皮肉にも二人の気持ちを正常にもどす結果になった。

「麻衣、言い争いをしてる場合じゃないぞ。この家には他に誰かがいる」

俊介が心底から恐怖を感じているのが、麻衣にもよくわかった。今度は物を転がすような音がした。

「ほんとにやばいかもしれない。逃げたほうがいい」

二人が仕事部屋を出た時、突然、裏口のほうでガラスの割れる音がした。

28——〔俺〕

俺は潜《ひそ》んでいた地下室を出て、裏口のガラス窓を割った。

地下室は正確にいうと半地下になっていて、そこの扉の鍵が壊れていた。だが、地下室から一階へ上がる階段の上の扉が施錠されていたので、やはり外から窓ガラスを破らないかぎり、家の中に入るのは不可能だった。

そこで、俺は裏口のドアのそばにあったガラス窓を斧で破ったのだ。破ったところから手を差しこんで、鍵をはずした。そして奴らが逃げないうちに、俺は素早く窓から家の中に侵入した。もちろん、面が割れないように黒いストッキングをかぶっていた。最後に児玉俊介を仕留めた時、ストッキングをはずすつもりだったのだ。

悲鳴が聞こえた。愛しい麻衣の声だ。

待ってろよ。俺が迎えにいくからな。恐怖の後に、甘美な陶酔の世界が待ってるぞ。今は誤解しているかもしれないが、一対一で話せば、必ずわかりあえるはずだ。

「おい、児玉、出てこい」

俺は怒鳴った。ストッキングを通す声はビブラートがかかったようになり、とても自分の声とは思えない。

「誰だ、おまえは?」

闇の中、児玉の声が恐怖に震えている。

「聞き覚えがないか?」

「僕を知ってるのか?」

「だから、名前を呼んだんだ。麻衣、おまえもな」

俺は奴らの声のしたほうにゆっくり近づいていった。奴らは今、ホールのほうにいるようだ。

「あっ、あなた、もしかして……」

麻衣が突然叫んだ。

29

「麻衣、わかったのか？」

俊介はライトを慌てて消すと、麻衣を抱き寄せて囁《ささや》いた。

「記憶があるのよ。わたしたちにとって、すごく身近な人間」

「まあ、今は逃げるのが先だ」

そう言って俊介は、麻衣の手を引いて階段のほうへ進んだ。「とりあえず、夫婦の寝室に入って籠城《ろうじょう》するんだ。誰なのかを考えるのはそれからでもいい」

暗闇の中、階段を上がろうとする時、月光に黒い人影が浮かびあがった。その手に斧のようなものがあるのが二人には見えた。シュッと空気を切るような音。その男が斧を振りまわしているのだ。刃先がきらりと一閃《いっせん》した。

「おまえたち、逃げようったって、むだだぞ」

俊介の記憶を刺激する声。覆面をかぶっているのか、声はくぐもって聞こえるが、その声質まで変えてはいないようだ。二人は階段を必死に駆け上がったが、麻衣の足がもつれて、俊介のほうに倒れかかってきた。

「麻衣だけここに残るんだ。児玉に用はない」

麻衣は歯を食いしばって悲鳴を呑みこんだ。

「おまえさえ残れば、児玉の命は救ってやる」

黒覆面の男は、二人の背後から容赦《ようしゃ》なく言葉を浴びせかけてきた。「逃げてもむだだ。どこに隠れても、こっちには斧があるんだからな」

男の斧が振り上げられて、階段の手すりに打ち下ろされた。バリッと木の裂ける音がし、電流のような痺れが手すりを持つ俊介たちの手に伝わってきた。

「早くするんだ」

俊介が叫び、麻衣の手を強く引いた。

「だって、足をぶつけてすごく痛いの」

「泣きごとを言ってる暇《ひま》はない。早くしないと殺されるぞ」

彼は麻衣の脇の下に腕を突っこみ、強引に引っ張りあげた。

「ほうほう、仲間割れか」

影は笑っていた。前の二人はようやく二階に達して、夫婦の寝室のほうに向かった。

「だから、やめとけって言ってるだろ。むだな抵抗はやめろって。俺は麻衣がほしいだけなんだ。逆らえば、おまえら二人とも叩き切ってしまうぞ。いいのか、麻衣。おまえの好きな人を俺は殺すと言ってるんだ」

麻衣の足が停まった。

「先輩。わたし、あいつの命令に従う。じゃないと、二人とも殺されるわ」

「ばか言うな。あいつの言うことなんか信用するんじゃない。どっちにしても、僕たちを殺す気でいるんだ」

俊介は麻衣の手をさらに強く引いて、ついに夫婦の寝室に達した。「とにかく、ここに入ってしまえば、時間を稼げる。何か武器になるようなものがあるはずだ」

そう言って彼は部屋に飛びこむと、ドアの鍵を掛けた。

30——（俺）

俺は狩りを楽しんでいた。

中世のキツネ狩りなんていうものは、本の中のことだと思っていたが、いざ自分が同じような場面に身を置くと、とんでもなくスリリングであることがわかった。俺のやっているのは、まさに人間狩りだ。狩られる者の恐怖は空気を伝わり、俺の皮膚にぴしぴしと貼りついてくる。これを快感といわずして、何を快感というのだろう。頭のおかしくなった作家は、こういうハイテンションの状態で家族を殺したのかもしれない。

もちろん、麻衣を差し出せば児玉を助けるというのは嘘だ。奴は死んで、この樹海の中で人知れず腐っていく運命なのだ。

ダイニングルームに蠟燭があったので、ライターで火を灯《とも》し、ホールの床に立てた。俺は全身を貫《つらぬ》く快《こころよ》い恍惚《こうこつ》感に酔いしれながら階段を上がっていく。蠟燭の光は俺を活劇のヒーローのように照らし、壁に歪《ゆが》んだ大きな影を映しだした。

わざと足音高く歩いて奴らの恐怖心を煽《あお》った。

「おいおい、逃げてもむだだぞ」

俺は笑った。腹の底から笑った。こんなに楽しいことは生まれてこの方なかった。なんて寂しい人生だったのだろう。

「おい、おまえたち、首を洗って待ってろよ」

俺は階段をほとんどスキップしながら上がっていた。鼻唄《はなうた》が自然に出てくる。

やがて、奴らが逃げこんだ部屋の前に達した。

ドアをノックする。

「おい、哀れな小羊ちゃん」

奴らは怯《おび》えて部屋の隅で縮こまっているのだろう。「開けないと、このドアを破るわよ。オホホホ。素直に開ければ、命だけは助けてやるわ。十数えるうちに、返事をするのよ。いいわね？」

ヒャッホーと歓声を上げながら、俺は「一、二……」と数え始めた。

31

「三、四、五、六……」

ドアの向こう側で気がふれた男が数をかぞえていた。

「わたし、あの男が誰なのか、やっとわかったわ」

麻衣が突然、叫んだ。その間にも男はカウントをつづけている。

「七、八、九……」

「誰なんだ？」

俊介の声はうわずっている。もう時間切れなので、気が気ではなかった。

「わたしたちの身近にいる人間よ」

「身近っていうと……」

「鈍感ね。クラブの人間よ」

「だって、片岡はもう死んでるよ。彼が生き返ったとでも言うのか？」

「違う。片岡君とは別の人」

「それじゃあ、別行動をとった連中のうちの誰か？」

そんな会話をしているうちに、ついに男が勝ち誇ったように「十。もう終わったぞ」と叫んだ。

「さあ、開けろ。開けるんだ」

ドアが激しく叩きつけられた。ギザギザに裂かれた穴から男の動く様子がはっきりと見える。窓から差しこむ月光の他に、一階のテーブルの上の蠟燭が灯されたのだろう。青白い光とオレンジ色の光が混ざり合って、男の全身に不気味な陰影を作っている。

「開けないとドアを破るぞ。こっちには斧があるんだからな」

言い終わると同時に斧が裂け目に振り下ろされ、刃がさらに深くめりこんだ。

「やめなさいっ」

麻衣が金切り声を上げた。「あなた、野々村さんでしょう?」

ドアの向こうの男が息を呑み動きを止めるのが気配でわかった。

「野々村だって?」

俊介が奇声を発した。覆面の男は身動きしなかった。「野々村、おまえなのか? おまえ、帰ったんじゃなかったのか?」

朝のミーティングの時、野々村直樹は従兄が急に不幸にあったと言って帰っていったが、その寂しそうな後ろ姿を俊介は思い出した。

「あれは嘘だったのか。おまえ、僕たちのあとをずっとつけてきたんだな」

俊介は、最後の最後になって見知らぬ人物が登場し「俺がやりました」なんて展開のいいかげんな推理小説を思い出していた。それとまったく同じではないか。そんなのフェアじゃないぜ。まったく。

「ああするしかなかったんだ。そうしないと、他の連中に怪《あや》しまれるからな。俺には片岡みたいに卑屈になって一緒に行動はできなかった」

野々村直樹は言った。

「わたしたち、片岡君がストーカーだと思いこんでいたのよ。あなたなんか、最低」

「そうだ。おまえのために早まったじゃないか、畜生」

俊介はそう言って舌打ちをした。

「何を早まったんだ?」

野々村が笑いながら訊ねた。

「僕は片岡をストーカーだと疑ったことを申し訳ないと思ってるんだ」

俊介は少し慌てて言った。「片岡は可哀相すぎるよ。おまえのせいで……」

32――〈俺〉

「ちっ、ばれたら仕方がないな」

俺は麻衣の勘のよさに舌を巻いていた。やっぱり俺の見こんだ女だけのことはある。

「こうなったら、児玉、おまえを殺す」

「麻衣をつけまわして、いやがらせをするなんて卑劣な奴だ」

「いやがらせじゃない。麻衣を守ってたんだ。悪い男がくっつかないようにな」

「だけど、度がすぎたんじゃないか。麻衣は迷惑してたんだぞ。誰だかわからない奴が身辺をうろうろして監視してるんだからな。おまえは悪質すぎる。密《ひそ》かに麻衣に思いを寄せていた片岡のほうがずっとましだぞ」

「うるせえ」

俺は斧を抜き取って、また振り上げ、ドアに打ちこんだ。「児玉、おまえの口をきけなくしてやる」

「そんなこと、できるものか」

「やってやろうじゃないか。おまえを殺したって、樹海の中だ、誰にも死体は発見されない」

「わたしが黙っちゃいないわ」

麻衣が話に割って入ってきた。

「麻衣と俺はこの森で暮らすんだ。誰にも知られずひっそりな」

「何、夢みたいなことを言ってるの?」

「相思相愛の二人で末永く暮らすというわけだ。俺は一目見た時から、ずっとおまえが好きだった。おまえのためなら、死んでもいいと思ってるくらいだ。たとえ森の中、二人で朽《く》ち果てようと俺は本望だ」

「おまえ、頭がおかしくなってるよ」

児玉の一言に俺は完全にキレた。俺は斧を抜くと、またドアに叩きつけた。

「ばかやろう。死ね」

ところが、今度の一撃は強すぎた。斧がドアに深くめりこみ、俺はもう一度、引き抜こうと全身に力を込めた。その時、思いがけないことが起こったのだ。

俺の手に突然、熱いものが触れた。最初、熱湯をかけられたのかと思ったが、よく見ると、手の甲に真一文字の切り傷ができていたのだ。児玉の手を見ると、そこにはナイフが握られていた。

「くそっ、やりやがったな」

「仕返しだよ」

児玉はそう言うと、ドアにめりこんだ斧を自分で抜き取った。「さあ、斧はもらったぞ。今度はこっちの番だ」

俺はこういう展開になるとは、まったく予想もしていなかった。呆然としていると、ドアが開き、斧を持った児玉が俺に向かってきたのだ。

「さあ、野々村、おまえを殺すぞ。正当防衛だから、おまえをやったからって、誰も僕を責めることはできない」

「やめろっ」と俺は叫びながら、階段まで走り、二段ずつ駆け下りた。だが、薄暗い室内で足元がわかりにくく、俺は空足《からあし》を踏んだ。しまったと思った時は頭から一階のほうに落ちていったのだ。顔面に激しい衝撃を受けて、俺は意識を失った。

33

「やったぞ」

児玉俊介は小躍《こおど》りしながら、野々村が落下した階段を駆け下りていった。野々村の体は逆さまになり、一階の床に頭をつけ不自然な恰好《かっこう》で首を曲げていた。

「彼、死んだの？」

「わからないけど、あの落ち方だったら、相当のダメージを受けたと思うよ」

俊介は用心しながら、一階に降りて、野々村の覆面を剝ぎ取った。覆面と思ったものはストッキングだった。それから彼の髪の毛を強く引っ張ると、頭がぐらりと揺れ、反動で下半身も一階まですべり落ちてきた。

「大丈夫だ。死んではいない。でも、意識は完全に失ってるな。今のうちに縛《しば》っておいたほうがいい」

俊介はナップザックから麻紐《あさひも》を取り出すと、野々村をうつ伏せにし、両手を背中で縛り、両足首も縛っておいた。

「ずいぶん手まわしがいいのね」

麻衣が感心したように言った。

「あたりまえだよ。キャンプ用にいろいろ持ってきたからね」

「これで安心ね。一難去ってまた一難って感じだったけど」

麻衣はほっと力を抜いて、椅子に腰を下ろした。「今日だけでずいぶんいろんなことがあったわね。もう何もないといいんだけど」

「ああ、これで僕の『計画』は完了した」

「計画？　それ、何なの」

俊介は麻衣に近づくと、その長い髪をかきあげ、耳元に囁いた。誰かに聞かれてはまずいというように。

「実は君に内緒にしておいたんだ。君が僕の計画を知っていたら、たぶんこんなにうまくいかなかっただろうし、もっと危険だったと思う」

「さっきだって、ずいぶん危なかったわ。もう少しで二人とも死ぬところだったんだもの」

「君を怖がらせちゃったのは申し訳ないけど、僕は九十パーセント成功すると信じてたんだ」

「だから、どんな計画？」

「君を守るための計画さ。僕は密かに『樹海計画』と呼んでいる」

俊介は倒れている野々村の動きに注目しながら、自分も椅子に掛けた。「つまり、君につきまとってるストーカーの問題さ。いくら警察に訴えたところで、証拠がなければ警察は動かないだろう？　殺されてしまったらおしまいだから、いっそのこと、こっちからストーカーに罠を仕掛けて、そいつを炙《あぶ》りだそうと考えたんだ。だから、この合宿は絶好のチャンスだった。皮肉にも、あの民宿を紹介してくれたのは野々村だけど、この樹海を合宿地に選んだのは僕だし、樹海の中に行こうとごく自然な感じで言いだせた。僕はストーカーはクラブの中にいるんじゃないかと見てたんだ」

「わたしもそう思ってたわ」

「だから、ストーカーなら、絶対僕たちと行動を共にすると考えた」

「最初は片岡君を疑ったのね？」

「そういうことだ。片岡がストーカーなら、飛んで火に入る夏の虫。樹海の中に残して、絶対に外の世界に出られなくなるように仕向けるつもりだった」

「でも、本当のストーカーは野々村さんだった」

「だから、こいつを縛りつけたまま、ここに放置するつもりだ。生きようが死のうが、野々村の運次第だね。僕は樹海から出られないほうに自分の命を賭《か》けるね」

「もし彼が脱出して、警察に本当のことを言ったら？」

「そんなことは絶対ないさ。万が一、そうなっても、こいつの言うことを誰が信用すると思う？　従兄が死んだから帰るって言ってたのに、実際は樹海の中に入ってきたわけだからね。たとえ野々村の家族が捜索願を出しても、樹海にいることは誰も知らないはずだから、探しだしようがない」

「でも、片岡君は？　彼は現実に殺されてるのよ」

「片岡には酷かもしれないけど、野々村のそばに置いておけばいいさ。二人が白骨死体になった頃に見つかれば、誰が死んだのかわからなくなる」

「ちょっと残酷じゃない？」

「そうでもしないと、君は死ぬまでストーカーにつきまとわれたかもしれないんだぞ」

「まあ、それはそうだけど……」

「夜が明けるのを待って、ここを出よう。それが僕たちの最後の〝仕事〟さ」

俊介は立ち上がると、野々村の体を片岡の死体がある仕事部屋に引きずっていった。それから、俊介は麻衣とアトリエに入り、しっかり施錠してから休息のために横になったのだ。

34――〔俺〕

俺は闇の中で意識をとりもどした。

首筋が耐えられないほど痛かった。骨折しているかと思うくらいの激痛が俺の全身を苛《さいな》んでいるのだ。起き上がろうとしても、両手足を縛られているので、身動きすらできなかった。

畜生、あいつら、やりやがったな。

その時、俺は煙草《たばこ》のにおいを嗅いだ。ひどく強いにおいの銘柄だ。誰かが近くで煙草を吸っている。その赤い光点が闇の中を蛍《ほたる》のように動いているのだ。

「助けてくれ」

光点が急に止まった。そして、足音が俺のほうにゆっくり近づいてきた。煙が俺の顔に吹きつけられる。「ふっ」と笑う声。

「自業自得」

男か女か定かではない抑揚《よくよう》のない声。煙草の火が近づいて、俺の目の前の床で踏み消された。それから、懐中電灯がついて、光が俺の顔を無遠慮になめた。

俺はまぶしくて、目を閉じた。

光が俺の顔から逸れたので、俺はまた目を開く。光が床をゆっくり動きながら、もう一人床に倒れている者の顔を照らした。二年の片岡哲哉だった。

「片岡！」

思いがけない展開だった。同じクラブの片岡が殺されているなんて。

「おまえが殺したのか？」

影が俺に訊ねた。

「いや、知らない。俺は今初めて片岡の死体を見た」

「こいつも自業自得」

影はまたふっと笑うと、俺の横腹に強い蹴りを入れ、そのまま部屋を出ていった。デスクの上にくしゃくしゃに丸められた紙が何枚も置かれている。今の奴が落としていったのだろうか。俺の目の前にも同じ丸まった紙が落ちていた。月光に照らされ、文面が俺の目に入ってくる。

「書けない、書けない、書けない」

あいつ、まさか。

…………

35

頭上でごとんと乾いた音がした。

児玉俊介は目を覚ました。傍《かたわ》らに横たわる麻衣も音に気づいたらしく、天井に目を向けている。

「誰か、上にいるみたい」

麻衣が怯えた目をして俊介を見た。

「もしかして、野々村さんが逃げだしたのかも」

「まさか、そんなはずはないよ」

俊介は起き上がって、すぐに懐中電灯をつけた。

「わたしも一緒に行く」

二人は周囲に注意を払いながらホールに入り、それから作家の仕事部屋を確認した。

野々村は間違いなく縛られたまま床に横たわっているし、片岡の死体もそのままだった。

「煙草のにおいがする」

麻衣が鼻をひくつかせながら言った。

「ああ、確かに」

俊介は耳に全神経を集中させた。今は頭上の物音はしないが、二階へ上がって調べてみることにした。階段を音を立てないように上がり、夫婦の寝室の部屋の前に達した。斧で穴の開いたドアに光をあてると、ドアに一枚の紙が貼ってあった。

『遭難記』の破られた一枚だ」

どうして、それが今ここに貼ってあるのだろう。彼は紙に光をあてた。いや、これは手書きのものだ。まさか、オリジナルの手記なのか。

「……僕はドアを開けた。そして、そこに驚くべきものを発見したのだ。心臓が破裂しそうになるくらいどきどきとした。ダブルベッドの上に……」

「ねえ、何が書いてあるの？」

麻衣がのぞきこんだ。

「いや、この紙を貼った奴の意図がわからない」

俊介はドアを開いて、部屋の中を照らした。

「……驚いたことに、骸骨《がいこつ》が三体、並んで横たわっていたのだ。明らかに殺されたとわかる大人と子供二人の全身骸骨があった。僕の口から獣のような悲鳴が漏れた。……」

まさに、『遭難記』と同じ状況が眼前にあったのだ。麻衣の悲鳴が山荘全体を震わせた。

「嘘でしょ？　こんなの嘘に決まってる。さっき見た時はマネキンだったのに」

「これは本物だよ」

俊介の唇もわなわなと震えている。「ここを出よう。できるだけ早くここから遠ざかるんだ」

彼は麻衣の手を引いて、階段を駆け下りた。そして、荷物を慌ただしくまとめると、正面玄関から外へ飛びだしたのだ。東のほうが白々となり始め、夜明けが近いことがわかった。時計を見ると、五時を少しすぎたばかりだった。

今度は、昨日来た道をもどるだけでよかった。やがて、あたりがぼうっと白んでくる頃、川に突き当たり、二人は流れに沿って下っていった。昨日の大雨で水量はかなり増えていたが、水は濁らず澄んだままだ。樹海の中を白い靄《もや》が低く立ちこめていた。それでも、道を見失わずにいたのは、川のおかげだった。流れる音はほとんどしないので、背後から追手が来れば、すぐにわかるが、二人の後に人がいる気配は感じられなかった。

「どうして、ああいうことになったの？」

いくぶん落ち着きをとりもどした麻衣が、息を喘がせながら言った。

「よくわからないよ。骸骨を置いた人間がいるのは確かだ」

「野々村さん？」

「彼ではありえない。縛られてたんだからね」

「じゃあ、誰がやったの？」

麻衣の問いに俊介は苛立ち、立ち止まった。

「それがわからないから、こうして逃げてるんじゃないか。うまくいけば、お昼前には樹海を出られるよ」

「みんな、心配してるかしら。捜索隊が結成されたりなんかして」

「捜索されたら、かえってまずいよ」

「どうして？」

「だって、僕らはいいにしても、山荘まで捜索されたらまずいじゃないか。野々村と片岡が発見されるだろ？」

「そうか」

「山荘まで辿り着くのはむずかしいかもしれないけど、万が一、片岡の死体が見つかったら、やばいことになる。野々村がやったと思ってくれればいいけど、中にはひねくれた警察の人間がいて、そう思わないかもしれない。死体は樹海の中で静かに朽ち果てさせるのがいいのさ。だから、捜索隊が入ってくる前に僕たちは森を出て無事をアピールしなくてはならないんだ」

「わかった」

麻衣が納得した様子だったので、俊介は安心して歩きだした。それからどのくらい歩いただろう。流れの対岸にいっこうに目印が現れないので、彼は不安になった。

「麻衣。君は印を見つけなかった？」

「ううん、全然。ずっと注意してたんだけど」

「行きすぎたかな。ちょっともどってみようか」

「そうね。二人とも見落としたかもね」

二人は今度はもどりながら対岸の印を探しつづけた。赤い紐なので、すぐに見つかると思うのだが、濃い靄のせいで見えにくくなっているのかもしれない。

それでも印は見つからなかった。

「そんなにもどると、山荘に近づくわよ。例の『遭難記』の筆者は何て書いてるの？」

「無理やり糊を剝がしてみようかな」

俊介はナップザックから小冊子を取り出した。最後の部分が何らかの理由で全面糊付けされているので、無傷のまま開けるのはむずかしそうだ。

「やっぱりだめだな。文章のところに糊がついてるんだ。無理に破ると、文章のところが剝がれて読めなくなってしまうよ」

「あきらめるしかないわね。それに、遭難した人の意見を読んで、わたしたちも遭難しちゃったら、ジョークにもならないもの」

「それもそうだな」

俊介は苦笑して冊子を閉じ、ナップザックに入れようとした。だが、手元がすべって、冊子を川の中に落としてしまった。彼がやれやれと言って、濡れた冊子の水気を拭おうとすると、糊付けの部分がぱらりとめくれてきた。

「あ、ラッキー。つづきが読めるぞ」

彼は注意深くページをめくり始めた。

……小川の流れの中に見覚えのある木を探した。僕が川をわたったのは、ふた瘤《こぶ》ラクダのような盛り上がりのある斜めに生えた木のところだった。特徴的な木なので、他に同じものがあるはずがなかった。やがて、その木が目に入った。目立った道はないが、苔が薄くなっているのが獣道のように森の奥へつづいている。それをまっすぐ行けば、広場のようになったところに出るはずだ。そこまで行けば、きっと……。

（『遭難記』より）

「あっ、そのふた瘤ラクダって、あれじゃない？」

麻衣が指差すところに、まさに『遭難記』の記述通りの醜《みにく》い形状の木があったのだ。全部がまっすぐ上に伸びている木々の中で、その木だけはひとりいじけたように斜めになっており、先端はねじれ、枯れかけていた。

「こっちだ、こっちだ」

俊介の心に希望の灯がともった。

36――『遭難記』

……森の景色はまったく変わらない。磁石がまるで役に立たないので、まず方角がわからない。自分がどこへ向かっているのか。なだらかな山裾が樹海になっているので、山自体が見えないのだ。夜になれば、北極星を頼りに北の方角を見つけられるはずだが、上空を鬱蒼とした森が覆っているので、星さえ見ることができなかった。

今は明るいからまだいいが、これで日が落ちたら、僕は何も見えない暗闇の中に身を置くことになる。僕は次第に焦りを覚えていた。

極度の疲労のため、足が棒のようになっている。森の土は苔むして湿っぽく、足元から瘴気《しょうき》が立ちのぼってくる。

ほっとしたことに、やがて広場に出た。そこに座るのにおあつらえむきの切り株があったので、僕は腰を下ろした。

いつの間にか、二時をすぎていた。そんなに時間が経過した感じがしないのはなぜだろう。僕は最後に残った一枚の板チョコを取り出し、一口だけ食べた。

束《つか》の間《ま》、体がぽかぽかして、力が漲ったような気がしたが、僕の全身を覆い尽くすような重い疲労感がすぐにチョコレートのエネルギーを吸収し、前よりひどい空腹感にさいなまれた。

十分ほど休憩をとって、また歩きだす。

どっちを見ても同じ光景がつづく。灰色の森、どこといって特徴のない同じような木が延々とつづいて、その果てがわからないのだ。

……………

37

「ほんと、どっちを見ても、同じ景色だな」

針葉樹が作りだすくすんだ灰色の世界――。児玉俊介は重い溜息をついた。このままでは、遭難した若者と同じように森の深い懐《ふところ》にとりこまれ、行き場をなくしてしまうかもしれなかった。だが、僕らは二人だと俊介は思う。一人では孤独になり、まともな思考能力を失うおそれがある。あの遭難者は一人でいる寂しさから判断力を失い、自らを窮地に追いこんでしまったのだ。

「彼はどう書いてるの？」

「うん、あとはひたすら森を彷徨って衰弱してしまったんだね。話は途中で切れているけど、すごく生々しいよ」


……僕は歩き疲れ、次第に暮れゆく中で、その日のねぐらを探さなくてはならないと思った。雨の心配はないだろうが、夜露に濡れないで夜を明かしたい。それに適当な場所はないかと物色しているうちに、ある倒木の下に熊が冬眠できそうな空虚《うろ》を見つけた。

ああ、これだ。今夜はここに泊まろう。……


（『遭難記』より）


「ふうん、結局、彼はなぜ遭難したのかしら？」

「食べ物がなくなったことが一つ。それから、その空虚から離れて森を彷徨っているうちに自分の居場所がわからなくなって、ほとんど狂気の世界に入ってしまうんだ。あとは妄想を日記に書き綴《つづ》っているって感じかな」

確かに、『遭難記』の最後は「ああ、今日も生きている。いつになったら死ぬのだろう」といった記述ばかりだ。若者は森の中で餓死する。

「こうならないようにするには、とにかく彼が見つけた空虚で休むことだ」

森の中を歩きまわっているうちに、俊介と麻衣も自分の居場所を見失っていた。凹凸のある地面を歩いているうちに、方向感覚がなくなってしまうのだ。間もなく日が暮れるのが気配でわかる。焦燥感がつのる中、二人はついに倒木の下に雨宿りのできそうな空間を発見したのだった。

「ここだよ。これが若者が夜を明かしたところにちがいない」

倒木はまだ腐っていなかった。その下にはちょうど二人くらい入れるスペースがあり、まるでそうなることを予想していたかのように、乾燥した枯れ草が幾重にも敷かれていたのだ。外気が入りにくいし、ある程度温かいので、夜を明かすにはちょうどよかった。

「助かったね。僕たちにはまだ二日分くらいのチョコレートがあるから、それをゆっくり食べていけば、一週間は持つ」

「え、一週間も？」

「いや、たとえばの話さ。明日からはここを起点にして、森を脱出するんだ」

俊介は自分の考えた脱出計画を麻衣に話した。つまり、まだ余裕のある紐を結びながら森を歩いていく。森の出口を見つけることができなかったら、明るいうちに目印を伝ってこの空虚にもどってくる。次の日も同じことをする。出口に達するまで何度も同じことを繰り返せばいいのだと。

「地図を見れば、ここから十キロ歩けば、湖に出られると思うんだ。樹海で方向感覚が狂うからうまくいかないだけでね」

「わかった。なんか、わたし、元気が出てきた」

麻衣はもともと楽天的な性格なので、落ちこんだ気持ちもすぐに回復の方向に行っていた。その夜は二人で将来のことを話し合った。この樹海から出てからの明るい未来を思うと楽しかった。空虚の中は温かく、二人は体を寄せ合っていた。

夜、樹海はまるで物音が聞こえない。野生動物や昆虫さえもこの森を怖がって近寄らないように思えた。山荘で聞いたあの足音も、今となっては夢の中の出来事と思えるほどだ。樹海が醸しだす恐怖が妄想を紡《つむ》いだのかもしれない。

「ちょっと過剰反応だったかしら」

「何が？」

「ううん、樹海を出たら、今日の出来事って、笑い話になるかなって思ったの」

「ああ、そうなるよ、きっと。ストーカーがいたなんて話も笑い飛ばせるさ」

抱き合って空虚の背後にある太い根にもたれかかっているうちに、二人は底なし沼のように深い眠りの世界に落ちていった。

38――『遭難記』

森の中をもう何日彷徨っているだろう。

僕はもう倒れる寸前の状態だった。今はただ気力で持っているだけなのだ。食料はもう底を突き、草の葉についた水滴を飲んで渇きを癒《いや》しているありさまだった。

森はまさにあの世としか思えなかった。あの小川は三途《さんず》の川で、僕は現世とあの世の境界線上を右往左往《うおうさおう》している死にぞこないだ。あんな事件のことを調べるなんて、今考えたら無謀《むぼう》この上ないことだった。

これから、同様のことをする者が現れるかもしれないが、僕なら絶対やめろと忠告する。そのためにもこの手記を完成させなくてはならないと思っているのだ。

今日も日が落ちて、僕は大きな木の根方に寄りかかって休息をとっている。懐中電灯の電池も間もなく切れる。僕は淡いわずかな光で、今日の分の記録をしたためているのだ。電池の寿命が尽きた時、僕の命の火も消えるのではないかと戦々恐々としている。

ああ、この森から出たい。出てから、まずやってみたいのは……。

39

児玉俊介と坂上麻衣は、樹海の中で五日目の朝を迎えた。

三日目までは何とか森を出られるだろうと楽観的な気分でいたが、四日目も脱出計画が失敗に終わると、交わす言葉もなく、ただ黙って膝《ひざ》を抱えているだけになった。

森の中にいるのは彼ら二人だけ。

捜索隊の声なんか全然聞こえやしない。そもそも、二人が森に消えたこと自体、誰も知らないのではないか。別行動をとった部員たちも俊介や麻衣、それから片岡や野々村がすでに帰郷していると思っているのかもしれない。夏休みが終わるまで、彼らの行方を詮索《せんさく》する者はなく、新たな学期が始まってみんなが騒ぎだした頃には、二人は森の中で息絶えているだろう。

そうなる可能性は高いけれども、このことを麻衣に話したら、彼女はパニック状態に陥り、よけい足手まといになるはずだ。

腹が減った。

食べるものは間もなく尽きようとしていた。

でも、頑張らなくてはならない。せっかくストーカーを退治したのに、自分たちが死んでしまっては何のために罠を仕掛けたのか、何のためにゲームをやったのか、意味がなくなってしまうのだ。

「麻衣、大丈夫か？」

すっかり寡黙《かもく》になった彼女は、ただうなずくだけだ。

「明日、僕だけで道を探してみるよ。うまくいったら、捜索隊をここに連れてこられるかもしれない」

俊介は通じなくなっていた携帯電話の電源を入れた。依然、圏外だ。この苦境は自分で打開しろってことなんだな。

「畜生」

だが、その時、俊介はいいことを思いついたのだ。

40──『遭難記』

僕がいるのは、横たわるのにちょうどいい大きさの穴だ。おそらく枯れた木の根っ子の部分が腐り、うまい具合に人が入れる程度の空間になったのだろう。ここで死んだら、穴はそのまま棺《ひつぎ》になる。

もう何日森にいるのか数えることもできない。

だめだ、だめだ、だめだ。

胃の中が空っぽで、力が出ない。

でも、書かなくては。ここにいるのが僕であることを証明するために。

僕は……。

…………

41

児玉俊介が考えたのは、捜索隊が入ってくる時のために目印をそのまま残しておくことだった。誰かが紐を見つければ、あの空虚まで辿りつくことができるはずだ。だから、これまでのようにいちいち紐をはずさずに、そのままにしておくことにした。

彼は森の出口はここから近いと見ていた。少しでも可能性があると思うと、力が漲ってくる。そして、彼は麻衣に「行ってくるよ」と言い残して、空虚を出たのだった。

心に余裕ができると、印をつけることも苦にならなかった。途中で見つけた小川で水をたっぷり飲むと、空腹感がまぎれ、また印をつけながら、森の出口を探したのだ。

その日は午後三時まで歩きつづけたが、結局出口は見つからなかった。それも仕方がないと思い、今日は道探しの作業をやめて、麻衣の待っている空虚にもどろうとした。

ところが、思いがけないことが起こったのだ。

「紐がない！」

奇妙なことに流れからの目印がなくなっていた。三時でやめた地点から小川までは確かに目印は枝などに結びつけられていたはずなのに、小川から先の目印が消えているのだ。

おかしいと思いながら、いくら探しても目印は見つからなかった。

「麻衣っ」

俊介は愛する人の名前を大声で呼んだが、声は反響することもなく、深い森の中に吸収されていった。空気の中に薄墨が溶けていくように闇が濃くなっていく。出口を見つけられなかったばかりか、彼はもどるべき場所も見失ってしまったのだ。

俊介は途方に暮れ、森の中で立ち往生していた。

42――〈俺〉

俺が意識をとりもどしたのは、児玉俊介の返り討ちに遭ってから何日目だろうか。

首が曲がるほど痛むが、俺、野々村直樹は何とか生きているようだ。腹に何も入れていないにもかかわらず、空腹感がなかった。手足を縛っていたはずの紐がいつの間にかなくなっている。俺はゆっくり起き上がった。紐は刃物で切られていたが、一体誰が切ってくれたのか。そばに後輩の片岡哲哉が身動きもせずに横たわっている。死んでから何日もたっているようで、すでに胸糞《むなくそ》の悪くなる腐臭を放っていた。

誰が殺したんだ。俺じゃないぞ。俺は確かに児玉俊介を殺しにきたけれども、二年の片岡に対しては何の悪感情も抱いていない。誰が殺したのだ。

そうか、俺の紐を切った奴だな。

そいつは何者なのだ。片岡を殺して、どうして俺だけを生かしているのか。俺がもはや死んだものと思って放置したのだろうか。

まあ、そんなことはどうでもいい。俺はこうして生きているのだ。生きているかぎり、ここから逃げた麻衣と児玉をどこまでも追っていく。

山荘を出た時、ちょうど太陽が真上にあった。早くしないと日が暮れるので、すぐに追跡にかかったほうがいいだろう。小走りに森の中を進んでいくと、やがて、小川に達し、俺は流れに沿って下っていった。

どれくらいいたったか、対岸の枝に赤い紐が結びつけてあるのが目に入った。俺はすぐに児玉俊介がつけたものと察したのだ。奴らはまだこの近くにいるのだろうか。もしいれば、今度こそ仕留めるつもりだった。あるいは、もし樹海の外へ脱出したのであれば、それはまたそれでいい。俺も樹海を出るのだ。こんな樹海なんか、くそ食らえだ。二度とこんな危険きわまりないところに来るものかと思っている。

いずれにしろ、この紐の道しるべを辿っていけば、俺はどこかに到達できるはずだ。俺は前に奴らを尾行した時、紐をはずしていったように、今回も同じことをした。誰にも俺のあとをつけさせないつもりだったのだ。

そして、二時間ほど歩いた時、俺は大きな倒木に達し、その下にほら穴のような空間を見つけたのだ。すでに宵闇になっていた。

穴の底に誰かが横たわっていた。

驚いたことに、それは麻衣だったのだ。児玉の姿はどこにもなかった。奴はきっと目印として紐を結びつけながら出かけていった。その印を俺は回収しながらこの穴に達した。それはつまり、児玉はもうここにはもどれないことを意味するのではないか。

そうだ、この樹海でいったん道を見失ったら、もうあてもなく彷徨わなくてはならないのだ。児玉はもしかしてこの樹海の中で途方に暮れているのではないだろうか。

やったぞ。これも一つの嬉しい結末だ。俺は麻衣とこの穴で結ばれるのだ。彼女が起きたら、俺は……。

ついに幸運が俺に舞いこんだのだ。俺は安堵感を覚えたが、同時にひどい疲労感にも襲われていた。いくら体が頑健とはいえ、俺は負傷していたし、ろくにものを食っていなかった。ほら穴に入り、腰を落ちつけると、たちまち意識が朦朧とした。こんな状態で児玉がもし万が一もどってきたら、俺はやられてしまうだろう。

そんな危惧《きぐ》も呑みこむほどの猛烈な眠気に襲われ、俺は麻衣の横で寝入っていた。

…………

43

もう、どうしようもない。

児玉俊介は暗闇の中、大きな木の根元に腰を下ろし、頭を抱えていた。道を探せなかった徒労感と麻衣の位置を見失った絶望感がいちどきに彼を襲っていたのだ。

懐中電灯の電池はすでに切れ、真っ暗闇の中を移動するのは不可能だった。動けば、よけいに道がわからなくなるし、樹海の罠に捕らえられてしまうだろう。樹海は邪悪な意志を持った怪物だ。樹海は彼のパニックを喜び、その恐怖感さえも栄養にするような存在だった。

今はここで体を休めて夜が明けるのを待つしかなかった。

耳をすますと、樹海に溜まった水の滴《したた》る音が聞こえるだけだ。ぽたりぽたりというわずかな音。気にしだすと、それは深夜の暴走族のバイク音のように彼を責め苛んだ。

ああ、麻衣よ。今頃、おまえはどうしているだろうか。僕がもどるのを心待ちにしているのだろうか。

　ああ、僕は愚か者。

　俊介は自分がこのまま孤独のうちに死ぬことを予感した。そして、麻衣も一人残されて悲嘆のうちに息絶える。

　最悪の結末だ。

　ああ、どうしたらいいのだろう。彼はまた頭を抱え、悲嘆に暮れる。流す涙はもう枯渇《こかつ》している。ああ、ばかもの。僕はなんてばかものなんだ。こんな樹海でゲームをするなんて無謀だったのだ。

　その時、ぴたっと水の音がした。

　滴る音より少し大きな音だ。

　ぴたっとまた音がした。何だ、この音は？

　ぴたっ、ぴたっ、ぴたっ。

　誰かの足音か？　いや、違う。水の音だ。小川の流れとも異なる音。一体何なんだろう。

　俊介は起き上がり、耳をすました。音の発信源は比較的近いところと思われる。彼は闇の中で目を閉じ、全神経を耳に集めながら体をゆっくりまわした。一回転し、さらにもう一回転する。そして、ここだと思った方角に向かって立ったのだ。

　暗闇でも木はくっきりと黒い輪郭《りんかく》を描いているように見えた。彼は両手を前に差し出して、木を避《よ》けながら静かに前進する。音の正体を突き止めるまでは停まらないつもりだった。

俊介はからくり人形のようにぎこちなく歩いた。歩きつづけた。そして、ついにそこに達したのだ。足元が砂地のような感触になり、両手をふりまわしても木にぶつからない地点。

彼はゆっくり目を開けた。

夢なのか。いや、これは現実の世界だ。

足元にひたひたと水が押し寄せている。星明かりにもかかわらず、水はかすかな光を受けてきらめいていた。そこは湖だったのだ。対岸のほうに人家の明かりとおぼしき光がちらちらと瞬《またた》いている。あそこはたぶん民宿のある小さな集落にちがいない。

ああ、ついに樹海を脱出したのだ。時間は午後十一時十二分。あれほど探して見つからなかったのに、あまりにも呆気《あっけ》ない脱出だった。

だが、喜んでばかりはいられない。彼は助けを求めにいかなくてはならないのだ。早くしないと麻衣の生命が危険にさらされる。脱出した箇所に念には念を入れ、目印の紐を多めに結んでおいた。たとえ誰かに紐をとられたとしても、どこかに取り忘れるところがあるにちがいない。

それから、彼は人家に向かって、ほぼ円形を描く湖畔を歩きだした。

一時間ほどでようやく集落の中に入った。すでに真夜中をすぎ、どの家も寝静まっていた。彼は苦労して合宿に使っていた民宿を見つけだし、真っ暗になった玄関のガラス戸を大きく叩いたのだ。

「おーい、開けてくれ。助けてください」

やがて、家の中に明かりが灯り、足音が聞こえてきた。そして、ドアが開いた。髭面《ひげづら》の主人が困惑の面持ちで俊介を見つめた。

「どうしたんだね、一体？」

「おじさん。助けてください」

俊介の体力はすでに限界に来ていた。くずおれる彼を民宿の主人が抱き留《と》めた。

44――（俺）

目が覚めた時、すでにまわりは明るくなっていた。ひんやりとした森の中で、穴の中は適度な温度を保っていて、すごしやすい。

全身の節々が軋むように痛む。児玉に傷つけられた右手の甲が化膿してグローブのように腫《は》れ上がっている。首がほとんどまわらず、苦労して目だけ動かすと、隣りに俺の愛する女がいた。

「麻衣」と声をかけると、彼女の瞼《まぶた》がかすかに痙攣《けいれん》する。死んではいない。生きているんだ。

「俺だよ。野々村だ。児玉はどこへ行ったんだ?」

問いかけると、麻衣の目がゆっくり開いた。だが、俺を見ても、その目には何の感情もこもっていない。

「児玉の奴、とうとう帰ってこなかったね。君を見捨てたんだよ、たぶん」

麻衣は沈黙を守ったままだ。

「とうとう君と一緒になった。どれだけ夢見てきたかなあ」

俺は麻衣の唇に俺の唇を重ねた。ひんやりとしていたが、やわらかな唇だ。彼女は受け入れなかったものの、拒絶することもなかった。

「初めてだからね。君も恥ずかしいんだろう。俺の本当の姿がわかれば、きっと気持ちを変えるよね」

俺は天国に舞い上がった気分だった。天国。もちろん死にたくはない。気持ちが高揚していることを言いたかっただけだ。

麻衣が相変わらず無表情なので、俺は少し心配になった。ろくに食べていないのだろう。俺は自分のウエストポーチに手を突っこんだ。セロファンに包まれた飴《あめ》玉が三個だけ。でも、何もないよりはいい。一つだけ彼女にやろう。

そう思って麻衣の口に飴を持っていったが、彼女は口を開けようとしなかった。そうか、水が飲みたいんだな。俺は途中の小川で水筒に水を入れていたので、それを彼女の口に持っていった。

すると、彼女はぴちゃぴちゃとうまそうに飲み始めたのだ。少し力が出たのか、それから飴を差し出すと、彼女は素直に口に受け止めた。彼女が嬉しそうに微笑んだ。

「よかったな。もうすぐここを出られるぞ。俺が絶対出してやるからな」

時刻は午前十一時だ。

ずいぶん涼しい朝だな。というより、ひどく寒く感じた。おかしいな。麻衣は少し汗ばんでいるというのに。

それから、突然悪寒《おかん》がした。俺は体に変調を来《きた》しているようだ。頭にダメージを受け、手を傷つけられ、しかもろくにものを食っていないのだからな。昨日、あれだけ動いたことと、それから麻衣を探しあてた達成感の反動が俺の体をじわじわと蝕《むしば》んでいるのかもしれない。

少し休めばよくなるかもしれない。今日は休養にあてて、明日の朝早くここを出ればいいだろう。そう思って、俺は体を横たえたのだ。

どのくらい寝たのだろう。気がつくと、森は薄暗くなっている。ちょっと体を休めたつもりだったのに、体調はよくなるどころか悪化していた。傍らの麻衣は死んだように眠っている。

俺がこんな調子では、明日出発するのは無理だ。休めば休むほど体調が悪くなっていくような気がする。体が熱っぽく、全身が脂汗に包まれたように粘っこかった。

寝返りを打った時、目の前にパンフレットのような小冊子が目に入った。ああ、例の『遭難記』か。何年か前に作家の事件を調べにいった若者が結局森を出られなかったという話だな。愚かな奴だと思ったが、俺も人のことを笑ってはいられない。

……もう何日森にいるのか数えることもできない。

だめだ、だめだ、だめだ。

胃の中が空っぽで、力が出ない。

でも、書かなくては。ここにいるのが僕であることを証明するために。

僕は……。

…………

（『遭難記』より）

この愚かな若者は、最後は同じことを繰り返している。たぶん、死ぬ前の幻覚状態に入っていて、自分でも何を書いているのかわかっていないのだろう。

こうなったら終わりだ。俺もそうならないように何か書いてみようか。そうだ。助け出された時のことを考えて、これまでの経緯を記録しておくのだ。そう思うと、俺は冊子の余白に手記を綴っていった。

俺と麻衣の清らかな愛の物語を。

45

児玉俊介が意識をとりもどしたのは、夕暮れ時だった。ヒグラシのかしましい鳴き声に起こされたようだ。起きる寸前まで、樹海で道に迷うとんでもない夢を見ていた。

俊介の寝ているのは八畳間で、障子《しょうじ》の開け放たれた縁側ごしに波穏やかな湖が見えた。日没間近の夕日に赤く染まった湖面。心地よくひんやりした風が部屋に吹きこんでくる。

それから、はっとして布団《ふとん》をはねのけて起き上がった。

違う。あれは夢なんかではなかった。僕は麻衣と樹海の中に入って本当に迷ってしまったのだ。真夜中に樹海を抜けて、辿り着いたのがこの民宿ではなかったか。

「麻衣っ」

俊介は立ち上がって、大声で呼びかけた。くらっと眩暈《めまい》がして、すとんと腰から布団に落ちる。彼の声を聞きつけた主人が駆けつけてきた。

「おっ、気がついたか」

「おじさん。麻衣が、麻衣が、森の中に……」

言いたいことがすんなり口から出てこない。

「落ち着くんだ」

「そんなことしていられないんです。麻衣が森で助けを待ってるんです」

「ああ、それなら心配ないよ」

「助かったんですか？」

「いや、森を今捜索してるよ。だから、落ち着きなさい。きっと大丈夫さ」

主人の低い声は彼を安心させた。

「あのう、クラブの連中は？」

「ああ、みんな、とっくに東京に帰ったよ」

「僕たちが遭難したこと、知らなかったんですか？」

「いや、誰も君たちのこと話していなかったなあ。樹海に入ったなんて、私だって、昨日知ったくらいだ」

「昨日？」

「そうだよ。君がうわ言でぶつぶつ話してたから、おおよそ何があったのか見当はついた。だから、あの子を今探してるんだ」

「そうでしたか。で、僕は何を言ってましたか？」

「とても恐ろしいことだよ」

主人は戸惑い気味に顔を伏せた。「君はとんでもないことをしたんだね。君はすべてを洗いざらい話した。寝言で秘密は守れない。本心をしゃべってしまうものなんだ。だから、私は君の話を信じてるよ」

そして、主人は俊介が夢の中で語ったという「うわ言」を聞かせてくれたのである。

「児玉君。君は人を殺したと告白した。ほんとにそうなんだね？」

主人はやさしく諭《さと》すように訊ねた。

「はい。僕は人を殺しました」

俊介は素直に応じた。

「そうか。夢では嘘はつけないものね」

「坂上麻衣のストーカーを排除するのが目的でした。仲間うちにいることはわかってたから、ここの湖で合宿をセッティングして、ストーカーを樹海におびき寄せ、生きて帰れないようにしたかったのです。僕たち自身も帰れなくなる可能性はありますけど、そんな危険は承知の上でした」

「君は片岡君がストーカーだと思った」

「そうです。ひどい誤解でした。彼には申し訳なかったけど、夜、麻衣といた部屋を抜け出して片岡が寝ている部屋に入り、彼を撲殺《ぼくさつ》したのです」

「でも、本当のストーカーは違っていたんだ？」

「はい。同じクラブの野々村直樹がストーカーでした。彼はこっそり僕たちを尾行してきて、僕を殺そうとしたので、僕は彼をやっつけて紐で縛った状態で山荘に残してきたんです」

「なるほど。そんなことをしたら、彼はどうなると思う？」

「たぶん、あそこで死ぬかもしれません。でも、あれは正当防衛なんです」

「捜索隊がたぶん山荘に向かっていると思う。そうしたら、二人の死体を見つけるかもしれないね」

「僕はどうなるんでしょう？」

「殺人罪で逮捕されるかもしれないし、真相は藪《やぶ》の中になるかもしれない」

「藪の中ですか？」

「そう、藪の中だ」

「どうすれば、藪の中になるんでしょうか？」

「それは君次第だ」

「僕、次第、ですか？」

俊介はかすかな希望を抱いた。誰にも見つからないと思って殺人を犯したが、現実はそんなにあまくないようだ。

「捜索隊が入れば、あの山荘は簡単に見つけられるんだよ。見つけにくいのは、死に場所を見つけるために適当に森に入った自殺志願者たちだ。自殺者を探すのは至難のわざなんだよ。藁《わら》の中から針一本を探しだすようなものだからね」

「じゃあ、麻衣も見つからないのでは？」

「いや、彼女は必ず見つかるよ。目立つ倒木とか、ほら穴のようなものは目印になりやすいから、わりと簡単なんだ」

「僕次第というと、どうすればいいんでしょう？」

「彼女のことは捜索隊に任せて、君はここから立ち去る。もうここには二度と来ないようにすればいいだろう。これでも私は口が堅いから、君の秘密は封印してしまうよ。それで万事解決さ。絶対、警察には話さない」

「麻衣には？」

「彼女に知れたら、君は一生許されないだろう」

「そうでしょうね。この秘密は彼女に知られたくないです」

「彼女にも秘密にするよ。君がここに来ないかぎりはね」

「わかりました。そうするしかないようですね」

俊介は自分の犯した罪が暴《あば》かれないだけましだと思った。麻衣の安全もほぼ確保されたようだし、自分がここから遠くへ去ってしまえば、それですべてが終わるのだ。

「わかってくれたかね?」

主人は慈愛に満ちた目で俊介を見る。俊介は黙ってうなずいた。

46――(俺)

俺は書いている。自分の身に何が起こったのか。最初から最後までひたすら書きつづけている。


……もう何日森にいるのか数えることもできない。

だめだ、だめだ、だめだ。

胃の中が空っぽで、力が出ない。

でも、書かなくては。ここにいるのが俺であることを証明するために。

俺は……。

　ここに来てからそんなにたっていないのに、あの『遭難記』の愚か者が感じたように、かなりの日にちがたっている気がするのだ。まるで、あいつと俺の人格が合体したみたいではないか。

　同じことをうわごとのように書いている自分に気づいて、俺は愕然《がくぜん》とする。麻衣は相変わらず何も語らない。いや口を開くことができないほど衰弱しているのだと思う。ここを出ていった児玉俊介は二度とここにはもどれないだろう。だから、誰もここに来ることはない。捜索隊にしろ、絶対にここを見つけだすのは不可能だ。だから、俺たちは一緒にあの世へ行く。幸せな思いを抱いて、この世を旅立つのだ。純愛。

　まさか、そんな言葉が俺の口から出てくるとは思ってもいなかったぜ。

　苦しい。力が出ない。

　あと少しで俺の遭難の記録ができあがるというのに、踏ん張る力がだんだんなくなってきている。死期が近いのかな。

　森は静かだ。動物や虫もここを嫌って近寄らないのだろう。いるのは、俺と麻衣だけ。

　さやさやと葉擦れの音がする。

　葉擦れ？　俺は考えた。この樹海は針葉樹なのに、葉擦れの音がするだろうかと。

これは違う。別の音だ。川の音か。いや、それでもない。

じゃあ、何なんだ。

強烈な煙草のにおいがした。このにおい、どこかで嗅いだことがあるぞ。ああ、弱りきった頭では正常な思考ができない。くそっ、このにおい、最近どこかで……。

「おっ、まだ生きてたか」

俺の頭上から低い声が降ってきた。その声でようやくわかった。

そう、山荘で俺の紐を切った奴だ。助けにきてくれたのか。ありがたい。これで俺も麻衣も死なずにすむのだ。

「ありがとう。ほんとにありがとう」

一度は死を覚悟したものの、助かると決まれば、やはり嬉しさがこみ上げてくる。俺の目に涙があふれてきた。鬼の目にも涙だな。

「間に合ったか。よかった」

男がつぶやいた。

「ありがとう」

俺はこれほど他人に対して感謝の念を抱いたことはなかった。

47

男はつぶやいた。正直言って、もう手遅れかなと思ったのだ。穴の中にいた若い男女は体を寄せ合うようにしていた。結果的にそれがよかったのだろう。夏とはいえ、夜ともなれば樹海はかなり冷えこむ。凍死はしないが、寒くて衰弱死する者がいるくらいなのだ。

男は女のほうに呼びかけた。

「麻衣さん。坂上麻衣さんだね？」

女は身動きしないが、呼びかけに反応するかのように瞼がぴくぴくと痙攣した。男は女の右手を取り、脈を確認した。

「大丈夫だ。すぐによくなるよ」

男はそれから女の脇の下に両手を差しこんで穴から引き出すと、いったん倒木に座らせ、それから自分の背中に乗せた。

「あのう、俺は……」

背後から若者が力のない声で呼びかけてきた。

「あ、そうだ。君のことをすっかり忘れてたよ」

男はふり返り、若者の傍らに置いてあった小冊子を拾い上げた。

「これ、もらっておくよ。いいね?」

男はそう言うと、女を背負って歩きだした。

48

「待ってくれ」

野々村直樹は、空虚の底で呆然としていた。彼がいくら呼びかけても、男はふり返らず、麻衣だけを背負って行ってしまったからだ。

どうして。どうしてなんだ。

彼には立ち上がる体力も気力も残されていなかった。だが、冷静に考えてみると、男一人で野々村と麻衣を救出するのは困難だ。男はいったんもどってから、またここへ救出にくるだろう。

そうか、そういうことだな。

日が暮れ、また朝が来た。そしてまた日が暮れた。

だが、誰も野々村を救出にこなかった。

「どうしてだ。どうしてなんだ」

この苦境を記録に残したいが、ここには何もない。ペンが一本あっても紙がなければ書けないのだ。

あっ、あそこに紙が落ちている。

野々村は残された気力をふり絞って、くしゃくしゃに丸められた一枚の紙を引き寄せた。くしゃくしゃに丸めてあったものを開くと、そこにはこう書かれていたのだ。

「書けない、書けない、書けない」

昔、自分の妻子を殺した小説家のものだ。麻衣を救出した男が落としていったにちがいない。まさに俺の気持ちもそうだ。

野々村はペンを握ると、紙に記録を残そうとした。

「助けてくれ」と。

だが、それが限界だった。彼はペンを持ったまま力尽きたのだ。

……………

49

「結局、このゲームの勝者は誰なんですか？」

その夜、民宿の宿泊客である学生グループの中の一人が訊ねた。

「うーん、むずかしいところだね。麻衣に片思いしていた片岡哲哉は殺されてしまったね。それから、児玉俊介は樹海を脱出できたが、自らの犯罪を告白してどこかへ去った」

民宿の主人は見事な顎鬚《あごひげ》を撫でながら感慨深げに言った。囲炉裏に突き刺した鮎の串刺しがほどよく焼けて、いいにおいを放っていた。主人はそのうちの一本を抜いて、彼に訊ねた学生にわたした。

「ちょうどいい焼け具合だ。さあ、食べなさい」

学生は「ありがとうございます」と言って、魚にむしゃぶりついた。彼は頰をふくらませながら、さらに質問をつづけた。

「ストーカーだった野々村直樹は、最後麻衣にキスをして思いを遂《と》げましたね？」

「でも、野々村は手記を残して息絶えた。あと一歩のところで勝利を逃したね」

主人は立ち上がると、書棚の中から薄っぺらな冊子を取り出した。「これは野々村が書き残した手記をまとめたものなんだ」

学生は興味津々《しんしん》の様子でそれを受け取り、ぱらぱらとめくった。

「へえ、ストーカーの視点から書いた遭難の記録ってわけですね」

「まあ、そういうことだね。きわめて珍しくて貴重な記録だ。私のコレクションに追加した」

「勝者は坂上麻衣でしょうか。彼女は最後は救出されましたけど」

黒髪のきれいな女子学生が訊ねた。

「彼女は命は助かったんですよね？」

「そう。すぐに回復した。今でも元気にしてるよ。とても素晴らしい女性になった」

「まあ、よかった。彼女にとっては、ハッピーエンドになったんですね」

「そう。児玉俊介という恋人はいたが、彼は犯罪者だからね。ああいう形で別れたのは麻衣にとって幸福だったと思うよ」

「じゃあ、勝者は坂上麻衣に決定」

焼酎《しょうちゅう》を飲んで、すっかり出来上がっているお調子者が立ち上がって、杯を掲《かか》げた。「かわいい女の子が勝者になって、僕は嬉しいな」

「彼女は今、幸せな結婚生活をいとなんでるよ。この湖畔に残ってね」

主人は満足そうに言った。ちょうどそこへ主人の妻がお吸い物の載った盆を運んできた。

「さあ、みなさん。樹海の山菜でつくったお汁です。遠慮なく召し上がれ。お代わり自由よ」

学生たちの間から、わあと歓声が上がった。

主人は妻の耳に口をつけて、そっと囁いた。

「麻衣、君が勝者だってさ」

「え、何のこと？」

「いいや、こっちの話」

麻衣は怪訝な顔を浮かべると、台所にもどっていった。

「ご主人、ずいぶん若くてきれいな奥さんですね」

グループのリーダーが冷やかし気味に言った。

「まあ、女房選びに関しては、私は勝利者かなと思っているんだよ」

主人は囲炉裏の炭で煙草に火をつけると、うまそうに煙を吐いた。「ああ、禁煙はむずかしいなあ」

50

「それで、例の鬼頭武彦という小説家の事件についてはどうなってるんですか？」

学生グループのリーダーが言った。

「それはまだ解明されていないんだ。今後の研究者の登場を待ちたいね。だけど、みんなはだめだよ」

主人はそれまでの柔和《にゅうわ》な顔を突然厳しくすると、においの強い煙草の煙を吐きながら言った。

「樹海には絶対入ってはいけない。とても危険だからね。あそこには自殺者の死体もあるし、骸骨だって、ごろごろしてるんだ。ほら、山荘のベッドにあった親子の骸骨にしたって……」

だが、そう言われると、必ず行ってみたくなる者がいることを主人は知っていた。実際、そのグループの中には目を輝かせている若者がいたのだ。

だから、彼はその若者の目を見てこのように言った。

「あの森で何が起こったのか、実際のところ、誰も知らないんだよ」

若者の心に種が蒔《ま》かれたのがわかった。明日になれば、好奇心の芽が出ているはずだ。

「そして、またゲームが始まる」

彼は誰にも聞かれないようにつぶやいた。話は終わっていないし、鬼頭家の謎も解《と》けていない。これからも続編は書きつがれていくのだ。

第二部　鬼頭家の惨劇

樹海ゲーム

私はだめな男だ。もうこれ以上、生きてはいけない。可哀相だが、あいつらも私と一緒にあの世へ旅立ってもらおう。

ただ、私たちが生きていた証《あかし》を後世に残しておかなくてはならなかった。ここで一体何が起きたのか、後で鬼頭家の「現場」に踏みこんできた連中に知らせる意味でも、記録を残しておくことが私の使命だと考えている。

さあて。では、始めるか。


九月二日、午後八時二十分、人間狩りのゲームの幕が、今まさに切って落とされようとしていた。

斧《おの》を持った人間から逃《のが》れようとして駆けまわる者たちの悲鳴。その人物は右手で斧を軽々と振りまわす。

ビュンと空気を切り裂く音が静寂を破る。

「やめて、お願いだから」

複数の悲鳴が深い木立を抜け、赤羽の住宅地のほうへ伝わっていった。

……………

こうして、血塗られた鬼頭家の伝説が始まったのである。だが、語り継《つ》がれているうちに、さまざまな小さなエピソードが積み重なっていった。そして、伝説は歪曲《わいきょく》され、真実の姿を隠し、何が本当なのか定かではなくなったのだ。

鬼頭家で一体何が起こったのか。十年以上もたっているのに、犯人はまだ森の中に逃げていた。

……………

1

「あの家で何が起こったのか、実際のところ、誰も知らないんだ」

民宿の主人は、ひび割れた太い手で剛毛に覆《おお》われた顎《あご》を撫《な》でながら、宿泊客の反応を窺《うかが》った。その民宿では、主人が囲炉裏《いろり》ばたで地元に伝わる昔話を語り聞かせるのを売りにしている。主人の年齢は不詳だ。三十代半《なか》ばとも見えるし、あるいは五十歳をすぎているようにも見える。

七月下旬の週末のある日、民宿には男六人、女四人の合計十人が泊まっていた。東京の大学の犯罪研究会の顧問の教授と学生たち、さらに二十代のカップルと中年の夫婦だ。夏休みの合宿にやって来たのだが、ちょうどタイミングよく、民宿の主人が樹海に伝わる話を聞かせてくれたのだ。

「その頭が変になった人は作家だったんですね？」

四十代半ばくらいの教授が聞いた。

「そう、夫が作家で妻が画家なんです。それに幼い双子《ふたご》の姉妹がいました。十年くらい前の話なんですが、話が曖昧《あいまい》になってしまいましてね」

主人は遠くを見るようなぼんやりとした目つきになった。「山荘が樹海の中にあって、地元の人間でも迷ってしまうほどのところだから、警察の捜査もなかなかうまくいかなくてね、真相は藪《やぶ》の中です」

真夏にもかかわらず、夜が更《ふ》けるにつれて気温がぐんと下がっているように思われたが、それは主人の話が真に迫っていて、学生たちの肝《きも》を冷やしたためかもしれない。

「行ってみたいわ」

黒髪の美しい二十歳《はたち》くらいの女子学生が目を輝かせて言った。

「おっとっと。冗談でもそんなこと、言わないでくれよ」

民宿の主人はぶるぶるっと体を震わせた。

「あんたみたいに好奇心の強い若者が森の中に入って、帰ってこなかった例が何度もあるんだ」

そう言って、主人は山荘の惨劇を調べに入ったまま樹海で息絶えた若者の話を始めたのだ。

「いやだ、怖い」

好奇心を剝《む》き出しにした彼女は、隣りに座るクラブの代表の男子学生の腕を両手でつかみ、さりげなく自分の頭を彼の肩につけた。その学生は他の男子に比べ、顔や体格など、あらゆる点でまさっていた。もう一人の女子学生は、そんな彼女の行動を嫉妬《しっと》を込めた目で見た。グループの中では、一人の男をめぐって、二人の女が激しいつばぜり合いを繰《く》り広げているようだ。

「でもね、あなたたち」

主人はにやりとして、先をつづける。宿泊客たちの視線がいっせいに彼のほうへ向いた。

「数年ほど前に新たな展開があってね」

「ほう、新展開ですか？」

教授はよく手入れされたオールバックの髪を軽く撫でると、興味深そうに身を乗り出してきた。黒縁眼鏡《くろぶちめがね》の奥の目がきらりと光った。

「ある夏、湖畔で不審な中年男が発見されたんですよ」

「不審な男？　まさかその作家だったりして……」

「いや、わかりません。その男は気を失っていたんです。波の打ち寄せる浜辺でね」

「でも、それがどうして新展開につながるんですか？」

「彼が持っていた手記ですよ」

「手記？」

「そう。そこには、あの鬼頭家で起こったことが書いてあったんです」

「へえ、おもしろそうですね。それが事件の謎を解《と》く手掛かりになったんですか？」

「一つのヒントにはなりました」

民宿の主人は、煙草《たばこ》に火をつけると、教授に酒を勧《すす》めながら驚くべき話を始めたのだった。

2

霧が深くたちこめる朝だった。夜明けの時刻はとうにすぎているが、分厚《ぶあつ》い霧が太陽の光を遮《さえぎ》っていて、下界はまだ暗かった。よほどの大雪か大雨でないかぎり、民宿の主人は早朝、愛犬を連れて湖畔の散歩を楽しんでいた。たとえ明かりがなくても、目をつぶっていても、彼の頭の中にはこの辺の地形がすべて入っているので、散歩するのに支障はなかった。

散歩の道順は、まず民宿から湖畔に出て、湖に沿って樹海のそばまで行き、また同じルートを帰ってくるというもので、往復で大体四十分くらいだった。不審な男が倒れていたのは、樹海の入口近くで、主人は最初、太い枯れ木が湖畔に漂着したものだと思った。

だが、よく見ると、それはまぎれもなく人間だ。濃茶色の登山シャツにベージュ色のズボン姿で、年齢は四十から五十の間といったところだろうか。男の髪は長く伸び、髭《ひげ》が顎からもみ上げにかけて覆っている。ズボンの泥汚れやかぎ裂きが、男を襲った苦難を物語っていた。男のそばには、リュックサックがあった。

主人は男の手を取り、脈を診《み》た。死んではいない。かなり衰弱しているようだが、脈拍はあった。彼は男を肩に担《かつ》ぐと、民宿まで運び、そこで救急車を呼んだのだ。これまでにも、彼は行き倒れの人間を数多く見ていた。自殺するために樹海に入ったものの、怖くなって、また湖畔にもどるというパターンが一番多い。

その一方で、死にきれずに、また元の道を引き返そうとして道に迷ってしまう不運な者もいる。こういった連中も、結果的に樹海で命を落とすことになるので、自殺者として処理されてしまうわけだ。

このパターンの人間はかなりいると主人は推測している。死のうと思って樹海に入っても、樹海の懐《ふところ》の深さに恐れをなし、自殺を思いとどまるのだ。樹海には死を呼びこむ力と、死を思いとどまらせる力が相半《あいなか》ばし、拮抗《きっこう》している。

この男はどっちのタイプだろう。主人はリュックサックを開けてみた。樹海をカバーするこの周辺の詳細な地図、それから軍手やタオル、汚れた下着類に交じって、表紙のすり切れた大学ノートが入っていた。

男の身元を確認できる記述があれば、家族に連絡できる。そう思って、彼はそのノートを開いてみたのだ。

だが、そこには、想像とは異なり、恐ろしいことが書かれていた。

ノートの一ページ目に「赤羽一家殺人事件『鬼頭家の惨劇』資料」と記《しる》されていた。

「この男はもしや鬼頭家の関係者？」

民宿の主人はつぶやいた。

3

男が目を開けたのは、ベッドの上だった。白い壁、白い天井、白い……。

窓の向こうに白い霧が流れているのが見えた。

ここはどこだろうと、男はまず考えた。それから、どうしてここにいるのだろうと思った。

ここは病院のベッドのような気がする。

それから、近くに人の気配を感じて、はっとした。

「ああ、気づいたか？」

馴《な》れ馴れしく呼びかけるのは、髭のある中年男だった。髭の男はにこにこしながら、彼の顔をのぞきこんでいた。

　彼は起き上がろうとして、背中から腰にかけて激痛を感じた。

「あ、そのままにして。無理したら、体にさわるから」

　髭の男が言った。

「あ、ああ……」

　それに対して、男が礼を言おうとすると、口から出たのは力のない呻《うめ》き声だった。

「どうだい、生まれ変わった気持ち？　この男は何を言っているんだろう。

　生まれ変わった気持ちは？」

「わかる。あんたは樹海の中で迷ってしまった。たいへんだったね。おそらく樹海を抜けてほっとしたところで気を失ったと思うんだ」

　相手の言う意味が理解できなかった。どうして私が樹海に？

「幸いにも、あんたは衰弱してるだけだった。たぶん、四、五日、何も食べてなかったんだろう。病院でゆっくり養生《ようじょう》したほうがいいよ」

「病院？　ここは病院なんですか？」

「やっとしゃべれたね。よかったよかった」

　髭の男は本心からそう言っているように思えた。

「私はどうしてここに？」

「湖のそばに倒れてたんだよ。樹海のすぐ外側だ。私が犬を連れて散歩してる時にあんたを見つけた。二日も前になるかな」

「私はずっと意識を失ってたんですか？」

「そうだ。死んだように眠ってた」

「そうだったんですか」

「悪いけど、あんたの荷物を調べさせてもらったよ。ご家族が心配するだろうと思って、手帳でもないかなと思ったんだ」

「はあ……」

「でも、あんたの連絡先を記したものが全然なくてね」

「そうですか」

「ご家族に連絡したほうがいいと思うんだけど」

しばらく沈黙がつづいた後、男がつらそうに口を開いた。

「できないんです」

「いや、あんたの気持ちはよくわかるよ」

髭の男は保護者のような笑顔を崩さずにうなずいた。「あんたは自殺するために樹海に入ったんだろう？　家族に知られたくない気持ちもわかる。でも、やっぱり、奥さんや子供が心配してるんじゃないのかな。一度死んだ命がもどったと考えれば、残りの人生、何をやっても怖くないと思うんだけどね」

「できないんです」

ベッドに横たわる男は吐《は》き捨てるように言い、右手で自分の頭を叩《たた》いた。それから、女のようにめそめそ泣きだしたのだ。

「わかった。あまり強く言っても、かえって逆効果だな。時間が解決するよ。体調がもどるのを待って、家族に連絡するんだな」

髭の男はそれ以上強く勧めることなく、あっさり引き下がり、「じゃあ、私は帰るよ」と言って、病室を出ようとした。

「違う、違うんです」

ベッドの男は声を張り上げた。

「どうした。何が違うんだね？」

髭の男は足を止め、怪訝《けげん》な顔をしてふり返った。

「覚えてないんです、自分が誰なのか」

「自分がわからない？」

「そうなんです。記憶がないんですよ」

「ほう、それは記憶喪失ということかね」

髭の男がまたベッドのそばにもどってきた。なぜか、その顔は好奇心に満ちたように輝いていた。

「教えてください、私が誰なのか」

ベッドの男は、両手で頭を抱《かか》えこみ、悲痛な声で訴えた。

…………

…………

第一幕　団《だん》欒《らん》

1

樹海を深い霧がすっぽり覆い隠していた。

九月初めのこの時期、午前六時が夜明けの時間だが、樹海の木々に囲まれたこの山荘では、太陽が昇《のぼ》ってくるのは七時すぎだ。まもなく八時になろうとしていたが、建物の外は分厚い霧で白く塗りこめられている。これでは、夜のほうがまだましだ。真っ暗で何も見えなければ、あきらめもつくが、見えていいはずの景色《けしき》が見えないのは精神的によくない。

このところ、霧の日が多かった。都会では夏の暑さを引きずって、毎日晴れがつづいているというのに、この湖畔一帯は太陽がつむじを曲げているとしか思えないほどの曇り空の毎日だ。晩秋を先取りしたような寒い日々——。

それでも、子供たちが陽気で明るいので、まだ救われている気はするのだが。

鬼頭眉子《まゆこ》は重い溜息《ためいき》をついて、窓から外を窺った。

最初この家に住んだ頃、樹海はまだ庭の向こう側にあった。間違いなくそうだったと思う。不動産業者に連れられて下見に来た時は、建物自体が日の光を浴びて、黄金色に輝いていたほどだ。夫も満足げに「いいじゃないか」と言い、子供たちは青々とした芝生《しばふ》に飛んでいって、庭に据《す》えつけてあったブランコに乗って歓声をあげていた。

今となってみると、この山荘が一番よく見える時を選んで不動産屋が鬼頭家の四人を連れてきたのではないかと彼女は勘繰《かんぐ》っている。実際、そうだったのかもしれない。いや、絶対にそうだったのだ。

ここに住み始めたのは、七月の下旬だった。梅雨《つゆ》明け、夏の暑さが身にこたえる頃を選び、避暑を兼《か》ねるように住み着いた。時期的に一番よかったと思う。ここの生活に慣れた頃、夏が終わり秋を迎える。そうすれば、冬を乗り越えるのもわりと簡単だろうと思ったのだ。

双子の娘たちはまだ就学年齢に達していないし、誰にも邪魔されない家族だけの生活を楽しむことができるはずだ。たまに湖畔の住宅地にある店で買い出しをする。夫は書斎にこもって小説を執筆し、彼女は子供の世話をしながら絵筆をとる。

彼女たちは芸術家夫婦だった。夫の鬼頭武彦は推理作家で、その表紙の絵を一度彼女が担当したのがきっかけで交際を始めたのだ。彼女自身、夫の小説のファンだったし、夫も彼女の描く幻想的な世界が好きだった。

交際から半年後、彼女たちは結婚し、二年後には双子の娘が生まれた。幸せいっぱいの家族だったが、その頃からすでに悲劇の生まれる下地はできていたのだ。夫は三十代半ばで、業界ではすでに中堅どころだったが、極度のスランプに陥《おちい》っていた。

推理小説の新人賞をとってデビューしてから数年。夫は毎年確実に傑作を書いて地歩《ちほ》を固めていったが、名声が高まるほど、己《おのれ》の作品に対する目は厳しくなり、それが逆に彼を追いつめていたのだ。一年間、何も書けない日がつづいた。それから、あるトラブルに巻きこまれ、何ヵ月も車などで移動する日々がつづいた。

静かな環境の場所に落ち着いて周囲の雑音を聞かないようにすれば、執筆作業が捗《はかど》る。そう思って、仕事場兼住居を探していたのだが、たまたま泊まった宿のテレビで樹海の特集を見た。自殺者をテーマにしたもので、見ているうちに夫の頭に閃《ひらめ》いた。こんな気味の悪いところなら、人も来るまい。執筆環境として、これほど条件のいいところはないように思ったのだ。

一方、眉子のほうは樹海に住むことに反対だった。周囲と隔絶《かくぜつ》したところに住むのは、確かに人間関係を絶ち、誰にも邪魔されないだろうが、その一方で孤独感が夫をさらに追いつめるのではないかと思ったのだ。夫はもともと寂《さび》しがり屋だった。寂しい環境に自《みずか》らを置くことが夫によくない結果を招くのではないかと彼女は危惧《きぐ》したのだ。

だが、夫は積極的だった。これ以上、反対できないと思った彼女は一つだけ条件をつけもし、樹海の近くに適当な物件がなかったら、この話はなかったことにしようと思っていたし、ということだ。彼女自身、そんな気味の悪いところに家なんかあるはずがないと思っていたし、あるとしても湖畔の風光明媚《ふうこうめいび》な場所だろうと楽観的に考えていた。

夫は彼女の条件を受け入れた。気に入った物件がなかったら、湖畔の別の場所をあたるということで話が決まり、家族四人で樹海のある村へ向かった。

ところが、不幸なことに、適当な物件があったのだ。湖畔にあるその村一軒だけの小さな不動産屋に飛びこんだところ、髭面の主人が、にこにこしながら彼らを迎えた。その不動産屋は民宿もやっており、不動産業のほうは片手間にやっているようだった。

「あります、あります。お客様の希望にぴったりと合う物件が一つだけあります」

不動産屋は早速現地へ案内するという。「樹海といっても、その中にあるのではなく、すぐ外側なんですよ。少しも寂しくなんかありません。地図では樹海の中になってますが、山荘のまわりは木が切られて整備されてます。芝生も青々としてますよ。それに熊や猿なども来ませんから、お嬢ちゃんたちも安心です」

内心困ったことになったなと眉子は思ったが、夫は大喜びだった。

確かに、そこは美しい山荘だった。樹海といっても、すぐ近くにあるだけで、ログハウス風の二階建ての家は陽光の下、真新しく見えたし、芝生の手入れもよく、内部もきれいになっていた。

「お客様、もちろん、ここは新築ではありません。でも、新築同様にリフォームしました。どうです、この木の素晴らしさ、重厚感があっていいでしょ？」

家の中を案内されているうちに、眉子の気持ちに変化が生じた。ここでもいいかなと思い始めたのだ。ここなら、夫の気分も変わって、新たな執筆意欲が湧《わ》くかもしれない。それに、外のブランコで娘たちが歓声をあげていたからだ。あの子たちもすごく気に入っているみたいだし……。

「でも、お金の問題が……」

そう、この物件の価格が問題だったのだ。不動産屋の店頭に貼《は》りだされていた価格は田舎《いなか》の物件としてはあまりに高すぎた。そのことを指摘すると、不動産屋は両手をぽんと叩いた。

「じゃあ、こうしませんか。こういうことはめったにやらないのですが、一年間のレンタルでどうでしょう。一年分の家賃を前払いしていただき、気に入ったら、翌年以降も契約をつづけるということで……」

断る理由はなかった。後で考えると、不動産屋はこの忌まわしい物件を借りてくれるカモが来るのを網を張って待っていたにちがいないのだ。

彼ら一家はまさしくカモだった。カルガモの親子は、山荘が一番よく見える時を選んで訪れ、物件を一目見て気に入ってしまった。違う季節、もしくは朝早くか夕方近くに来ていれば、山荘の真の姿を見ることができたはずだが、たぶんその頃、不動産屋を訪れたら、この物件は紹介されず、また違った展開があったにちがいない。

　この山荘を選んだ経緯はそのくらいにして、鬼頭一家は長い移動生活を終え、七月末に引っ越しを完了した。都会ではうだるような暑さがつづく毎日で、避暑にでも来るような感覚でやって来たのだ。

　荷物が運びこまれたのがお昼少しすぎで、午後五時すぎには、樹海特有の薄靄《うすもや》が山荘の周辺を覆い始めた。彼らにはすべてが新鮮で珍しかった。今では眉子を陰気にさせる薄靄さえ、その時は幻想的に見えたのだ。

　翌日の朝霧も素晴らしかった。十時すぎに霧は晴れ、樹海は明るい様相を見せる。明るいうちにカモをおびき寄せ、気づいた時には夕方の薄靄で樹海にとりこんでしまう。ここは巨大な自然の罠《わな》だったのだ。

　明るい陽光の下で、子供たちは庭に出て遊んだ。「森に入ったら危ないよ」と言う両親の注意に素直に耳を傾け、子供たちが森に入ることはなかった。

　夫は小説作りの前の「充電期間」と称し、ひさしぶりにのんびりした夏を送り、妻である眉子も家族四人の団欒《だんらん》を楽しんだり、気が向いた時は絵筆を握った。山荘では夫の仕事部屋、彼女のアトリエも確保できた。さらに居間や食堂、二階には夫婦と子供たちの寝室もあった。

昼間の明るい陽射しはみんなの気持ちを明るくさせ、夜と朝はほとんど家の中ですごしたので、樹海のことはあまり気にならなかった。

だが、楽しかったのは、夏が終わるまでの話だった。

秋の気配が漂《ただよ》い始める八月の下旬、湖畔では観光シーズンが終わり、閑散《かんさん》とし始めた。樹海の外側でバカンスを楽しむ人たちの気配は、山荘にいても感じることができた。キャンプを楽しむ人の歓声や花火の音などが、時々風に乗って聞こえてくることがあったからだ。樹海はそうした明るさを嫌い、夏がすぎ去るのを辛抱《しんぼう》強く待っていた。

湖畔に秋が訪れると、樹海はその本来の牙《きば》を剝きだしてきたのだ。樹海の間近《まぢか》に住む彼らにも、異変らしきものを感じることができた。

まず、霧のかかる時間が増えてきた。朝夕の霧は明るい昼の時間帯を徐々に侵食し、光の時間をどんどん少なくしていったのだ。

光の時間が少なくなることは、それだけ住む人間の心の中にも暗い影を落とす。充電期間を終えたはずの夫は、新たなプロットを作るべく、終日部屋にこもっているが、はかばかしくないようだ。

一方、眉子は個展を開きたいので、最低十五作品を完成させなくてはならなかった。すでに九つの絵が完成し、残りはあと六作品ほどだった。テーマは家と家族だった。夏の樹海の風景や山荘のたたずまい、家族団欒などがすでに完成していた。樹海の秋は好きになれそうになかったが、彼女は次の絵であえて秋をテーマに選んだ。

娘たちは明るい屋外の時間が少なくなり、屋内ですごす時間が増えたので、ちょっぴり不満そうだった。彼女たちの欲求不満を解消すべく、眉子はたまに車で湖畔地区の店へ買い出しにいったりしたが、秋が深まるにつれ、それくらいのことでは子供たちが満足しなくなっていった。

「あなた。たまにはあの子たちを車で連れていってくれる？」

眉子は子供たちの世話を任せっきりにされていることに、少し苛立《いらだ》っていた。「あなたにとって仕事が大事なのは、よくわかってるつもり。でもね、わたしだって、個展のお仕事をしなくてはいけないの。期日までに作品がそろわなかったら、わたしに対する信頼が失われてしまう。大事なお仕事なのよ」

「ああ、わかってるさ。君の言うことは、よく理解してるよ」

本当にわかっているのだろうかと眉子は思った。

「あなたって、自分勝手ね。夫婦はお互いを助けなくてはいけないのよ」

「ああ、わかってるよ」

夫の口調がさっきより刺々《とげとげ》しくなった。

「わかってるのかしら。そんなことを言ってるうちに、日が暮れてしまうわ」

これまで、心の中に兆《きざ》した不満をこうして口にすることはなかった。この家が彼女にそうさせているのだろうか。

「いいわ。今日もわたしが行く」

非協力的な夫とこれ以上話していたら、彼女のほうが爆発してしまう。そうならないように、彼女は子供たちを湖畔に連れていくことにした。絵の題材を探しにいこう。そうでも思わなくては、彼女の不満が解消されることはなかったのだ。

2――〈俺〉

うん、なかなかおもしろい展開ではないか。

俺は「特等席」に座りながら奴らの動きを観察していた。俺はこの家を自由に動きまわっているのに、奴らからは見られない。透明人間のように思いのまま移動できるのだ。すぐそばにいて、そこにいない存在。それが俺だ。俺はこの「ドラマ」の観客であり、またそのストーリーに組みこまれた存在の一部ということになっている。

今の平和な家族団欒の図が、秋になって壊《こわ》れてくる。鬼頭家の不安な先行きをにおわせる展開を俺はわくわくしながら見守っていた。

子供のほうは、俺の存在が気になっているらしい。黒子《くろこ》みたいな存在は、大人の目には映らないが、純真な子供の目には見える。俺は子供たちに見つかった時は手を振って、存在を知らせる。

娘たちの問い。

——あなたは誰なの？

「さあ、誰なんだろうね」

——教えて。

「男であるのは間違いない。君たちのお父さんかもしれないぞ」

——嘘《うそ》、嘘に決まってる。

「いや、わからないよ」

そう言って頭を叩くと、虚《うつ》ろな音がした。

そうさ、俺は虚ろな存在なのさ。

3

眉子の一番気に入っている絵は「団欒」というタイトルの作品だ。

この山荘に引っ越してきた時、玄関のポーチに一家四人が並んだところを不動産屋に撮ってもらったのだが、その写真を見ながら、彼女は新生活を記念する意味で絵にしようと思った。まだこの山荘に対して希望があり、先行きの見通しも明るかった時のことだ。彼女は幸福に満ちあふれた気分で描き始めた。

彼女の心情が絵に乗り移り、最近では傑作の部類に入る出来だと、作者自身も思った。

この調子なら、個展は大丈夫そうだわ。

だが、樹海における時がたつうちに、画風が微妙な変化を見せ始めた。絵筆を持つ者の気持ちが作品に投影されるのだ。描かれた娘たちの顔から笑顔が消え、すました顔の奥に欲求不満の感情が垣間《かいま》見えた。夫の目の下の隈《くま》が目立っているが、これは寝不足のせいかもしれない。小説のプロット作りがうまくいっていれば、こうしたことは起こらないはずで、夫が焦《あせ》りを覚えている証拠だった。

夫の気分転換と自分の鬱憤《うっぷん》晴らしを兼ねて、眉子は九月上旬のある週末にピクニックを計画した。夫は最初乗り気ではなかったが、娘たちに「パパも行こうよ」とせがまれて、しぶしぶ車を運転することになった。

山荘は樹海の周縁部にあった。そのまま手入れを怠《おこた》れば、樹海の中に取りこまれてしまいそうだったが、不動産屋が買い手がつくまできちんと管理していたのだ。不動産屋の手から離れ、山荘が鬼頭家の所有となると、樹海はじりじりと接近してくるように見えた。

電気は自家発電、ガスはプロパン、水道だけは村から引いていた。最初の契約で料金は不動産屋に支払うようになっていたが、現金を持ち歩いている彼らには都合がよかった。

道はさすがに舗装されておらず、砂利《じゃり》道だ。最初はきれいにならされていたが、夏場の雨に砂利が押し流されて、路面がでこぼこになり、水たまりがあちこちにできていた。木陰《こかげ》の道は太陽の光が差しこむことはなく、いつもじめじめしており、水たまりも消えることはなかった。

夫は悪路に対してぶつくさと不満をもらしながら、湖畔の周回道路まで出た。ここまで来れば、きれいに整備された舗装道だ。

「こんなに近くなのに、どうしてこっちは明るいのかしら」

眉子は、湖畔のほうに住みたかった。青々とした湖面、優美な稜線《りょうせん》を描く山……。樹海の中で陰気臭い森を見て毎日をすごすより、こちらの明るい世界で暮らしたら、心の中まできれいに洗われそうだ。

「こういうところで暮らしたいわね」

彼女は夫にさりげなく本音《ほんね》を伝えた。

「ああ、そうだな」

夫はぶっきらぼうに返事をした。

「いっそのこと……」

「やめよう、その話は。せっかく引っ越したばかりなんだ。それに、車で十五分も走れば、いつでもここに来られるしさ」

夫はあくまであの山荘を離れるつもりはないようだった。展望所の近くに車を停めて、彼らは浜まで降りた。娘たちは開放的な場所に感激したのか、歓声をあげて飛びまわる。

「あの子たちもこっちのほうが気に入ってるみたい」

眉子はなおも食い下がった。

「いや、あの子たちは、今の山荘でも最初はあんなふうだったよ。こっちに住んでも同じさ。子供って、飽きっぽいものなんだよ」

これ以上、夫をつついても結果は同じように思えた。夫は本来はもっと柔軟な考え方の持ち主だったのに、やはり樹海の持つ毒気《どくけ》に影響されているのかしら。

毒気？　そう、毒気という表現が適当であることに、彼女は今気づいた。樹海はキノコが胞子をまくように、毒気を周囲に放《はな》っている。その毒気に彼女たち家族も冒《おか》され始めているのだ。

夫が浜辺で小石を拾い、それを湖面に向かって投げた。石は水面を跳《と》びはねながら、湖の奥へ飛んでいった。

「パパ、すごいっ」

娘たちが喜び、夫は「どうだ、すごいだろう」と言って一緒に喜んでいる。こうした家族の触《ふ》れ合いは、開放的な場所でないとできない。閉塞《へいそく》的な樹海の家では、こうした屈託《くったく》のない笑いは起こりようがないのだ。手遅れにならないうちに、あそこを離れたほうがいい。

そう思いつつも、眉子は樹海を離れる決定的な理由を見つけだせなかった。夫を説得できる具体的な理由がなかった。また新たな物件を探すために移動の生活が始まるし、煩雑《はんざつ》な手続きをまた繰り返すことになるのだ。そして、新しく決めた場所が彼らにとって最上の場所である保証もなかった。

彼女が夫なら、絶対に断るだろう。

だから、今、夫が娘たちと無邪気に戯《たわむ》れているのを見ると、眉子は強く言いだせなかったのだ。

だが、事態は着実に……。

着実にどうなっているの？

答えを出すのは怖かった。彼女は首を強く振って、物ごとをいいほうへ考えることにした。もう少し待っても遅くない。もう少し待っても……。

楽観的になるのよ。

4――（俺）

奴らが車でどこかへ出かけた後、俺は山荘の中を歩きまわっている。

窮屈《きゆうくつ》な恰好《かつこう》を強いられていたので、ひさしぶりに体を伸ばした。節々《ふしぶし》が痛む。全身が油の切れたロボットのように軋《きし》み音を発している。

この建物に事件解明のヒントが絶対にあるはずだった。家族四人の動きを見れば、ある程度わかってくると思っていたが、そうでもなかった。奴らの破滅への過程を見るのは、わくわくするほど楽しいけれども、そこからは悲しいことに、何も生まれてこなかった。

奴らが帰ってこないうちに、俺は家の中を調べてみることにした。

一階、玄関のホールは吹き抜けになっていて、天井には吊《つ》り下げ式の照明がある。ホールの奥にはダイニングルームとキッチン。

ホールに接して、右と左に部屋が二つずつある。右手奥の部屋は妻のアトリエだ。部屋の中央に大きなイーゼルが置いてあり、ほぼ完成状態のキャンバスが立てかけてある。家族四人が並んだ絵だ。フランス人形のような双子の姉妹を真ん中にして鬼頭夫妻が両側から幸福そうな笑みを浮かべている。

まさに平和そのものの鬼頭家だ。キャンバスの裏側には、すでに「団欒」とタイトルが記されていた。

「似ていない」

俺は思わず声を発した。その声が思いがけないほど大きく反響し、俺は思わず口に手をあてた。似ていないというのは、鬼頭夫妻と双子が、絵に描かれている家族と全然似ていないという意味だ。

俺は笑った。笑い声が反響し、家の隅々《すみずみ》へ伝わっていった。

……………

5

「ねえねえ、パパ」

双子の妹、シノブが言った。

「どうした、シノブ？」

「笑い声が聞こえなかった？」

「笑い声？」

鬼頭武彦は、山荘の見える位置まで来ると、車を減速させ、ゆっくりと駐車スペースに入っていった。特別に車庫はなかったが、木陰の下に車を停めるようにしていた。前の持ち主が車を持たない人間だったので、車庫までは造らなかったようだ。車がなくて、どうしてこんな不便な場所に住んでいたのかは謎だが、不動産屋はそれに関して明確な説明をしなかった。

ともあれ、車庫がなくても不便は感じない。この森では、どんなに雨が降ろうとも、それほど濡《ぬ》れることはなかったからだ。不動産屋にもこの点を質《ただ》したが、冬になって雪が降っても、ここだけは積もらないから大丈夫だと言われた。

「もし不具合があるようでしたら、いつでも連絡してください。すぐに車庫を造るよう手配しますから」

髭面の不動産屋はいっときも笑みを絶やさずに答えた。「樹海はね、意外に雪が降らないんですよ。湖畔とは天気が全然違うんです。きっと何かあるんでしょうね」

「何かというと？」

気になった眉子はすかさず聞き返した。

「あ、いや。こっちの話です」

不動産屋は真面目《まじめ》くさった顔で慌《あわ》てたように言い、すぐにまた笑顔を浮かべた。「磁力とか、そういったことでしょう。深い意味はありませんよ、奥さん」

武彦は車を木陰に停めて、エンジンを切った。

「笑い声？」

彼は運転席から背後をふり返り、もう一度娘たちに聞いた。

「家のほうから笑い声が聞こえたの」

シノブは姉のユリを見て、二人でうなずき合った。

「眉子は聞いたか？」

助手席に座る眉子はかぶりを振った。

「いいえ。でも、二人が聞いたのなら……。聴覚は子供のほうが鋭《するど》いんじゃないかしら」

「お客さんが来たのかな」

武彦は首を傾《かし》げた。「ここに越してきたことは、誰にも話してないんだけどな」

武彦の両親は、二人ともアクシデントに遭《あ》って、すでにこの世にいない。眉子にしたところで、母親は生きているが、兄と同居しているし、もともと母子の折り合いがよくないので、連絡を取り合っていなかった。

「誰なんだろう」

夫が言った時、後部座席のドアが開いて、娘たちが家に向かって駆けだした。

「だめよ、あなたたち」

眉子が止めても遅かった。彼女は車を降り、夫もその後につづいた。

「もどりなさい、早く」

彼女の呼びかけにもかかわらず、敏捷《びんしょう》な娘たちはたちまち玄関のポーチを上がり、ドアを開けた。

「鍵を開けておいたのか」

夫の罵声《ばせい》が眉子の背後から飛んできた。

「閉めたはずよ」

そう言っているうちに、二人も玄関から中へ入った。娘たちはホールの真ん中で立ち止まり、周囲に耳を傾けていた。

眉子が子供たちを抱き寄せている間に、武彦が家の中を見てまわった。一階には誰もいない。階段を上がって二階も全部調べてみたが、不審な人間はいなかった。

「大丈夫だよ。おまえたちの空耳さ」

「ソ・ラ・ミ・ミ？」

娘たちはここへ来る前、ピアノを少しやっていたので、音階でソラミミと叫んだ。その反応がおかしくて、眉子は吹きだした。夫もつられて笑いだし、娘たちもきょとんとしながらも、両親のまわりを駆け始めた。

「わーい、ソ・ラ・ミ・ミ」

「ほらね。誰もいないじゃないか」

「なあんだ、つまらない」

ユリとシノブが異口同音《いくどうおん》に言った。

「どうしてだい？」

「だって、お客さんが来てくれたほうが嬉《うれ》しいもの」

「そうかなあ」

「寂しいじゃないの」

「そうか、おまえたちは遊び相手がほしいんだな？」

「うん。なんか、ここにいるの、飽きちゃった」

「だったら、犬でも飼おうか」

「わあい、ほんと？」

「ああ。でも、おまえたちが面倒を見るんだよ。それが条件だ」

「うん、わかった。でも、いつ飼うの？」

「パパの仕事の目処《めど》がついたらだね。それに、ママのほうも」

武彦は眉子に視線を送る。

「ええ、ママももうすぐ仕事が一段落するから、そしたらね」

「わあい、やったやった。約束だよ。嘘ついたら、承知しないからね」

思えば、それが四人が心から笑った最後の時だったのかもしれない。不吉な足音は、樹海の奥から確実に鬼頭家の山荘に迫りつつあったのだ。

6――（俺）

双子の娘たちが、どうも気味が悪い。

なぜなら、二人とも同じ台詞《せりふ》をほとんど同時にしゃべるからだ。いくら一卵性の双子が同じように考え、同じように行動するといっても、性格は微妙に違うはずだ。母親の胎内で一緒に育ったとはいえ、生まれ落ちる時間がわずか数分ずれることで、どちらかが姉になり、妹になる。姉妹の序列が決まることで、姉なら姉としての自覚が生じてしっかりとし、妹ならそれなりに甘えん坊になったりするものだ。

だが、この双生児の姉妹は、行動するのも同時、話をする時も一人の人間がしゃべっているように、言葉がずれたりしない。異口同音とも意味合いが異なるような気がする。

俺は窮屈な恰好で、奴らの動きを追っている。

俺は自分が誰なのか、まだわからない。

俺は誰なんだろう。

…………

7

眉子はアトリエで「団欒」というタイトルの絵の最終的な仕上げをした。

サブタイトルとして「楽しかった夏の思い出」をつけたかったが、長たらしいのでやめた。漢字二文字だけのほうが簡潔だし、見るほうにも意味がすっきり伝わるだろう。

この絵を描き始めた頃に比べて、家の中の様子が微妙に変わってきていると感じていたが、今はそれを確信していた。樹海が季節の移《うつ》ろいによって色を変えるように、その周囲の変化が山荘に住む鬼頭家の人々の心にも影響を及ぼしているのだ。

この調子なら、個展は何とかなるだろう。次に描くのは、何にしようかと考えて、やはり家族愛に決めた。ずっと以前、画廊の主人から「家と家族」をテーマに頼まれていた。彼女の描く人物画の評判がいいし、よく売れるというのだ。

今度もまた二文字のタイトルで描こう。

そう思って、まずタイトルを考えた。6Bの鉛筆で紙に書こうとした時、ふと思いついた言葉があった。

困惑。

それにしても、どうしてそんな言葉が浮かんだのだろう。何に対して困惑するというのか。樹海のこと、それとも家族、あるいは全然関係ないもの？

ホールで遊ぶ娘たちの声が聞こえた。

それを聞いて、今度もまた家族の団欒を描くことにした。「団欒」は夏の家族だったから、今度は秋の家族だ。季節によって服装も違うし、空気の色も違う。それをキャンバスに描くのだ。わたしはプロよ。そのくらい、簡単なこと。

「困惑」は樹海の秋に戸惑《とまど》う家族をテーマにしよう。構図は「団欒」をベースにして、そこに今の家族を描きこむのだ。

眉子は十号サイズのキャンバスを持ってきて、イーゼルに立てかけた。テーマが決まれば、あとは簡単だ。彼女は全神経を絵に集中させた。

8

小説のプロットは、ぜんぜんできていなかった。

「こんなはずじゃなかったのに……」

鬼頭武彦は、呻くように言い、窓ガラスを通して、霧で白く塗りこめられた鬱陶《うっとう》しい世界を望んだ。ここへ来て、もう一ヵ月以上になる。執筆環境を変えれば、小説作りもすんなり進むと思っていたが、考えはあまかったようだ。

以前はデスクに向かえばすぐにプロットが思い浮かんだものだ。書きたいことが頭の中にたくさんあり、その棲《す》み分けがきちんとできていた。だから、今度はこのテーマがいいと思えば、頭の中の一つの引き出しを開けて、プロットを作りだした。銀行の貸し金庫のようなものだった。

デビューしてから数年はそんな調子で、プロットが枯渇《こかつ》するなんてことは考えられなかった。編集者をやっていた頃、アルコール依存症になりかけたことがあるが、それは仕事のストレスが溜まったためだ。幸いにも、仕事の傍《かたわ》ら、必死に書いたミステリーが新人賞をとったことで、アルコールともおさらばした。そして、しばらく会社勤めもして二足の草鞋《わらじ》を履《は》いていたが、一年あまりで退職し、作家専業になった。三十歳の時だ。

三年後に眉子と結婚し、その翌々年双子の娘、ユリとシノブをもうけた。今ふり返ってみると、どうやらその頃から彼の作家人生に陰りが出てきたように思えるのだ。もちろん、結婚を否定するわけではない。結婚によって、新たな世界が広がったし、小説作りの上で幅もできた。

だが、マイナスの面があるのも否定できなかった。他人と生活しているわけだから、感情的な衝突はある。妻も芸術家だし、彼女の仕事も大事にしてやりたかった。子供の世話もできるだけ分担するつもりだった。そうはいっても、料理や子供との遊びは、妻のほうに負担がかかっているかもしれない。妻はあまり不平を言わないが、心の中に鬱憤が溜まっていることが容易に想像できるのだ。

そのうちに、彼の創作が行き詰まってきた。プロットがすぐに思い浮かばない。たいてい一ヵ月くらいかけてプロットを練り、それから一気に書き上げるのが彼のパターンだが、このプロット練りの時間が長くなり、一冊の本を仕上げるのが、それまでの倍になり、三倍になっていったのだ。そのうちに何も書けなくなるのではないかと思った。

そして、いくら考えても何も浮かばない恐ろしい日々が本当にやって来た。杞憂《きゆう》が現実になってしまったのだ。書けないのには、いろいろな要因があるだろう。子供が小さくて、泣いたり騒いだりすることがあるし、せっかく思いつきそうな時に、騒音ですべてがだめになってしまうこともある。書けないことを、子供のせいにしようという気持ちもあるのかもしれない。子供に責任転嫁《てんか》しても、仕方がないのだが……。

東京の狭《せま》いマンションから離れ、広々とした空間に家を持つことができれば、すべての問題が解消できるのではないか。それが人跡稀《じんせきまれ》な田舎での生活を考えるきっかけになったのだ。そんな時に偶然、テレビの樹海の特集を見て、場所が決まった。

子供たちにも広い空間を与え、彼も妻も広い部屋で仕事ができるようになれば、スランプからも抜け出せるはずだ。彼は家族を連れて湖畔に出かけ、たまたま目についた不動産屋で恰好の物件を見つけた。心機一転、絶対うまくいくはずだと思ったが、今までのところ、彼がスランプから脱出するにはほど遠く、樹海の深さほどのひどいスランプに陥ってしまったような気がする。夏の間は確かに爽《さわ》やかで、気候もよかった。環境の変化がかえってよくなかったと言い訳することもできるが、これから秋が深まるにつれ、どのような言い訳も通用しなくなる。

眉子のほうは順調のようだった。彼女も狭いマンション暮らしや車の移動生活で、絵の仕事が遅れがちだったが、今度の転居が彼女にはいいように作用していると思う。それがわかるので、彼にしてみれば、よけいにつらいのだ。

眉子は樹海の秋の気候を嫌って、湖畔に移ったらどうかと提案しているが、それは彼の創作が行き詰まっているのを知っているからだと思う。家族のためにも、己のためにも、彼はここで小説を完成させてみせようと決心した。

ここでは自家発電による電気はあるが、通信手段はなかった。あえて電話を持たず、「外界」との接触を絶ったのだ。まさに背水の陣。人が簡単に入りこめない場所なので、誰かがいきなり訪ねてくることはないだろう。そのほうが仕事の環境としてはいい。編集者の催促《さいそく》もなく、仕事にとりかかることができるからだ。

そうであっても、この一ヵ月間、仕事が捗ったことはなかった。

なぜ？　樹海がそうさせたのだ。

樹海が？

あれ、どうしてそんなことを考えたのだろう。

鬼頭はプロットのメモを破り捨て、ごみ箱に放り投げた。部屋の隅にあるごみ箱は籐《とう》製の大きなものだが、紙は縁《ふち》にあたって、床に落ちた。

ああ、俺は何をしてもだめだ。些細《ささい》なことで、彼はまた落ちこんだ。

書けない、書けない、書けない。……

紙に文字を書き連《つら》ねるが、何の解決にもならなかった。

9――〔俺〕

鬼頭武彦の仕事部屋は、ホールの左手奥にある。

広さ十畳ほどの洋間で、意外なことに、商売道具といえる本の数が少なかった。自分の著作数冊と辞書類くらいのものだ。

さらに意外なのは、パソコンではなく、原稿を手書きにしていることだ。今どき、化石のように珍しい作家だった。

デスクの上に、原稿用紙がうずたかく積み上げられている。鬼頭は今、小説の構想を練っているところらしい。メモ用紙があって、そこに鉛筆で何やら記しているのだ。

何を書いているのか、のぞきこんでみると……。

俺はハハハと笑った。


「書けない、書けない、書けない」

こいつは極度のスランプに陥っているらしい。

俺は笑ったが、すぐに空《むな》しくなった。なぜ空しくなったのか、俺にも理由はわからない。それから、ホールのほうで聞こえていた子供たちの足音がぴたりとやみ、娘たちがこの部屋にやってくる気配がした。

ドアにノックがあった。

「パパ、何がおかしいの？」

「いや、何でもないよ。自分の書いた小説がおもしろいから、つい笑ってしまったんだ」

俺は鬼頭のかわりに答えてやった。

「パパの声、ちょっと変」

娘たちが言った。

「ちょっと風邪《かぜ》をひいちゃってね」

「ふうん。そうかあ」

「後で遊んでやるから、もうちょっと待ってね」

「わあい、約束だよ」

娘たちの足音が遠ざかっていった。

当面の危機を回避し、俺はまたデスクのほうへ行った。

肝心《かんじん》の小説家のほうは、娘たちの問いに答える気力もなく、頭をかきむしり、不毛のプロット作りをやっている。

「書けない、書けない、書けない。ああ、だめだ」

小説家の呻き声を聞いても、俺には自分が誰なのかわからなかった。

窓の外の乳白色の霧が、俺の空っぽの頭の中に流れこんでくる気がした。

ええい、俺は誰なんだ?

10

ユリとシノブの姉妹は、いつでも一緒に行動した。寝る時も同じベッド、起きる時も食べる時もいつも一緒、話す時もなぜか一緒になった。パパやママの質問にも同時に答えた。いくら似ているとはいえ、二つの口から同じ言葉が出てくるのは、自分たちも不思議に思う。でも、打ち合わせをしているわけではないし、お互いの顔を見ているわけでもない。初めて二人を見る人は一様《いちよう》に驚く。その反応を見るのが彼女たちは楽しかった。

だが、今はここを訪れる人もいない。外は霧ばかりだし、家の中で遊んでいるのにも飽きた。

二人は好奇心旺盛《おうせい》だった。秘密や謎を解き明かすのが好きだった。

この家の中も何か変。とっても変だ。

こんなところにパパとママに無理やり連れてこられたけれど、彼女たちは都会で生活をしたかった。前の家でいつも遊んでくれるパパとママが好きだったのだ。今のパパとママは学芸会をやっているようで、彼女たちはあまり好きではなかった。

でも、パパとママに頼まれれば仕方がない。もう少しここでの遊びに付き合ってやるか。

アハハハハと二人は同時に笑う。

彼女たちはいつでも一緒。どこへ行くにも、何を話すにも……。

二人の人間、一つの個性。これまではうまくいった。

これからは？

「わからない」と二人は声をそろえて言った。

11

樹海の霧が濃く深くなっていく。

その日は朝から霧がかかっており、数メートル先も見えないほどだった。午前十時をすぎても状況は変わらず、子供たちは庭で遊ぶこともできなかったし、また眉子たちも湖畔に買い出しに行くことすらできなかった。

それでも、日が暮れていくのはわかった。午後二時をすぎて、外の白い霧に徐々に闇の気配が滲《にじ》み始める。

眉子は子供たちにトランプを教えた。ゲームを三つ、それから占いを二つだ。子供たちは呑《の》みこみが早く、すぐにマスターした。二人だけで遊ぶことができれば、親たちをわずらわすこともないだろうと思ったのだが、彼女の思惑《おもわく》は見事にあたり、その日は仕事に全力を傾注することができた。

おやつの後、ホールは静かになった。眉子がドアの隙間《すきま》からこっそりのぞくと、娘たちは静かにゲームをしていた。二人はテーブルを挟んで座り、真剣な顔でカードを見ている。一言も言葉を発することなく、黙々とやっているのだ。いつも一緒に行動する彼女たちが敵と味方に分かれており、表情の違いが見えて興味深かった。一卵性双生児でも、同じ人格ではないのだと、彼女は改めて思った。

少し不安な気がしないでもなかったが、彼女は再び仕事にかかった。

「困惑」という画題は、今の鬼頭家にふさわしいような気がする。楽しかった夏がすぎて、ちょっぴり不安に思っている四人がキャンバスに描かれているのだ。「団欒」と同じ構図ながら、微妙な変化が見える。

そうだ。季節が移り変わるように、家族の心の変化を描いてみるのもいいかもしれない。「団欒」の次が「困惑」、その次は……。

「混乱」、あるいは「疑惑」、あるいは……。

なんか、縁起《えんぎ》でもない二文字タイトルばかりが思い浮かぶ。わたし、どうしちゃったんだろう。不吉な気がする。

「不吉」か、それもいいわね。

ああ、だめだめ。

今日は変なことばかり思いつくわ。今日はこれで仕事を終わりにしよう。道具をしまい、絵の具で汚れた手を洗おうと洗面所へ向かおうとした時、彼女は異変を感じた。

ホールで言い争う声が聞こえたのだ。

嘘でしょ？

ドアを開けて、ホールに入ると、ユリとシノブがつかみ合いをして、互いを罵《ののし》っていたのだ。

「お姉ちゃん、ズルはいけないよ」

「ズルじゃない。シノブがごまかしたんじゃないの」

「違う。お姉ちゃんがいけないの」

「なによ、そっちが悪いのよ」

どこの家庭でもありふれた姉妹喧嘩《げんか》が、母親の眉子にとっては衝撃的に映った。一度も喧嘩をせず、いつも仲よく一緒に行動していた双子の娘たちが罵り合っているのだ。初めて見た光景だった。

「あなたたち、やめなさい。どうしちゃったの？」

眉子はつかみ合いをしている姉妹を無理やり引き離した。

「だって、シノブがいけないんだよ。わたしのカードを見たんだもの」

「お姉ちゃんが最初にやったんだ」

シノブが泣きじゃくっている。ユリがシノブの髪の毛を引っ張ろうとしたので、眉子はユリの手の甲をぴしゃりと叩いた。ちょっと強すぎたかもしれないと思ったが、案の定《じょう》、ユリは信じられないといった顔で母親を見て、シノブに負けないほどの声で泣き始めたのだ。

「ごめんね」

眉子が娘たちに対して声を出して怒ったことは、めったになかった。それだけ手のかからない子供たちだったのだ。

「あっ、ママ。お姉ちゃんの味方をしてる」

シノブが眉子の胸をどんどんと叩く。ユリも妹に負けじと一緒に叩きだした。

「だめよ、あなたたち。ママが悪かったわ」

その時、仕事部屋のドアがいきなり開き、夫が姿を現した。姉妹喧嘩の仲裁をしてくれるのかと思ったが、夫はホールに出てくるなり、怒鳴《どな》りだしたのだ。

「こらあ、うるさいぞ。静かにしろ」

いつもの夫らしからぬ荒々しい声だった。「おまえたちは、俺が仕事をしてるのがわからないのか」

父親の剣幕《けんまく》に娘たちは最初あっけにとられた様子だったが、その顔がすぐにまた歪《ゆが》みだした。それまでの喧嘩は収まり、姉妹は声を合わせて泣きだしたのだ。

「ばかもの。家の中では静かに遊ぶものだ」

夫の反応に眉子もさすがに腹が立った。

「あなた、そんなひどい言い方はないんじゃない？」

「せっかく、いいプロットができかけたのに、それがパアになった」

「だからって、そんなに怒ることはないでしょ」

子供のいさかいが夫婦喧嘩に発展していた。娘たちの怒りのエネルギーを吸って、さらに大きくなった怒りが夫婦間で渦巻いていた。眉子はそれを意識していたが、自分を抑制することはできなかった。

「俺がどれだけ苦しんでるのか、おまえは理解してると思ってた」

「すぐに忘れる程度のプロットなら、思い出さないで、また別のプロットを考えたほうがいいんじゃないの？」

売り言葉に買い言葉だ。言葉の応酬が悪循環になって、さらに危険な領域に達しようとしている。眉子にはわかっていたが、どうしようもなかった。いったん点火した怒りは、たとえ北極海の氷をもってしても鎮火させるのは不可能だった。夫のほうも同じ思いだったにちがいない。もうやめたほうがいい。やめないと、だめになってしまう。この一ヵ月、樹海の中の生活で熟成したエネルギーは、まともな状態なら、意志の力で抑えこむことは可能だった。だが、ガラスの容器に無理に溜めこんでいたものが今解き放たれ、ホールの中でさらにエネルギーを吸収して、「発火点」を超えようとしていた。

　このまま進んだら、だめになってしまう。

　だが、爆発の一歩手前で彼らを救ってくれたのは、皮肉にも娘たちだった。

「パパとママ、もうやめて。わたしたちがいけなかったの」

　ユリとシノブが同時に叫んでいた。眉子ははっと我《われ》に返った。夫を見ると、やはり夢から覚めたような顔をしている。俺、どうしちゃったんだろうといった顔だ。

　眉子はこの瞬間を逃さなかった。

「ごめんなさい、わたし、どうかしてたみたい」

「いや、俺のほうがおかしかったのかもしれない」

　夫が側頭部を右手で小突き、苦笑している。「ごめん、ごめん。パパが悪かったよ」

「いいえ、わたしのほうが悪かったの」

「ううん、わたしたちがいけなかったの」

　娘たちがそう言って、急に笑いだした。

「みんなが悪いって言ってる。みんなが悪者だ」

娘たちが鬼頭夫婦のまわりをインディアン踊りのようにおどけながら走りだした。

「こらこら、おまえたち。静かにしなさい」

夫がやんわり注意すると、娘たちは「はあい」と素直に笑って、階段を上がりだした。

「部屋で遊ぶ」

「ああ、そうしなさい」

ホールには、二人だけが残された。ばつの悪い顔をして、苦笑しながら。

「ごめんなさい、あなた。仕事をつづけましょう？」

「ああ、そうしよう。怒ったら、またプロットが浮かんできたよ」

夫は照れ臭そうにそう言って、仕事部屋にもどった。

「よかった」

眉子はそうつぶやいて、アトリエにもどったが、消し炭の残り火のように、説明のできない違和感が心の底にいつまでも残った。

その気持ちのまま、描きかけの絵を見た。

「困惑」

やはり、最初に思いついたテーマで描いていこう。

12

鬼頭武彦は、いったん部屋にもどると、外出の準備をした。妻にはプロットが浮かんだと言ったが、実際はそうではなかった。娘たちの喧嘩で、いったん遠のいたプロットは引き潮のように去ったまま、もどってくることはなかった。

いや、思いついたものがプロットといえるほどのものではなかったのだ。プロットのかけら、過去の作品の残骸《ざんがい》、残滓《ざんし》、あるいは……。

もういい。要するに、子供たちに怒ったのは、不甲斐《ふがい》ない自分への怒りを彼女たちに転嫁したにすぎないのだ。卑怯者《ひきょうもの》。罪もない子供たちに怒るなんて最低だね。哀れな作家、ぼろぞうきんのようにいくら絞っても、プロットが出てこない使用済みの作家。ハッハッハ。

気分を変えるつもりで、彼は山荘を出て、車でドライブすることにした。霧が深いとはいえ、外のほうが空気は新鮮だし、頭の潤滑油《じゅんかつゆ》になってくれるかもしれない。もしかして……。

小説の発想なんて、概《がい》してつまらないことから、ひょいと生まれるものだ。それは彼の小説家のキャリアを通して身についていたことだった。

鬼頭は妻に気づかれないように玄関を忍び出ると、車に乗りこみ、静かにドアを閉めた。半ドアのようだが、ドアを閉める音を聞かれたらまずい。少し先へ行ったところで、しっかり閉めればいいだろう。

それにしても、すごい霧だ。濃霧は一日中、樹海に居座っている。風もなく、かすかな腐臭を含んだ樹海特有の湿っぽい空気を吸っていると、体の中まで黴《かび》が生《は》えてしまいそうだ。ヘッドライトはまるで役にたたなかった。視界はほとんどゼロ。一メートル先さえまともに見えないほどなのだ。かろうじて砂利道が見えるだけだが、彼はウインドーを全開にして、木々の気配を肌で感じながら運転した。

これでは、樹海の外へ出るのはむずかしいな。半ドアの警報音が鳴る中、鬼頭は家から二、三百メートルほど行ったところで、いったん車を停め、思いきりドアを閉めた。バタンと意外に大きな音がした。眉子に聞かれただろうか。

いや、大丈夫だろう。この濃い霧がすべての音を吸収してくれたはずだ。

13

車のドアを閉める音が聞こえた。

誰かが来たのだろうか。いや、こんなに霧のひどい日に訪ねてくる物好きはいない。霧がない日でも、これまでこの山荘に来た者はいなかったのだから。

では、誰が？

まさか、あの人が出ていったのではないと思うのだが。

窓の外は壁塗りの職人が真っ白に塗りこめたようで、一寸先も見えないほどだ。眉子はアトリエを出て、夫の部屋へ向かった。ドアを叩くと、応答があった。

「あなた、いるのね？」

彼女の呼びかけに対し、「ああ」とくぐもった声が聞こえてきた。

では、車の音は誰が立てたのだろう。彼女はいやな予感を覚えて玄関のドアを開けた。

その途端《とたん》、細かい水の粒子《りゅうし》が家の中に入ってきた。

「すごい霧。こんな時に車を運転するなんて、一体誰だろう」

耳をすますと、かすかにエンジンの唸《うな》りが聞こえたような気がした。その音は近づくというより、遠ざかっていくように感じられた。そして、何も聞こえなくなった。彼女はわけもなく不安になり、玄関の戸締《とじま》りをしっかりしてから自分のアトリエにもどった。

困惑。

そう、この家に移ってきた時から「困惑」は始まっていたのかもしれない。それが夏の間は表面に出てこなかっただけ。

夫の仕事がうまくいくようになれば、すべてがいい方向に進むのだが、彼女はもう無理ではないかと危惧していた。夫の小説が結婚前後をピークにして下り坂にあることは承知している。本人に面と向かって言ったことはないが、彼女自身、夫の一番の愛読者なので、筆力の衰えは本人以上にわかっていると思う。

「鬼頭武彦は終わった」

本屋で見つけた雑誌の中で、そんな内容の書評を読んだこともある。もちろん、夫の目に触れないよう、買わずに立ち読みしただけだ。

スランプというより、発想能力の衰えだと彼女は思っている。小説を書いていけば、いつかは壁にぶつかる。それを乗り越えて初めて一流の小説家になれるのだ。夫は今、厄介《やっかい》な壁にぶつかっている。ある程度、実力があれば、筆力の衰えを老練な筆さばきでごまかすことができる。妥協することを知らない夫がそのことに気づけば、自《おの》ずと道が開けると思うのだが。

眉子はそのことを一度、夫に話そうとしたことがある。だが、なかなか話すタイミングがむずかしく、切りだせなかった。夫は真面目一方の性格なので、筆力の衰えの問題を持ち出せば、深く傷つくおそれがあった。そうなったら、逆効果だ。

時間が解決すればいいのだけれど……。

眉子は重い吐息《といき》をついた。

14

ヘッドライトで照らしても、車の前方はほどんど見えなかった。鬼頭武彦は樹木の気配を感じ、その中間を手探りで進むような、何とも頼りない運転をつづけた。

それにしても、すごい霧だ。フロントガラスの全面がびっしょり濡れている。ワイパーでかいても、すぐに濡れ始める。雨のように降ってくれれば、まだいいのだが、霧はガラスに貼りつくように付着するので、よけい厄介だ。

まさに、彼の小説のプロットのように五里霧中《ごりむちゅう》。

鬼頭は皮肉な笑いが口元にできたのをミラーで確認する。すると、笑いはたちまち引いて、底知れぬ空しさが襲ってきた。そして、自己嫌悪の感情が彼を苛《さいな》んだ。

もう引き返そう。このまま進んだら帰れなくなるかもしれない。だが、切り返すほどのスペースが道にはなかった。山荘から一キロほど行ったところに二股に分かれる道があるので、そこまで行くしかないかと思ったその時、車の前方を黒いものが走ったような気がした。

ドシンと何かに当たる衝撃を受け、彼はとっさにブレーキを踏んだ。樹海を貫《つらぬ》く悲鳴が急ブレーキによるものなのか、車が何かに当たった音なのか、瞬時に判断することはできなかった。

彼はヘッドライトをつけたまま車を降りて、車の前面を見た。霧の中で見える範囲には何もなかった。熊のような動物とぶつかったのだろうか。それとも、人間？

まさか、こんなところを人が歩いているわけがない。しかも、こんな霧深い森の中なのだ。いや、違う。ここは自殺の名所なのだ。霧深い時を選んでやって来る愚《おろ》か者がいても、全然不思議ではない。

車にもどり、懐中電灯を持ち出すと、車の周囲を見てみることにした。目が霧に慣れると、何となく道とくさむらの境目《さかいめ》が見えてくる。砂利道なので、歩いてみた感触で道かどうかの区別がついた。

だが、車の周囲五メートルには、車に当たったと思われるものは何もなかった。では、さっきの衝撃は彼の錯覚《さっかく》だったのか。プロット練りに夢中になっていたわけではないが、思考の中に交通事故の場面が割りこんできた可能性も考えられる。

きっと、そうにちがいない。

パニックの大きなうねりが引いていった。額《ひたい》に浮いた冷や汗を手で拭《ふ》いて、車に乗ろうとした時、彼はくさむらで何かが動く気配を感じた。

「誰だ？」

大声で怒鳴ったが、その声には怯《おび》えの色が濃かった。もし、相手が獰猛《どうもう》な動物なら、彼の弱みをついて一気に襲ってくるはずだ。彼の膀胱《ぼうこう》は今ぱんぱんに張っていた。下腹部を圧迫する猛烈な尿意だった。

だが、応答はなかったし、何の気配も感じなくなった。

錯覚か。樹海が彼を眩惑《げんわく》したのか。安堵《あんど》して、また車にもどろうとした時、懐中電灯の光がそれをとらえた。

それ――。

彼の足が萎《な》えて、その場にしゃがみこみかけた。

バンパーがへこんでおり、左のヘッドライトのガラスにひびが入っていた。

やはり、何かが彼の車にぶつかったのだ。それなのに、応答がないのはどうしたことだろう。もし、人間なら、どうして返事をしないのだ。野生動物だったら、そのまま森の中に逃げていった可能性はあるが。

彼はもう一度、「おーい、誰かいるか」と呼びかけた。声は無数の霧の粒子にたちまち吸いこまれ、消えていった。

「帰るぞ」

震える声で呼びかけ、応答がないのを確かめると、彼は車に乗った。もし、家にもどって、眉子に車のへこみを気づかれたら、どのように言い訳すればいいだろう。

「熊にぶつかったんだよ、ごめんごめん」

そう言ったら、信じてもらえるだろうか。いや、だめかもしれない。この樹海は動物さえ怖がって近寄らないところなのだ。不動産屋が「動物も来ませんから安心ですよ」と言っていたが、あれは「動物も来ないほど怖いところなんですよ」と言っているのと同じなのだ。そのことに彼は今気づいた。

鬼頭は車に乗りこみ、エンジンをかけた。ラジオのスイッチを入れると、ちょうど天気予報が始まるところだった。

「……東京では雲一つないほど青空が広がり、絶好の行楽日和《びより》です。明日も天気が崩れることはないでしょう。……」

畜生《ちくしょう》、なんてこった。都会では秋晴れなのに、こっちは一寸先も見えないほどの濃い霧だ。これなら、東京で仕事をしていたほうがよかった。車はまもなく二股に分かれる道に達し、彼は車の向きを変えて、山荘へ向かった。

さっきの衝撃を受けた場所は、どこなのかわからなくなっていた。

やがて、山荘が見えてきた。霧がそこだけうっすらと晴れて、家の中の明かりが目に入った。安堵感が彼の胸を満たした。

鬼頭はいつもの場所に車を置いて、玄関へ向かって走りだした。背後から誰かに追われているかのように。

15

玄関のドアが叩かれている。

誰かが訪ねてきたのだ。眉子はアトリエを出て、こわごわと玄関のドアを見た。

「おい、開けてくれ」

激しく叩く音に、ドアがたわみ、振動している。あの人の声だ。彼女がドアのチェーンをはずすと、それを待っていたかのように夫がホールに飛びこんできた。夫と一緒にミルク色の濃い霧が家の中に流れこんでくる。

「ひどいよ。チェーンを掛けるなんて」

「ごめんなさい。あなたは部屋でお仕事をしてると思ったものだから」

眉子はその時、夫の様子がおかしいことに気づいた。「あなた、どうしたの。顔が真っ青よ」

「いや、何でもない。気分転換にドライブしてたら、道に迷ってしまってね」

「この霧の中をドライブ？」

眉子は信じられないと肩をすくめた。「危ないわよ。事故でも起こしたら、どうするの？」

彼女の言葉に、夫の顔が引きつった。

「まさか、あなた……」

不吉な予感が彼女の胸に兆した。

「いや、何でもない」

夫はうろたえたように言い、「でも、危ないところだったよ」と付け加えた。

「ぶつかりそうになったの？」

「立木に、ちょっとぶつかった。左のヘッドライトのガラスにひびが入っただけですんだ」

「まあ、呆《あき》れた」

「悪かったよ」

「でも、あなたは無事だったのね」

「ああ、この通り、ぴんぴんしてるよ」

夫は空《から》元気を出しているようだった。その顔色は依然、青ざめたままだ。夫の心の中で何かよくないことが起きているような気がした。

「大事な体なのよ。無謀《むぼう》なことはしないでね」

「ああ、わかった。俺、ちょっとシャワーを浴びるから」

夫はもうこの話はやめにしようという意志を表に出して、一階の奥にある浴室のほうへ歩いていった。

眉子の心に、その時、ふとした疑問が湧いた。さっき、夫の仕事部屋に向かって声をかけた時、部屋の中から返事があったが、あれは夫だったのだろうか。いや、夫ではない。あれは……。

なんだ、あいつか。

この禍々《まがまが》しい森にいると、予期せぬことが起こって、ストーリーが微妙にずれていく。臨機応変に演じる必要があった。

16

暗闇の中で鋭い閃光《せんこう》が走った。銃が発射された時の火花のような光だ。

自然に目が開いた。男は今までひどい夢を見ていた。洞窟《どうくつ》に閉じこめられ、出口を探して歩きまわっていたのだ。絶望が襲ってきて、悲鳴をあげるのを意識した。その声の激しさに驚いて目を覚ましたのだ。

だが、夢から覚めた今、彼は夢の中よりひどい暗闇に身を置いていた。これも夢かと思って、右手を顔に持っていこうとした時、左の腰と手の激痛にまた悲鳴をあげた。これは夢ではない。現実なのだ。僕は一体どうしちゃったんだろう。疑問が解けないもどかしさを覚えつつ、男は地面に横たわっていた。

それから、記憶が急激な高潮《たかしお》が襲ってくるように一気にもどってきたのだ。

記憶を回復して、思い出さないほうがよかったと思った。くだらない現実を思い出して、彼は意気消沈した。僕はまだ死んでいないんだ。くそっ、なんてこった。

腰の痛みに耐《た》えながら、彼の周囲を手探りしてみると、クマザサのような感触の植物が生えていた。これがクッションの役目を果たしてくれたのだ。

これまでのことを思い返してみる。

僕は失恋のショックから死にたいと思った。そこで選んだのが、この樹海だったのだ。テレビのドキュメンタリー番組などでよく取り上げられていたのが、頭の片隅《かたすみ》にあり、発《ほっ》作《さ》的に東京からの長距離バスに乗りこんだ。

湖畔についたのが午後一時すぎ。自殺には向かないような秋晴れの陽気だったが、なだらかな山裾《やますそ》に広がる樹海のほうに、まるで別世界のような単色の世界が広がっていた。あそこだ。あそこが僕の死に場所だと思った。

そして、湖畔から樹海へ向かっていったのだが、樹海に入った途端、濃霧に包みこまれた。どうせ、僕なんか生きていてもろくなことはない。この樹海に骨を埋《うず》めるのだ。僕を振った多香子《たかこ》、死んでおまえを呪《のろ》ってやると思いつづけた。

どこをどう歩いているのかわからなかった。踏み分け道のような細い道をただひたすら歩いているうちに、彼は砂利道に入っていたのだ。樹海をはずれてしまったのだろうか。ここで首でも吊って死んでもいいのだが、もし霧が晴れた時、ここが樹海の外だったら、彼の死体はすぐに見つかってしまう。それも無様《ぶざま》だ。できるなら、樹海の中で人知れず死んでいきたかった。そのために、せっかく樹海へ来たのだから。

時刻は午後四時をすぎていた。このままでは暗くなってしまう。

そう考えてから、自殺しにきたのに時間を気にするなんて、ばかみたいだと思った。

彼は立ち上がったが、腰の痛みは耐えがたいほどだった。

そうだ、濃霧の中を歩いていくうちに、前方から車のエンジン音が聞こえてきたのだ。車が低速で走っていたので、すぐ近くに来るまで全然気づかなかった。ヘッドライトが数メートル先に見えた時、まずいと思って右へ飛んだ。だが、車にはね飛ばされてしまったのだ。車の正面からぶつかっていたら、即死していたかもしれない。彼がわきに飛び、それに車が後押しをした形で、かなりの勢いがついてクマザサの茂《しげ》みの中に飛びこんでしまったのだ。

畜生。怒りが痛みを一時的に駆逐《くちく》した。

彼は何とか砂利道に辿《たど》りつき、車を探したが、見当たらない。畜生、轢《ひ》き逃げしやがったな。犯人はそのまま逃げ去ったのだ。

激しい怒りが、自殺しにここへ来たことを忘れさせた。犯人をつかまえてやる。死ぬのはそれからだ。

車がどっちへ逃げたのかわからなかったが、彼は自分の勘に従って、右手のほうへ進んでいくことにした。車が見つからなかったら、それでおしまい。もし見つかったら、復《ふく》讐《しゅう》してから死ぬ。

目的ができると、死ぬことに恐怖を感じなくなった。

彼は歩きつづけた。霧の中心部へ向かって――。

………

17――（俺）

ああ、もう限界だ。

俺はそう思った。こんな窮屈な場所で奴らの動きを見ているなんて。思いきり体を伸ばしてみたいものだ。

これまでのところ、鬼頭一家に何が起こるのか、まったく想像がつかなかった。確かに不穏《ふおん》な空気が流れているのはわかる。このままいけば、あの夫のほうがおかしくなり、何かを仕出《しで》かすような気がするのだが、それ以上のことが起こるようないやな予感がする。

「鬼頭武彦」の挙動がおかしい。

明らかに想定外のことが起きて、彼自身、戸惑っているようだ。彼に一体何が起きたのか。これは調べてみる必要がある。

彼はデスクに両肘《ひじ》を乗せて、頭をかきむしっている。デスクの前には何も書かれていない白い紙が積み上げられていた。

彼は何かをつぶやいている。

「違う。何でもなかったんだ。あれは事故ではない。熊か狸さ、絶対に」

何かトラブルを抱えこんだらしい。家庭以外の何か厄介ごとを。

俺は一人の傍観者《ぼうかん》として、そんな奴らの動きを興味を持って見ている。だが、興味だけではだめだ。俺が誰なのか。俺が鬼頭家にとって、どういう役割を果たすのか、それがわからなくてはならないのだ。

時間は限られている。今は悲劇の最終局面に向かって、まっしぐらに突き進んでいるのだ。

悲劇がクライマックスに達した時、果たして俺は……。

俺は激しく頭を振った。記憶がなくなってしまうほど激しく。

…………

第二幕　困惑

1

樹海の霧が消えていた。

鬼頭武彦が目を覚ましたのは、あまりの寒さゆえだった。体の芯《しん》まで凍《こお》りつくような冷気が部屋の中に入りこんでいた。くしゃみをたてつづけに三回した時、彼は自分が机に向かったまま寝入っていたことにようやく気づいた。

原稿用紙がくしゃくしゃになっている。うまくいかずに丸めて捨てた紙が辺りに散乱していた。

すでにタイトルだけは決まっていた。『困惑』。

なかなかいいタイトルだと自負している。なぜ、このタイトルにしたかというと、数日前、妻のアトリエをのぞいた時、イーゼルに立てかけたキャンバスを見たからだ。妻が子供たちと湖畔に買い出しにいくというので、カッターナイフや消しゴムなど、文房具を数点頼もうとしたのだが、すでに出かけた後だった。

車の音に気づかなかった自分、それから出かける直前に彼に声をかけなかった妻を少し腹立たしく思いながら、彼は描きかけのキャンバスの絵を見た。鬼頭家の四人が家の前で仲よく並んでいる構図だ。

彼はしばらくそこから目が離せなかった。なぜなら、家族の一人一人が不安げに画家のほうを見ていたからだ。鬼頭夫婦が二つの椅子《いす》に座り、その間に娘たちが緊張気味に並んで立っている。

何が不安なんだ、おまえたち。それに、この俺もだ。ずいぶん情けない顔をしているなあ。自信なんか、微塵《みじん》もないじゃないか。

その時、奇妙に思ったのは、絵を描いているのが誰なのかということだ。誰が我々四人を描いているのだろう。もちろん、この絵を描いているのは妻だ。いや、違う、妻は写真を見てこれを描いているのだ。

「その、つまり……」

俺の言いたいのは、写真を撮ったのが誰かということだ。この家に来たことがあるのは、前の住人、それから髭の不動産屋、それから……。

だが、鬼頭家の四人と一緒にこの家にいたのは……。そうか、不動産屋が記念に撮ってくれたのか。

ああ、頭が混乱してきた。鬼頭は頭を抱えながら、またその絵を見た。キャンバスの裏には「困惑」と題名が記してある。

困惑――。

そう、この絵を見た俺も困惑している。

そうして決まったのが、『困惑』というタイトルの小説だった。最初にタイトルが決まると、書きやすいことが多かった。家族をテーマに、その破滅へ至るストーリーを書いたらどうだろう。自分のことなので、取材は簡単だ。この目に映る破滅までの道筋をそのまま原稿用紙に書き写していけばいいのだから。

家族の不幸をテーマにすることが、彼自身の幸福につながるような気がした。皮肉な成り行きではないか。不幸が幸福になるのだ。家族は困惑を感じながら、未来の幸福を見据える。

腹の底から笑いのエネルギーが込み上げてきた。

それから何日かたって、小説を書くはずだった鬼頭はデスクの前に陣取り、終日、原稿用紙をにらみながら苦吟《くぎん》している。

ああ、なんということだ。テーマは決まっても、小説は一枚も、いや一行も、一字一句も書けていないのだ。

またくしゃみが出る。彼は鼻水をすすりながら窓の外を見た。霧が晴れて、森の上に抜けるような青空があった。まさに、行楽日和ではないか。

寝不足で赤く充血した目をこすり、仕事部屋からホールに出た時、アトリエから出てくる妻とばったり出くわした。

「まあ、あなた。どうしたの？」

そう問いかける妻の顔も睡眠不足のせいか、目が血走っていた。

「お互い、眠れなかったようだね。非生産的な夜を送ったみたいだ」

鬼頭は、仕事がうまくいかない妻に対して仲間意識めいた気持ちを持ち、彼女を愛《いと》しく感じた。

だが、妻は大きく伸びをして、幸福に顔を輝かせたのだ。

「あら、わたしは仕事が進んで、つい時間を忘れてしまったわ。絵ができたの」

「畜生、俺は違う。何も書けなかった」

「まあ、そうだったの。それは残念ね」

妻の言い方に同情の色はない。自分の仕事の充実ぶりに満足しているだけのようなのだ。彼は妻に対して激しい憤《いきどお》りを覚えた。俺だけ、置いてきぼりか。孤独と嫉妬が彼の頭の中に渦巻いた。

彼は出てきたばかりの部屋にもどり、ドアをばたんと音高く閉めた。

「畜生」

デスクの上には、真っ白な原稿用紙が積まれている。それは彼の頭の中を一番よく表しているように思えた。真っ白、空白、空っぽ、空虚、脱《ぬ》け殻《がら》、屑《くず》、人間の屑、この世に生きる価値がない……。俺は、俺は……。

考えていると、連想ゲームが無限につづいて、ろくな結末を迎えないような気がした。鬼頭は一番上の原稿用紙を丸めて、ごみ箱に放り投げた。紙は箱の縁にあたり、ころころと窓のほうへ転がっていった。

またしても、はずれ。俺の人生みたいだ。下り坂の人生をころころと……。

それから、無性《むしょう》におかしくなり、笑い始めた。最初は控《ひか》えめな笑いがだんだん大きくなっていく。最近の俺はいつもこうだ。悲しみのどん底にいることが自虐《じぎゃく》的な笑いを誘発し、爆発的なクライマックスに達するまで、笑いの発作が収まらないのだ。止めたいと思うのに、笑いは彼の心理とは裏腹に暴走する。クライマックスの後に奈落《ならく》の底が待っていることはわかっているのに……。

2

怒ってドアを閉めた夫を見て、眉子はしまったと思った。

昨夜は「困惑」にとりかかっていたのだが、いつしか時間を忘れて創作に没頭《ぼっとう》してしまったのだ。絵が完成した時、東の空は白み始めていた。素晴らしい作品ができたと思った。これだけ充実した時をすごしたのも最近では珍しい。

睡眠はとっていなかったが、まったく眠くなかった。快《こころよ》い興奮が持続して、覚醒剤《かくせいざい》を打った時のようなハイな状態になっていたのだ。

新鮮な外気に触れようとアトリエのドアを開けた時、偶然、書斎から出てきた夫とホールで鉢合わせしてしまった。舞い上がっていた彼女は、夫を元気づけようと言葉を放ったのだが、結果として口から出てきたのは夫を傷つけるものだった。まずいと思ったが、遅かった。

夫は夜を徹して小説の構想を練っていたが、かんばしい結果が出なかったのだ。彼女は心ない言葉を取り消そうとしたが、夫は顔に激しい怒りを露にして自室に引きこもってしまった。

後悔の嵐に巻きこまれた彼女は、すぐに夫の部屋のドアを叩こうとした。ところが、中から笑い声が聞こえてきて、彼女はノックするのを思いとどまった。

大丈夫。きっと大丈夫よ。あれだけ大声で笑えるのだから、心配ないわ。

絵が完成した後の充実感が、彼女の胸に兆《きざ》した不安を押し退《の》けた。心の底に夫の極度のスランプを危惧する気持ちはあったが、夫の笑いに後押しされるようにして、彼女は玄関のドアを開けた。

昨日の濃霧が嘘のようだ。さわやかな秋の空気が樹海を包んでいた。あれほど不気味だった樹海が今は人畜無害の雑木林に見える。木々の陰から差しこむ朝の眩《まばゆ》い光が、すべての陰鬱な幻影を消してしまっていた。

なあんだ、こんなに素晴らしいところだったのね。

すべてを覆い尽くす鬱陶しい霧、動物や鳥さえいない樹海も、本当はこんなに平和な場所だったのだ。その証拠に、つがいの小鳥が勢いよく上空を通過していった。そのあとを大きな烏《からす》が追っていく。

ここは野鳥の楽園。人間の楽園。鬼頭家の楽園。

森のほうで茂みの揺れる音がする。おやっと思って目をやると、白い小さな犬がクマザサの茂みの中からちょこんと顔を出して彼女のほうを見ていた。

「あらっ」

眉子は子犬に赤い首輪がしてあることに気づいた。野犬ではなく、飼い犬なのだ。誰かがここに来たのだろうか。彼女はポーチから庭に降りていった。

「おいで、おいで」

怖がらせないようにしゃがみこんで、やさしい声で呼びかけたが、犬は不安そうに鳴いているだけで近寄ってこようとしなかった。警戒しているのだ。彼女は思いつくまま、犬の名前を呼んだ。

ポチ、タロー、メリー……。どうしてそんなものしか思い浮かばないのだろうと、自分が情けなくなる。そのうちに、目を覚ました娘たちが庭に出てきた。

「どうしたの、ママ？」

「あなたたち、あの犬をこっちへ呼べない？」

子供のほうが犬は警戒しないはずだ。そう思って、眉子はポーチに上がり、娘たちのやりたいようにさせた。あんなちっぽけな子犬が凶暴なはずはないし、襲ってくるわけがなかった。もし万一のことがあったら、彼女が飛び出していって追い払えばいいのだ。

「おいで、おいで、シロ」

ユリとシノブが同時に呼んだ。すると、どうだろう。あれほど眉子を怖がっていた子犬が茂みの中から姿を現し、勢いよく走ってきたのだ。彼女が出ていく暇《ひま》もなく、子犬は娘たちとじゃれ合い始めた。

「シロだ、シロだ。ママ、この子、シロって名前なんだよ」

生まれてから半年もたっていないような雑種の犬だった。湖畔の住宅地から迷いこんできたのか、それとも誰かが森に捨てていったのか。

「ねえ、ママ。この犬、飼っていい？」

娘たちが、はしゃぎながら問いかける。

「この犬、首輪をしてるでしょう？　飼い主がいるのよ」

「そんな人、どこにもいないよ」

「迷子《まいご》になったのよ」

「でも、誰もいないなんて、おかしいよ」

「ごらんなさい。この犬、すごく太ってるじゃない？　おなかが空《す》いていない証拠なの。きっとその辺に飼い主がいると思うの」

「じゃあ、飼い主の人が来るまで、わたしたちが預かっていい？」

「それならいいわよ」

「わあい」

「でも、飼い主が来たら、すぐ返すのよ。あなたたちにすぐ慣れるくらいだから、たぶん、子供が飼ってるんじゃないかしら」

「その子、わたしたちのお友だちになってくれる？」

「たぶんね」

「やったあ」

娘たちは広場を駆けめぐり、そのあとを子犬が嬉しそうに吠《ほ》えながら追った。その時、玄関のドアが開いて、夫が顔を出した。

「どうしたんだ。騒がしいな」

明るい光の下で見る彼は、寝不足で目が血走っており、不機嫌そうだった。これで、仕事が充実していれば、少しは違うのだろうが。

「犬が迷いこんできたのよ。観光客が連れてきたのかもしれない」

「うちは犬は禁止だ」

「そんなこと、言わないでよ。あの子たち、あんなに喜んでるのよ。飼い主が出てきたら、すぐに返すから、大丈夫よ」

「犬はきゃんきゃん鳴いて、うるさい」

「あの子たちに責任を持ってもらいましょ。ね、あなた。あの子たち、寂しがってるのよ。こんな……」

そこで、彼女は口をつぐんだ。夫が顔を歪めていたからだ。

「こんな、何だ?」

夫の怒りが不当に思え、彼女は強い調子で言い返した。

「こういう寂しいところのことよ。お友だちもいないし、わたしたちだって、仕事ばかりで、あの子たちの相手をしてやれないじゃないの」

「環境を変えようと思ったんじゃないか。それは君も承知しているはずだ」

「だったら、あの子たちともっと遊んでくれる?」

「それは、仕事が一段落ついたらね」

「一段落って……」

と言いかけて、眉子は慌てて口を閉ざした。それを言ったら、おしまいだと思ったからだ。夫の神経は今硝子《ガラス》細工《ざいく》のようにもろく、壊れやすい。いったん壊れてしまったら、修復できないのではないかと彼女は思っていた。

「わかった。仕方がないな。子供たちも退屈してることだし、静かに遊ぶという条件でOKを出そう」

「ありがとう」

夫がしぶしぶながらも折れてくれて、彼女は本心から感謝した。「ねえ、あなたたち、パパがその犬、飼ってもいいって」

子供たちが立ち止まって、眉子を見た。子犬が不審そうに娘たちの視線を追った。一瞬、静止画像を見るように、鬼頭家の周辺のすべての動きが止まった。それから、彼女たちが「わあい。パパ、大好き」と叫ぶと、子犬もきゃんきゃんと嬉しそうに飛びまわった。

3――（俺）

まさに、嵐の前の静けさだ。

鬼頭家に流れる空気は、今は平和でおだやかに見えるが、それが束《つか》の間《ま》のものであることを誰もが知っていた。やがて起きる悲劇の予兆は彼らの行動の中に見ることができるし、家の中の空気にも不穏なものが潜《ひそ》んでいた。

俺は敏感にそれを察知している。奴らがいくら大根役者であっても、この家から発する不気味な力、あるいは家を取り巻く樹海の魔力が作用して、奴らは想定外の行動をとったりしているのだ。新たに加わった犬は、しょせんは畜生だから、本能に従って動くことがある。子供も最初はおもしろがっていたが、その行動の端々《はしばし》に恐怖を滲ませている。ストーリーは本来の流れを逸脱《いつだつ》し、何が起こるかわからない可能性を秘めていた。

奴らを観察している俺にしたところで、先行きどうなるのか自分でもわからない。怖い。怖いのだ。明るいうちはまだいいが、樹海に早い闇が下りてくると……。

まるで恐怖劇場。俺は鬼頭家の何なのか。奴らに対して、どんな役割を果たしているのか。俺はまだわからない。

俺は誰なんだ。鬼頭家の悲劇のストーリーの中に組みこまれたジグソーパズルのピースの一片なのか。

昼食の後、鬼頭家の子供たちは相変わらず、庭に出て子犬と戯れている。ポーチの階段に腰を下ろし、その情景をにこやかな笑みを浮かべて見守っている眉子。夫の武彦といえば、自室に引きこもり、相変わらず非生産的な仕事をしている。

子供の騒ぎ声と犬の鳴き声は、間違いなく夫の耳に入っているはずだが、奴は動かない。女房との約束もあって、静かにしろと怒鳴ることもできないのだ。奴は怒りを抑えこみ、心の内側に閉じこめている。そのエネルギーは次第に蓄積していき、奴の精神状態によからぬ影響を及ぼすはずだ。我慢すればするほど、怒りは蓄積され、やがて爆発することになる。

俺はこのストーリーをそう読んでいるのだが、おそらく俺の思っている方向に進んでいくはずだ。

だが、何か不測の事態が起こるかもしれない。この家、そしてその背後にあり、人々を狂わせる磁力を秘めた樹海——。

ああ、俺の頭は割れんばかりに痛む。

俺は誰だ。誰なんだ。

………

4

シロの登場はこの家に光明《こうみよう》をもたらした。

眉子は子供たちの喜ぶさまを見るにつけ、そう思った。夫も子供たちには比較的寛大だった。よかった。不穏な空気が秋のさわやかな大気に吹き飛ばされてしまったんだわ。一時的にしろ、子犬は幸福を運んできたのだ。

太陽が傾き、闇の気配が空気に滲み始めてきた。気温がぐんぐんと下がってくる。眉子は鳥肌の出た腕をさすりながら、子供たちを呼んだ。

「あなたたち。もうそろそろ、おうちに入りなさい」

「はあい」と言って、二人はシロを抱き上げようとした。ところが、二人で一緒に抱こうとしたので、シロが驚いて暴れて、芝生に落ちてしまった。打ちどころが悪かった。シロは腰から落ちて、しばらく悲しげな鳴き声をあげていた。

「だめよ、あなたたち」

眉子は、おろおろする娘たちを見て、慌ててシロのほうへ駆けていった。すると、シロは眉子が襲ってくると勘違いしたのか、そのまま立ち上がって、森のほうへ駆けていったのだ。

「シロ、もどってらっしゃい」

しかし、子犬の白い姿はクマザサの茂みの中に消えてしまった。

「ひどいわ、ママ」

娘たちが叫んだ。

「何言ってるの、あなたたちが一緒に持ち上げようとするから、シロがびっくりしたんじゃないの」

　眉子の言い方がきつかったのか、娘たちが同時に泣きだした。

「ママのばか」

　そこへ、玄関のドアが開いて、夫が現れた。

「どうしたんだ、おまえたち」

　彼は妻と娘たちの様子を見て、すぐに何が起きたのか察したらしい。

「わかった。パパが探してくるよ」

　夫はそのまま森のほうへ駆けていって、シロの消えた茂みの中に消えた。森の中で犬を呼ぶ声が聞こえた。眉子と娘たちは、刺々しい雰囲気の中で沈黙を守った。

　それからしばらくして、茂みのほうでガサガサッと物音がして、シロを抱きかかえた夫が姿を現した。

「わあい、シロだ、シロだ」

　夫がシロを地面に下ろすと、シロは娘たちのいるほうへ走ってきた。夫が後からやって来て、「おまえたち、大事にしろよ。かわりばんこに抱くんだよ」とやさしく言った。

「ありがとう、パパ」

　ユリがシロを抱き上げ、シノブが「今度はわたしの番よ」と言いながら、二人は家の中に入っていった。

夫は嬉しそうだったが、逆に眉子はおもしろくなかった。どうしてこんなことになるの？　まるで、神様がわたしに意地悪《いじわる》をしているみたいじゃないの。眉子と夫が家に入ると、子供たちがホールで犬とじゃれ合っている。まあ、いいか。こんなこともたまにはあるでしょう。夫の気持ちも少しほぐれたようだし……。

眉子は不快感を無理やり抑えこみ、夕食を作るためにキッチンへ向かった。

5

鬼頭武彦は、気分をよくしていた。

迷いこんできた犬に関して、娘たちに好印象を与えた。ワンポイント、ゲットだ。眉子の前で「勝った、勝った」と叫びたかったが、さすがにおとなげないと思って、口にするのはやめた。事実、もう少しで勝利の舞を踊るところだった。彼が子供の頃、従兄弟《いとこ》たちと空き地で冒険ゲームをやった。勝った者が西部劇に出てくるインディアンのように甲高《かんだか》い雄叫《おたけ》びをあげる遊びだ。最年少の彼はいつもゲームに負けて勝利の舞を踊ることはできなかったが、いずれ、やってやろうとゲームの腕を磨《みが》いた。残念ながら、彼が大きくなった時、従兄弟たちは中学生になっていて、そんなくだらないゲームはやらないようになっていたのだ。

それがずっと彼のトラウマになっていた。

「トラウマ？　ハハッ、大げさだな」

仕事部屋に入るや、彼は両手を上に挙げ、アワワワと甲高い声を出して勝利の舞を踊った。部屋の中央でほぼ円を描くように三回ほどまわって、ワンと鳴いた。最後のワンはおまけだ。その場で思いついたギャグだった。

それから、ワハハハと笑った。まるで、シナリオを読むようなぎこちない笑いだ。それは意識していたが、本心から愉快だったのだ。あの犬は芸が達者だ。ちびのくせに、頭がいいし、臨機応変に芸をする。子供たちとは大違いだった。

その時、彼は憎悪のこもった視線を感じた。たちまち、笑いの渦が引いて、背筋を冷たいものが走った。窓から誰かが俺を見ていたのではないかと思ったのだ。

暮れかかる秋の空は、西のほうが赤く染《そ》まっている。彼は窓際へ行ってカーテンを開け放った。それから、上下開閉式の窓を持ち上げて、顔を外へ突き出した。

左右を確認し、庭のほうも見た。誰もいない。

風が出てきていた。山のほうから吹き下ろしてくる乾いた風だ。冬の気配を滲ませたひんやりした風だった。庭の芝生の中に自然に生えたススキの穂がさわさわと揺れている。物音といえば、それくらいのものだ。

気のせいだったか。

窓を閉めようとしたその時、彼はふと違和感をおぼえた。足元から冷たいものが頭のてっぺんまで駆け抜けていった。

足跡がある。足跡が……。窓の外の地面にスニーカーの靴跡のようなものが刻印されていたのだ。さっきまでの高揚感が跡形もなく消えていき、かわって恐怖感が彼の全身を包みこんだ。

背中にかいた汗が急速に冷えて、下着が肌にぴたりと貼りついた。彼は仕事部屋からホールへ出た。血相を変えて走る父親を娘たちがぽかんとした顔で見た。犬も動きを止めて、垂れた耳を上へぴんと突っ立てた。

鬼頭は玄関のドアを開けて、外へ飛び出した。枯れ草のにおいのまじったひんやりした風が彼の頰《ほお》を撫でた。ポーチを降りて、彼の部屋の外側の地表を調べてみる。

「ない、何もない」

地面は乾いていて固く、足跡がつくような細かい埃《ほこり》さえなかった。目の錯覚だったのか。彼は自分の靴で地面を踏みしめてみた。だが、足跡はつかない。

寝不足だな。昨夜から一睡もしていないのだ。いや、明け方にかけて疲れて一時的にうとうとしたが、そんなのは眠ったうちには入らない。

少し休憩しよう。

そう思って、彼は仕事部屋にもどり、仮眠用の簡易ベッドに横たわった。だが、体は疲れているのに、目が冴《さ》えて眠れない。それに、ホールで遊ぶ子供たちの歓声と犬の鳴き声が気になって、眠ろうと意識すると、かえってそれが眠りを阻害するのだ。

子供たちを叱《しか》るのもおとなげないので、しばらくそのまま横になっていた。だが、内に溜めた怒りはついに爆発した。

「畜生」と怒鳴り、彼は起き上がった。

それから、ホールに出ると、遊んでいる娘たちと犬に罵声を浴びせかけた。

「おい、おまえたち、静かにしろ！」

ホールの中の空気が一瞬にして凍りつき、すべての動きが停止した。彼はシロに向かって、指で拳銃を撃つまねをした。

バアン！

怯えたシロがぴくんと痙攣《けいれん》し、それからきゅんきゅんと鳴きながら、ホールの隅の暗がりに逃げていった。娘たちがやや遅れて、泣き始めた。それを聞いて、キッチンのほうから眉子が姿を現した。

「どうしたの、一体？」

彼女は娘たちと子犬を見てから、怒りに顔を歪めている夫に目をやった。

「あなた、どうしたのよ」

「うるさかったんだ、あの犬が」

「だって、飼ってもいいと言ったのは、あなたでしょ？」

「おとなしくしてるのが条件だと言ったはずだ」

「でも、ちょっと過剰反応じゃないの？」

「眠ろうとしてたんだが、うるさくて全然眠れなかった。だから、注意をしようとしただけだ」

娘たちは体を寄せて、泣きじゃくっている。眉子は娘たちのそばに行って、二人を抱きしめた。

「いいのよ、あなたたち。パパ、ちょっと変なの」

眉子がしてやったりといった顔をしたので、鬼頭は頭にかっと血がのぼった。

「くそっ、おまえたち。覚えてろよ」

彼は部屋に入って、ドアを音高く閉めた。「畜生、マイナス一点だ」

6

ワンポイント、ゲット。

眉子は思わず指をぱちんと鳴らした。それから、なぜそんなに嬉しいのだろうと思った。まるでゲームを楽しんでいる子供のようだ。それに、こんな他愛《たわい》ないことで喜ぶなんて、わたしは一体どうしちゃったのかしらと思った。まるで、誰かがわたしにゲームが有利になるようにいたずらをして……。

ゲーム？

いいわ。深く考えないようにしよう。さっき夫に取られたポイントを挽回《ばんかい》したのだ。そう軽く考えればいいではないか。軽くね。娯楽のない寂しい樹海に住んでいるんだもの。その程度の憂《う》さ晴らしは必要だと思う。

「さあ、あなたたち。お遊びはもうやめましょうね。それより、シロが眠れるような場所を作らなくっちゃ」

彼女はその時、前の買い出しの時に店からもらってきた段ボールを思い出した。飼い主が現れるまで、子犬の寝る場所を確保しておかなくてはならないのだ。

彼女は少し大きめの段ボールを持ってきて、その中に使い古しのタオルを入れた。きょとんとしているシロを抱き上げて、その中にそっと入れてみた。

「ほら、ここがあなたのベッドよ」

シロはバスタオルのにおいをしばらく嗅《か》いでいたが、安心したのか、やがてごろんと横になった。

「わあい、シロのベッドだ、シロのベッドだ」

娘たちが歓声をあげた。

「あなたたちも遊ぶだけでなくて、シロを大事にかわいがるのよ」

「はあい」

「でも、飼い主の人が出てきたら、返さなくてはいけないってこと、忘れないでね」

「はあい。忘れません」

「じゃあ、夕食の時間だから、みんなで食べましょう」

シロには夕食のあまりものとミルクを出した。すると、よほど腹が空いていたのか、がつがつと食べ、あっという間に平らげてしまった。空腹感が満たされると、シロは眠くなったのだろう、段ボールの中に入って、おとなしくなった。

眉子は夫に声をかけたが、部屋の中から応答はなかった。

スランプの時でも、こういうことはあまりなかったので、少し心配だった。八時をすぎても、夫は現れなかった。娘たちの入浴をすませ、寝かしつけた後、眉子は仕事部屋のドアを叩いた。

ドアのノブをまわすと、抵抗なく動いたので、彼女は「入るわよ」と声をかけてからドアを開いた。夫はデスクに突っ伏して眠っていた。

「あなた、もうおやすみ？」

返事のかわりに、いびきが聞こえてきた。

「まあ、しょうがないわね。風邪をひくわよ」

仮眠用のベッドにあった毛布を夫の肩にかけようとした時、彼女はデスクにウィスキーのボトルが置いてあることに気づいた。

夫は酔いつぶれてしまったのだと思った。まずい。彼女と結婚するずっと以前、軽いアルコール依存症になったと聞いたことがある。それは夫の作家デビュー前のことだ。会社の仕事がうまくいかず、そのストレスから酒に溺《おぼ》れかけたのだという。だが、幸いにも、どっぷりと酒に浸《つ》かる前に、仕事をしながら書いたミステリーが新人賞に入選して、アルコール地獄から解放されたと彼女は夫から聞いた。

これまでにも、夕食の時に酒を飲むことはあったが、軽くたしなむといった程度で、深酒することはなかったのだ。

大丈夫かしら。彼女の胸を不安がよぎった。

「あなた。ベッドに寝たほうがいいわよ」

そう言って夫の肩を叩いたが、夫はうーんと呻いただけで起きることはなかった。彼女は仕方がないので、夫に毛布をかけただけで部屋を出た。またしばらくしてから声をかければいいと思った。

7

酒は素晴らしい飲み物だ。飲めば、いやなことをすべて忘れることができる。まさに、百薬の長。過去、どれだけ世話になったことか。もっとも、マイナス面のほうが大きかったが……。

鬼頭がそれを思い出す時、苦《にが》みを伴《ともな》った思い出がわき起こってくる。良薬、口に苦しだ。いや、使い方が違っているか。でも、いい。似たようなものさ。

鬼頭はドアが閉まると、頭をむっくりもたげて、にやりと笑った。デスクに肘をついた左手で頬杖《ほおづえ》を突きながらボトルの蓋《ふた》を開けて、グラスに注《つ》ぐ。トクトクトクという音が何とも風流ではないか。まさに日本の心、日本の音だな。眉子がこのボトルを持っていかないでよかったと思う。彼は妻が入ってきたこともみな知っていたが、寝たふりをしていたのだ。

ハハッと笑った時、ふと違和感を覚えた。この前と同じような奇妙な感覚だ。

誰かが俺を見ている。

俺の知らない誰かが俺を監視しているのではないか。酩酊《めいてい》が生み出す幻覚? いや、違う。

彼は酔った頭で、ぐるりと部屋の中を見た。仕事部屋といっても、本の数は多くない。書棚も少ないし、ベッドとキャビネットがあるだけだ。どこにも隠れる場所はないはずだが、視線を感じるのはなぜだろう。

それから、その解答を思いついた。

そう、俺は二重人格なのだと。

困惑——。

それは小説のタイトルだが、二重人格に話を持っていけないだろうか。二つの人格が心の内側でせめぎあっている小説家の日常。そうそう、それがいい。取材をしなくても、実生活をそのまま描写していけばいいのだから簡単だ。

樹海に家をかまえ、徐々に狂っていく鬼頭家の人間たち。その破滅への道筋をな。ハハッ。おもしろい。自虐的なユーモアだ。

白い子犬がまぎれこんで、にぎやかになるどころか、あの犬は災《わざわ》いをもたらしたように思う。さあ、これからどうなるか。

彼はそのままプロットを練っていく。夜が更けて、家族たちが寝静まっているのがわかる。彼は椅子から立ち上がって、ホールへ出た。吹き抜けの階段につけた常夜灯の淡い光が、ホール全体をぼんやり明るくしていた。

シロは階段の下のにわか作りのねぐらに体を丸めて眠っていたが、彼の気配に首をむっくりと持ち上げた。

「シロ、さっきは悪かったな」

と言いつつ、彼は犬の頭を叩いた。シロはクーンと悲しげな鳴き声をあげた。

「おまえは、疫病神《やくびょうがみ》だ。さあ、行け」

鬼頭は子犬の体を抱えると、玄関へ運んでいった。子犬は恐怖を本能的に察したのか、暴れることはなく、彼にされるがままになっていた。

鍵をはずし、ドアを開けると、樹海の濃密な腐敗臭を含んだ風が彼の顔を撫でた。邪悪な森、呪われた森の中に、おまえは帰れ。

彼は呪文《じゅもん》のように唱《とな》えて、シロを夜の闇の中に放ったのだ。

「鬼は外、福は内」

ついでに浮かんだくだらないジョークは、彼を苦笑させた。呪われた森でさえ、あまりのくだらなさに失笑し、その凶暴な牙を研《と》ぐのをいっとき忘れてくれるだろう。

鬼頭武彦の邪悪な部分が、こんなことをしたのだと彼は自分に言い聞かせた。善良な部分は今眠っていて、邪悪な自分の分身の行動を何もできずに傍観しているだけだ。

書斎にもどると、鬼頭は原稿用紙に文字を書き始めた。樹海の家における邪悪な物語を……。

8――〈俺〉

　いまだにわかっていない。鬼頭武彦の邪悪な部分が一人歩きして、俺を作ったなんてことも考えたが、そんなことはありえなかった。

　鬼頭武彦が原稿用紙に何をしているかといえば、ミミズののたくったような下手くそな字で意味不明なことを書き連ねているだけだ。タイトルは『困惑』。

　そんなのを読ませられる俺のほうが、よっぽど困惑するぜ。

　俺は誰なんだろう。

　この鬼頭家の中でどういう位置づけにあるのだろう。

　依然として、俺の正体は自分でもわかっていなかった。焦燥《しょうそう》感がますますつのっていく。もうすぐこのストーリーは終わるのに。

　ああ、俺は……。

　部屋を出て、ホールから外へ出てみた。

9

ユリとシノブは、翌朝の七時に同時に目が覚めると、シロと遊びたい一心で、二階の子供部屋を飛び出し、階段を駆け下りていった。

「シロ、シロ」

だが、呼びかけても、犬の声はしなかった。段ボールの中にシロはいないし、タオルにぬくもりは残っていなかった。

「逃げちゃったのかなあ」

「そうよ、きっと」

玄関のドアには鍵が掛かっていなかった。ドアを開けると、すでに太陽は昇り、東の空は白み始めている。今日も雲一つない晴れのようだった。

「シロ、シロ」

二人は森に向かって呼びかけるが、応答はない。二人は顔を見合わせて、同時に言った。

「探しにいこう」と。

「森に入ってはいけないよ」といつも両親からきつく注意されているので、彼女たちは庭の芝生にいる間はまだ迷いがあったが、芝生が切れて、森の領域に入った途端、注意は頭から飛んでしまった。

近くにあるのに一度も入ったことのない謎めいた空間。二人にとって、森は何から何まで新鮮で、刺激的に映った。シロの名前を呼びながら、木と木の間を進んでいった。地表は苔《こけ》むしていて、とてもすべりやすかった。

道なき道をどれくらい歩いただろう。気がついた時、二人は樹海の奥深くに取りこまれていた。背後をふり返ってみたが、彼女たちの住む山荘は見えなかった。分厚い枝が頭上を覆っているので、朝の明るい時間帯であっても、空気の中には闇がまじっているような気がする。

「ねえ、どうしよう。シロはいないよ」

シノブが言った。「お姉ちゃん、もう帰ろうよ。お腹が空いた」

「うん、そうしよう」

ユリも同意し、二人で元来た道をもどろうとしたが、自分たちがどこから来たのか、まるでわからない。どこを見ても同じような単色の景色がある。ひねくれた木、緑の地表、薄暗い空間……。

森の中では方向感覚が麻痺《まひ》してしまうことに、彼女たちはこの時、初めて気づいたのだ。両親が日頃《ひごろ》注意していることがやっと実感できた。わたしたちは、いけないことをしてしまったのだ。

妹のシノブが最初に泣き始めた。姉のユリもそれを慰《なぐさ》める役にまわらず、心細くなって一緒に泣きだした。

「ねえ、どうしたらいいの？」とシノブ。

「歩くしかないよ。暗くなったら、たいへんだよ」

ユリは泣きながらも、妹の手を引いて歩き始めた。だが、いくら歩いても、彼女たちを取り巻く風景は変わることはなかったし、どこにも森の切れ目を見つけることはできなかった。歩いているうちに暗くなりだし、森を抜ける風も冷たくなってきた。

絶望感が二人の少女を包みこむ。シノブがその時、苔に足をとられてすべった。ユリもそれを支えようとして一緒にすべった。二人が落ちたところが、ある大きな木の根方で、偶然そこに小さな穴があった。

「ここでちょっと一休みしようよ」

ユリが言って、シノブを先に座らせた。肩を寄せ合って泣いているうちに、二人は疲れから眠りこんでしまった。

ワンワンと激しく鳴く犬の声に起こされたのは、それからどれくらいたってからだろう。辺りは薄暗くなり、夜の訪れが間近いことを感じさせた。空気の冷たさが夜の樹海の恐ろしさを予感させる。

　ユリが最初に起きて、シノブの肩を叩いた。

「ねえ、シロの声がするよ」

　犬の声は確かにシロのものに間違いなかった。シロの鳴き声は彼女たちにエネルギーを与え、絶望感と空腹感を忘れさせた。

「よし、行ってみよう」

　夜の訪れは、少しも脅威ではなくなっていた。シロを探すこと、それが彼女たちのそもそもの目的だったのだから。

10

「ユリ、シノブ。どこにいるの？」

　眉子は玄関のドアを開け、樹海に向かって呼びかけた。声は反響することもなく、樹海の木々に吸いこまれるようにして消えた。

「あなた、たいへん」

　彼女は夫の部屋のドアを叩いた。すると、血走った目をした夫が顔を出した。あまりよく寝ていないのか、目が腫《は》れぼったく、全身から酒のにおいを漂わせていた。

「どうした？」

「あの子たちがいなくなったのよ。シロもいないし……」

「シロは俺が逃がしてやったよ」

夫が平然として言った。

「逃がした？」

「そうさ。森へね。迷い犬は元いたところにもどしてやるべきだと思ったんだ」

眉子はかっとなった。

「あなた。自分がやったことがわからないの？」

「いいじゃないか」

「あの子たちはシロを探しにいったのよ。もし迷子になったら……」

「その辺で遊んでるんじゃないか」

「だって、もう九時半よ。朝食だってまだなんだから」

「腹が減れば、帰ってくるさ」

「樹海の中に入ったんじゃないかしら。帰ろうと思っても、帰れないなんてことが……」

「考えすぎだよ。あの子たちは賢《かしこ》い」

「いくら賢くったって、まだ四歳の子供よ。大人だって、樹海に入ったら、外へ出られないんだから」

夫は面倒《めんどう》臭そうに突っ立っているだけなので、眉子は「もういいわ。あなたには頼まない。あなたなんか、酒でも飲んで寝てなさい」ときびしく言って、玄関を飛び出した。夫はあとを追ってこなかった。

「くず。あなたの作家生命は終わったわ」

本人の前では言えないことが、樹海の中では自然に口をついて出た。言ってしまってから、すっきりした。これも樹海が彼女にかける魔法のせいだろうか。

「ユリ、シノブ。お願いだから返事をして」

今はまだ朝の十時前だが、樹海に夜の訪れは早い。森の奥にまぎれこんでしまうと、眉子自身だって、帰れなくなるおそれがあるのだ。案の定、木と木の間を縫うように歩いているうちに、彼女は自分の居場所を見失っていた。

これが樹海の恐ろしさなのだ。分別を持っている大人でさえも、いったん樹海の中に足を踏み入れると、方向感覚を失い、樹海の貪欲《どんよく》な胃袋に呑みこまれてしまう。

娘たちを探すこともできず、自分も迷子になってしまうなんて、最悪だわ。最低限、紐《ひも》を持ってきて、それを目印にして樹海に入る分別を持っているべきだった。

「ユリ、シノブ……。助けて」

必死にあげる声もたちまち樹海の懐深くに吸いこまれていった。谺《こだま》がもどってくるかわりに、死のにおいを含んだ風が彼女のほうへ流れてきた。

死――。

このままわたしはここで死んでしまうのだろうか。

死にたくない。せっかく「困惑」を完成させたのに。自信作だったのに。

困惑――。まさに、今の状況が困惑そのものだ。笑えないジョーク。悲しくて、涙が出てくるわ。

それから、夫に対する怒りが湧いてきた。あいつがシロを外に出しさえしなかったら、娘たちが樹海に入ることはなかったし、わたしだってここで迷子になることもなかったのだ。

あいつめ、生きてもどったら、ただではおかないから。

11

鬼頭武彦はふと目を開けた。ここはどこだ。一瞬、自分の居場所がわからなかった。頭が朦朧《もうろう》とし、ふわふわとした浮遊感があった。

不気味な静寂が辺りを支配し、まるで死後の世界に迷いこんだような気がした。天国へ行ったのか、それとも地獄へ堕《お》ちたのか。

真っ暗な空間が彼の体を周囲から押しつけるようだった。どうやら座っているらしい。

立ち上がろうとした時、硬いものに膝《ひざ》を激しく打ちつけた。その痛みが、これが夢ではないことを示していた。

何とかスイッチを探りあて、照明をつけた。眩いばかりの光にさらされ、目をしばたたいたが、慣れていくにつれ、今が夜の七時をすぎていることに気づいた。俺はずっとデスクに突っ伏して眠っていたのだろうか。

そうだ。白紙状態の原稿用紙が、俺の仕事ぶりをしっかり表している。一日かけて一枚も書けず。ハハッ、スランプどころではないな。枯渇だよ。俺の頭の中にはもはや小説の残り滓《かす》さえないのだ。

自虐的な笑いのエネルギーが腹の底からわき起こってきた。

それから、家の中に物音がしないことに気づいた。子供がいれば、絶えずその叫び声、泣き声、笑い声、足音がする。音がしなくても、空気の中に人のいる気配を感じることができるのだ。

それがまったく感じられない。まるで幽霊屋敷のように、この家には人の気配がなかった。ゴキブリのような虫でさえ棲息《せいそく》しない死の館《やかた》だ。

いるのは俺だけ。このゴキブリ作家だけ。

鬼頭はホールに出て、妻や娘たちの名前を呼びながら、明かりのスイッチを一つ一つつけてまわった。暗闇が明るいペンキに塗りつぶされるように消えていくが、逆に人のいないことが明らかになっていくだけだった。一階に誰もいないことがわかり、階段を上がって二階へ行った。

「ねえ、おまえたち。かくれんぼしてるんだろ？」

応答がないのを知りながら、彼は呼びかける。「さあ、もういいから、出ておいで。パパ、降参するよ」

階段を上がって右手が子供たちの寝室、それから左手が夫婦の寝室だ。どちらの部屋ももぬけの殻だった。すべての明かりをつけて、吹き抜けの階段から、一階を見下ろした瞬間、バチンとアキレス腱《けん》が切れるような太い音がして、家中のすべての明かりが消えた。電気の許容量をオーバーして、ブレーカーが落ちたのだ。

「くそっ」

自家発電では、こういうことが起こっても仕方がないのだ。彼は手探りで階段の手すりをつかみながら、階段を駆け下りようとした。だが、踊り場で空足《からあし》を踏み、バランスを失って、黒い空間に飛び出していった。

頭が壁に激突すると思った瞬間、両手を前に伸ばした。それで何とか衝突を免《まぬか》れたが、体は階段を勢いよく転げ落ちていった。

意識ははっきりしていた。階段を転げ落ちるごとに、クレシェンド記号が指示するように怒りが高まっていった。

くそっ、あいつめ。俺に口答えしやがって。

眉子に対する怒りが渦巻いた。

12

シロの鳴き声のするほうに、ユリとシノブは歩きだした。希望が出てくると、それまでの疲れがいっぺんに吹き飛んでしまった。

空気の中に闇の気配はあるが、まだ完全に暮れていないので、足元を見ることはできる。凹凸のある歩きにくい地面も、それほど苦にならず、転ぶこともなかった。二人は励まし合って歩きつづけた。シロの名前を呼ぶと、ワンワンと応答があった。向こうも彼女たちの声に気づいているのだ。

「シロ、シロ」

犬の鳴き声が嬉しそうに応じる。

そうして、シロの声を追っているうちに、日は暮れ、辺りは真っ暗になってしまった。

それでも、彼女たちはパニックにならず、先へ先へと進んでいったのだ。

やがて、広い空き地のようなところに出たのがわかった。木の間《こま》越しに煌々《こうこう》と明かりのついた家が見えてきた。彼女たちの山荘だ。樹海に入っていたのが半日だったにもかかわらず、そこは何年も留守にしていた懐《なつ》かしいわが家のように思えた。まるで暗闇の中に浮かんだホテルのようだ。

「やっと帰れたよ」

ユリとシノブは歓声をあげて、わが家に向かって駆けだした。するとその時、突然、家の中の明かりが消えた。シャンデリアのような輝きが一瞬にして消え、二人は暗闇の中に取り残された。

それから、家の中から、どすんと大きな音が聞こえてきたのだ。

何、何があったの？

二人は闇の中でびくびくしながら手を取り合った。

13

犬の鳴き声が聞こえた。

絶望の底に沈んでいた眉子の心の中にぱあっと希望の光が灯《とも》った。そのすぐ後、子供たちの声が聞こえたような気がした。あの子たちはシロと一緒なのかもしれない。ということは、彼女たち全員が樹海の比較的近い場所に固まっているにちがいなかった。

安堵感が押し寄せ、全身に力がみなぎった。

さあ、あなたたち、待ってて。

「ユリ、シノブ、それからシロ」

彼女は陽気な声で叫びながら、声の聞こえたほうへ歩き始めた。樹海は夜の闇に包まれていたが、彼女は両手を前に差し出し、足元に注意しながら進んでいった。

木の気配は肌で感じられるので、よけることはできるが、地面の凹凸は予想がつかなかった。時々、足をすべらせて転倒したりしながらも、彼女は歩いていく。

犬の鳴き声はその間もずっと聞こえていた。声は遠ざかることもなかったし、近づくこともなかったが、声のする間は気持ちが落ちこむことはなかった。

それから、どれだけ歩いただろう。闇はますます濃度を増し、気温は低くなっていったが、依然、子供たちと出会えなかった。シロの声も聞こえなくなり、不安感が勢いを増してきた時、彼女は不意に開けた空間に出た。

樹海の中に、そこだけぽっかり開いたようなところで、最初は鬼頭家の山荘だと思ったが、空気のにおいが違っていたし、地面には砂利が多かった。

闇の中に白いものが浮いている。

車？

白いワンボックスカーのような気がしたので、ゆっくり近づいていった。そばに寄って、それが間違いなく車であることがわかった。おそらくキャンプに来た家族連れだろう。

「どなたかいますか？」

車自体、新しく感じられるので、人がいるなら返事をしてくれるはずだ。

しかし、応答はなく、不気味な静寂がもどってきた。シロの声は聞こえなくなっていた。その時、彼女の頬にぽつりと水滴が落ちた。雨か。

このまま樹海に入って迷うより、ここで夜を明かしたほうが賢明かもしれない。運がいいことに、車の下に懐中電灯が転がっていた。彼女はそれを拾い上げて、スイッチを入れてみた。

大丈夫、ちゃんと明かりはつく。暗闇の中に一人いる心細さは、文明のもたらす光によってたちまち消え去ってしまった。足元に写真が落ちている。何だろうと思って拾い上げてみると、この車の前で家族四人が並んでいる写真だ。場所は一戸建ての家の前。玄関には色とりどりの花の植わったプランターが置かれている。夫婦に女の子が二人。偶然にも、女の子は双子のように見える。まるで鬼頭家をそっくり写したような家族写真だった。

驚いたことに、女の子の一人が白い犬を抱いている。シロだ。そうか、あの犬はこの家族のところから離れて、樹海に迷いこみ、鬼頭家までやってきたというわけか。

夫に追い出された後、シロは、元の家族のところへもどったと見える。うちの娘たちもこの辺にいるのだろうか。

「ユリ、シノブ」と彼女は呼びかけるが、返事はない。

それにしても、この家族は樹海まで何をしに来たのだろうという素朴《そぼく》な疑問が湧いた。バカンスを楽しむのなら、湖畔のキャンプ地へ行けばいいのだし、何もこんな樹海の奥深くに入ることもなかろうにと思うのだ。

はっとした。まさかと思った。

この樹海に来てすることといえば……。

眉子は鼻をひくつかせた。におう、あのおぞましいにおいが。

それでも、まだ信じたくなかった。この車を開けて、あの家族たちに挨拶《あいさつ》したかった。

「ごめんなさい。いますか？」

彼女は思いきってドアを開けようとした。だが、内側からロックが掛かっていて開ける
ことができない。

仕方なく、彼女は懐中電灯の明かりを車の中に差しこんだ。

「ぎゃあああ」と人間の声とも思えない声が自分の喉《のど》から漏れてきた。

彼女はパニックに襲われ、懐中電灯を持ったまま、樹海の中に駆けていった。樹海な
ら、ここよりまし。一家四人の心中死体を見るよりはましだ。

あああああ。彼女の喉から漏れる獣のような声――。

「助けて……」

14――〈俺〉

何がどうなっているのか、俺にはさっぱりわからなかった。

娘たちと母親は森の中へ消えてしまうし、父親のほうは酒を飲んで仕事部屋で寝ているだけなのだ。そのうちに夜になり、慌てて起きた父親が、家族の行方《ゆくえ》を探して家中の明かりをつけているうちに、ブレーカーが落ち、暗がりの中で階段から足を踏みはずし、一階まで転げ落ちるという醜態《しゅうたい》を演じてみせた。

つまらない猿芝居を見るようだった。そう、まさにへたくそな素人《しろうと》芝居。

俺が観客なら、こんなくだらないところからさっさと退席したいところだが、ここは本当に樹海の中の一軒家なのだ。いざ、出ていったとしても、俺自身が樹海の中で道に迷い、命を落とす危険性がある。

猿芝居の中に組みこまれた俺は、記憶を回復する前に死んでしまう。

そんなことにはなりたくない。

では、俺はどうしたらいいのだろう。

このまま辛抱して、くだらない猿芝居を傍観するだけか。

目の前で、鬼頭武彦が苦しそうに呻いている。ようやく意識を取りもどしたと見える。

俺はさっさと元の居場所へもどることにした。

15

鬼頭武彦は階段の下で意識を回復した。それとともに、記憶もどってきた。こんなくだらない記憶なら、失ってしまったほうがどれだけいいかと思う。

朦朧とする中、ゆっくり起き上がり、とにかく明かりをつけることにした。キッチンのほうに配電盤があったはずだ。そう思って、手探りでキッチンまで行き、何とか配電盤を見つけると、下がっていたブレーカーのスイッチのうち、いくつかを押し上げた。全部上げると、また切れてしまうおそれがあるからだ。

ホールのほうが明るくなったので、彼はホールへ向かったが、その時、犬の鳴き声が聞こえたように思った。

外だ。あのくそ犬がもどってきたのだ。

それと同時に、「シロ、シロ」と呼ぶ子供たちの声がした。ほら、帰ってきたじゃないか。眉子は心配性なのだ。子供は放っておけば、腹を空かしてもどってくる。嗅覚《きゅうかく》の発達した犬だっているんだし、あんなに大げさに心配することはなかったのだ。

鬼頭は玄関のドアを開いて、娘たちに呼びかけた。

「おまえたち、おかえり」

シロが最初に飛びこんできて、その後から娘たちが競走しながら駆けこんできた。「パパ、ただいま」

「遅かったね」

彼は怒らないように、できるだけ笑顔を見せて言った。

「シロを探してたら迷子になっちゃったの。でも、シロがいたから助かった」

「そうか、それはよかった。それで、ママは？」

「知らない。ママも森に入ったの？」

「ああ、おまえたちを探しにね」

愚かな女だ。樹海に一人で入ったら、出られなくなるのに。もう夜じゃないか。自業自得《じごうじとく》だな。

「どうしよう。わたしたち、シロがいたから助かったんだけど、シロにママを探しにいってもらおうか」

「大丈夫だよ。ママは大人だ。樹海の怖さを知ってるから、動かないで朝が来るのを待ってると思うよ」

鬼頭は眉子を宿命のライバルと認識していた。今はこっちのほうがポイントをあげている。またまたワンポイント、ゲットだね。

「パパ、嬉しそうだね」

「そりゃあ、そうさ。おまえたちが見つかったんだから。ずいぶん心配したんだぞ。お腹は空いてないか？」

「ぺこぺこよ。何か食べるもの、ある？」

「もちろんさ。パパが作ってやる」

「わあい」

これで二ポイント、ゲットだ。武彦はスランプに入っていることを忘れ、キッチンへ行って夕食の準備にとりかかった。料理は簡単だった。野菜もあるし、パンや肉や魚も冷凍庫に数週間分が入っているのだ。このまま樹海の中に閉じこめられても、飢え死にすることはないほどの量だ。

彼は手早くステーキとサンドイッチとコーンポタージュを作り、ダイニングルームへ持っていった。もちろん、シロへの食事も忘れなかった。鶏肉の骨で作った特製のスープだ。

眉子の分？　いいや、あいつのはいい。今夜はどうせ帰ってこないだろうから。

樹海の中で反省するがいい。

急に愉快になり、彼は笑いだした。笑い始めると、自分で抑えがきかず、次第にエスカレートしていった。

「どうしたの、パパ。なぜ、そんなに嬉しいの?」

娘たちは、このところいつも不機嫌な父親が笑っているのが不思議そうだったが、ここは父親に付き合うのが得策と判断したのか、一緒に笑いだした。お腹いっぱいになったシロも、その場の雰囲気に影響されて、嬉しそうに吠えた。

ひさしぶりに鬼頭家に活気がもどった。周囲から押し寄せる樹海の呪縛から解き放たれ、山荘全体がにぎやかになった。

16

鬼頭眉子は樹海の中を右往左往《うおうさおう》していた。どこへ行っても、同じ闇だった。頭上を覆う木の枝は見えないものの、圧迫感を覚えさせる。曇り空のようだ。月が出ていれば、梢越《こずえ》しに差しこむ光で、辺りがぼんやりと見えるはずだ。いや、ぼんやり見えていたら、恐怖のあまり頭がおかしくなってしまうにちがいない。

どこにいるのかわからない暗闇のほうが、まだ恐怖心を抑えることができるのかもしれない。

どうして、こんなことになるのよ。

あまりの情けなさに、彼女は辺りを憚《はばか》らず声を出して泣いた。泣いたって、恥ずかしくない。誰に聞かれるというのよ。

ただ、あそこの一家心中死体のあるワンボックスカーから離れられれば、どこにいてもいいと思った。あんな悲惨な現場を発見するなんて最悪。いくら樹海が自殺の名所だからといっても、わたしたちの家の近くであんなことをしないでほしい。

腐《く》りかけている死体が放つにおいが、彼女の鼻粘膜に付着している。鼻をこすっても、忌まわしい腐臭は彼女の脳に深く刻まれてしまったのだ。死ぬまで、あのにおいを忘れることはないだろう。

眉子は立ち止まることなく、ひたすら歩きつづけた。時計を見ることもできないので、時間の感覚はとうに失《う》せていた。心中死体を忘れるために、彼女は体を酷使したのだ。

娘たちを探す気持ちも、今の彼女にはない。

そして、また時間がたち、彼女は木々の間の苔むしたでこぼこの地面を歩いていく。今やその感触にも慣れて、転ばないように歩くことができた。彼女は今や樹海の子供になってしまったのだ。

それから、不意に広い空間に出た。ああ、やっと助かったのか。からっとした感じがするので、湖畔の近くに来ているのかもしれない。

どっと疲れが出て、彼女はその場にへたりこんだ。地面には砂利が敷いてあるようで、尻が痛かったが、樹海の中にいるよりましだった。

しばらく休憩した後で、彼女の全身から血の気が引いた。

まさか、まさか……。

ここはあの家族の心中死体のあった空き地？　目を凝《こ》らすと、空き地のほぼ中央にワンボックスカーが白々と浮かんでいた。彼女は立ち上がり、また森の中に駆けこんだ。堂々めぐりだ。樹海に迷ったあげく、また同じ場所に舞いもどる。

家族四人の霊がこう言っているようだ。

「いらっしゃいませ、鬼頭眉子さん」と。

森に入った時、犬の鳴き声が聞こえた。彼女はシロの名前を呼んだ。

シロ、シロ。おまえと会えれば嬉しいわ。生きているものと出会うことが彼女の今の望みだった。


それからしばらくしても、彼女は依然森を彷徨《さまよ》っていた。犬の鳴き声は確実に聞こえるので、すぐ近くにいると思うのだが、なかなかそこへ到達することができない。幻聴ということはないだろう。あれは明らかに生きている犬が放つ声だ。

その時、子供の笑う声が聞こえた。

ユリとシノブだ。

絶望の底に落ちかけていた彼女の心に、希望の火が灯る。もう騙《だま》されない。あの子たちのいるところへ進むのだ。彼女は立ち止まり、どの方角から聞こえてくるのか、慎重《しんちょう》に耳を澄ました。

ミシッ、ミシッと枯れ枝が折れるような音がした。森の音だ。樹海に入りこんだ迷い人を脅《おど》かそうと森が企《たくら》んでいるのだ。その手に乗ってたまるか。わたしは怖くない。

再び犬の鳴き声がした。とても楽しそうに笑っているような声だ。彼女はエネルギーを得て、声のするほうを突き止めて、その方向へ足を踏みだした。

もう迷わない。何が起ころうと、わたしは声のするほうへ進むだけだ。

だが、向かった先は、やはりあの空き地だった。例のワンボックスカーのあるあの忌まわしい空き地。

まるでそこに強力な磁場があるかのように、迷い人はまた同じ場所に吸い寄せられていく。しかし、彼女はもう怖くなかった。

わたしを怖がらせるものは、もう何もない。その証拠に、わたしは平常心であの車の中を見ることができるのだ。家族四人が自殺し、肉の腐るにおいが充満したあの車内。

車のそばを通過し、また森へ入った。

これ以上、ひどくなることはない。開き直りが彼女を強くした。もし山荘にもどったら、わたしは……。

17

ユリとシノブは夕食後、ホールでシロと遊んだ。

パパはなぜか機嫌がよくて、彼女たちがいくら騒いでも怒ることはなく、ホールのソファに寝そべりながら彼女たちの行動を見ていた。テーブルの上に、お酒の瓶《びん》が置いてあり、パパは時々グラスにお酒を注いで飲んでいる。

ママがいないから機嫌がいいのかしら、と二人は思った。そういえば、このところ、パパとママは仲が悪い。喧嘩ばかりしているようだ。

「ねえ、パパ」

ユリとシノブは同時に聞いた。

「何だい？」

パパはとろんとした目で彼女たちを見た。お酒に酔っているのだ。

「ママは今日は帰ってこないの？」

彼女たちは、ママが森から帰ってこないことが、少し解《げ》せなかった。

「さあね。どうしちゃったんだろう」

「パパは心配じゃないの？」

「別に」

「夫婦喧嘩したの？」

「おまえたちは、ずいぶん、おませなことを聞くんだね」

「違うの？」

「違うよ。ちょっとした意見の相違があっただけさ」

「いけんのそうい？」

「おまえたちには、むずかしくてわからないかもしれないな」

パパは愉快そうに笑った。

「さあ、遊びなさい」

「いいの？」

「ああ、思う存分、遊ぶんだ」

パパはソファから起き上がると、駆けまわっているシロを追い始めた。「こらっ、シロ。つかまえるぞぉ」

ユリとシノブはものわかりがよすぎる父親を少し気味悪く思った。

「ママ、樹海に入って、迷子になったのかもしれないよ。どうすればいい？」

「ママは大人なんだから、心配することないよ。そのうちに帰ってくるさ」

パパはそう言って、逃げまわるシロを追いかけまわした。よたよたとおぼつかない足どりで。

18

眉子は犬の声を間近に聞いたように思った。

森の中では、方向や距離の感覚がつかめず、声のした方向へ行ったつもりなのに、目的とするところはいっこうに近づいてこなかった。まるで森のあちらこちらにシロの声を録音した機械が設置してあり、彼女を騙しているかのようだった。

だが、今度の声は前より近くなっていた。彼女の進む方向が間違っていない証拠なのだ。希望と絶望が交互に襲ってきて、何度もふりだしにもどったが、今度こそは本当のようだった。

彼女はふと肉の焦《こ》げたようなにおいを嗅いだ。それとともに、急に空腹感を覚えた。今朝から何も口にしていないことに、この時、初めて気づいたのだ。

もしかして、家が近いのではないか。湖畔でバーベキューをやっているとしたら、水の音がしてもいいのだが、それはない。こんな樹海の中で料理のにおいがするとすれば、それは鬼頭家の山荘だ。

そうか、夫が子供たちのために料理を作っているんだわ。

犬の鳴き声にまじって、娘たちの笑い声を聞いたように思った。これまでにない喜びが彼女の胸を満たし、早足になって声のするほうへ進んでいった。だが、はやる気持ちに足がついていかず、苔むした木の根に足をすべらせ、つんのめるようにして転倒してしまった。顔が激しく木の幹にぶつかり、目の前に火花が散った。火花って、本当に散るんだわ。意識を失う寸前、彼女はそう思った。

意識をとりもどした時、眉子は地面にうつ伏せになっていた。額と頬に傷があるらしく、手で触れると、ひりひりと痛んだ。そして、なぜ倒れていたのか、すぐに思い出した。気を失っていたのは、そんなに長い時間ではないようだ。

木の幹につかまりながら起き上がると、右膝が痛んだ。ズボンが破れているようで、裂けた穴から指を突っこむと、ひざ小僧がすり剝けているのがわかった。指先を鼻に近づけてみると、血のにおいがした。

だが、その痛みでかえって意識がはっきりしてきた。子供たちの声とシロの鳴き声がさっきよりずっと近づいている。彼女は足をひきずりながら、足元に注意を払って先へ進んでいった。夫もあの子たちも心配しているだろう。早く家に帰って、みんなを安心させなくてはならない。

その時、頬に冷たいものがぽつりとあたった。雨だ。森の中にいても落ちてくるということは、森の外ではかなり降っているのかもしれなかった。

森の冷たさが体力を消耗《しょうもう》させる。今朝から何も食べていないし、体のあちこちに傷を負っている。そろそろ体力の限界に来ていたが、それでも家族に会いたい一念が彼女を歩きつづけさせた。

それから、どれくらいいたっただろう。声は近くに聞こえるのに、家はいつまでも彼女の視界に入ってこなかった。

絶望感がひたひたと胸に押し寄せてくる。希望の後に絶望。そのまた同じ繰り返しだったのだ。希望が大きかっただけに、絶望の大きさもこれまで以上だった。

もう、だめ。ひざまずいて、神を呪おうとした。

膝が地面に着いて、傷の痛さに飛び上がりそうになった時、ふと前方を見ると、木の間越しに明かりが見えた。日本海溝の深さにも匹敵《ひってき》する絶望の後だから、喜びはひとしおだった。水面に向かって急浮上するように、加速する希望が絶望を振り払った。

雨はここでは降っていなかった。よろめきながら、眉子は明かりに向かって歩き始めた。もはや、転倒することは怖くなかった。何度も転び、そのたびにゾンビのように立ち上がり、ひたすら明かりに向かって突き進んだ。

「待ってて、あなたたち」

19

「おまえたち、そろそろ寝ようか」

鬼頭武彦は手を叩きながら言った。子供の相手も最初は楽しかったが、食事の世話から片付け、さらに風呂の準備をしたりして、すっかり疲れきっていた。家事にはもう辟易《へきえき》している。

だが、子供たちの目は夜が更けるにしたがって、カフェインでも飲んだようにらんらんと輝き、眠るどころではなかった。こんな時に眉子がいて、一言ぴしりと注意すれば、娘たちはしぶしぶベッドに入るのだが。

ここで子供たちを叱っても、俺にマイナスがつくだけだと思った。俺は嫌われたくない。

「パパ、もっと遊ぼうよ」

「もう遅いじゃないか」

時刻は十時をすぎている。「ママがいたら、叱られるよ」

「でも、ママはいないよ。いないから遊びたいんだ」

「パパも仕事があるからね」

「いやだ、いやだ。遊ぼう」

ユリとシノブは鬼頭のズボンを両側から引っ張った。

「じゃあ、こんなのどうだろう？」

「なあに？」

「パパがお話をするから、それでおやすみするというのはどうかな？」

「お話？」

「そうさ。とても怖い話をするから、それで今日は終わりだ」

「怖くなかったら？」

「絶対、怖いさ」

「じゃあ、怖くなかったら、もっと起きてていい？」

「ああ、仕方がないな。約束しよう」

「わあい、約束、約束」

妙な成り行きになったが、これもかえっておもしろいと鬼頭は思った。怖さのあまり、布団《ふとん》にもぐりこみたくなるような怖い話をしてやろう。彼はにやりと笑って、娘たちを呼びよせると、二人の肩を抱きながら、怖い話を始めたのだ。その場で思いついたとびっきりの話を……。

＊

むかし、むかし、樹海にはね、怖い女が住んでいたんだ。いったん樹海に入ると、外へ出られなくなるというのは、みんな、その女に襲われて食われてしまうからなんだ。鬼女はもともと家庭の主婦だった。娘が二人いて、とても可愛がっていたんだが、ある時、夫と大喧嘩をしてね、ぷいと家を飛び出してしまった。……

鬼頭は、その怖い女を妻の眉子に当てはめてストーリーを作った。話しているうちに、妻に対する怒りが増幅し、妻は必然的に悪役になった。小説を書けない焦りと苛立ちが、妻の人物像を歪め、恐ろしくひねくれた物語になった。

娘たちは怖いのか、両側から彼にしがみついてきた。

「それで、どうなったの、その女の人？」

「今でも樹海の中で人が入ってくるのを待ち伏せしているんだ。だから、おまえたちも絶対に森に入ってはいけないよ。今日みたいにね」

「うん、わかった」

「でも、ママはどうしたの。その女に食べられてしまったの？」

「いや、ママのことだから、逃げまわってるのさ」

「じゃあ、鬼女がママを追いかけてるの？」

「そうかもしれない」

「じゃあ、もう寝るんだ。約束だろう。怖かったら、ベッドに入るって」

「怖いよお」

「でも……」

二人は不安げに顔を見合わせ、それからまた鬼頭に抱きついてきた。

「パパが二階まで連れてってやるよ。それなら、いいだろう？」

「うん」

娘たちがどうにか納得したので、鬼頭はソファから立ち上がった。その時だった。ユリが凄《すさ》まじい悲鳴をあげたのだ。彼女は玄関わきの窓を指差し、「鬼女がいた」と叫んだ。それと同時にさっきまでおとなしくしていたシロが、玄関のほうを向いて、けたたましく吠えだした。

「鬼女があそこからのぞいてたの」

「ママじゃないのか」

「違う。ママはあんな化け物じゃないよ。ずっとずっときれいだよ」

鬼頭は窓に近づいて、外をのぞいてみたが、不審な者は見えなかった。もっとも、建物の外には照明がないので、家の明かりだけでは、外の様子をはっきり見ることはできないのだが。

「パパの話を聞いて、見間違えたんじゃないのか」

「違う。本当に見たのよ」

彼が窓を開けようとすると、娘たちが「やめて」と悲鳴をあげた。

「わかった。パパが後で見まわりをするから、おまえたちはもう寝るんだ」

怖がる娘たちの前で、彼は家中の戸締りを確かめた。「大丈夫だよ。もし化け物が来ても、この家に入ることはできない」

鬼頭は娘たちを二階の寝室に連れていってベッドに寝かせることにした。それから、念のために家の外の見まわりをしよう。

娘たちを寝かせた後、どこかで何かを叩く音がした。玄関のドアを叩いている音だ。こんな夜に来る奴は誰だろう。

娘たちの言っていることは、案外本当なのかもしれない。もし怪《あや》しい者が侵入してきたら、斧か何かで防戦する必要がある。斧は裏手の物置にあるはずだった。

20

眉子は疲れきっていた。ようやくわが家に達し、安堵した反動で、庭に入った途端、足の力が抜けてしまったのだ。森を彷徨っていたのは今朝からなので、まだ一日もたっていない。それなのに、一週間分の体力を消耗してしまったような気分だった。いや、本当は一週間以上たっているのかもしれない。浦島太郎のように、樹海の中ですごした時間が、この世の時の流れと違っている可能性もある。

まさかと思いながらも、彼女の心のどこかにはそれを信じている部分が存在した。腰から伝わる地面の冷たさに彼女は我に返り、よろよろと立ち上がってわが家へ向かって歩きだした。

樹海の中で聞いた犬の鳴き声は、今は聞こえなくなっていた。それとも、犬の鳴き声は彼女の幻聴の生みだしたもので、この建物が彼女を呼び寄せていたのかもしれない。

いずれにしろ、ここまで辿り着けたのだ。

その時、娘たちの笑い声が聞こえた。それにまじって夫の楽しげな声もする。

どうして、どうして……？

夫とあの子たちは、わたしがいないのに、どうしてあんなに楽しそうに笑い合えるのだろう。窓のそばを通りかかる時、鬼女がどうしたなどと語る夫の声がした。それに応じてきゃあきゃあと騒ぐ娘たち。

眉子はそろそろと家に近づき、玄関のノブをまわした。鍵が掛かっている。彼女は自分がいなくても楽しそうに笑っている夫と子供たちが恨《うら》めしかった。彼女は一人、家の外のポーチに立ち、疎外感を覚えていた。

鍵を使ってドアを開けるのをやめて、彼女がまた窓のほうにもどって、中をのぞきこんだ時、突然、子供の悲鳴があがった。はっとして窓枠から手を離した。それから、何があったのだろうと、彼女はもう一度窓枠に手をかけて家の中をのぞきこんだ。驚いたことに、ユリが彼女のほうを指差して叫んでいるのだ。

「鬼女がいた」と。

眉子は自分の背後を見た。娘が彼女に迫る危機を知らせようとしたと思ったからだ。だが、彼女の背後には漆黒《しっこく》の闇が広がるばかりで、人の気配はなかった。

そして、その時、彼女は悟った。ユリは眉子を見て鬼女と叫んでいるのだ。夫が窓のほうを向く寸前、彼女は頭をさげた。

わたしが鬼女？　それが実の母親に向かって使う言葉か。

「鬼女があそこからのぞいてたの」

「ママじゃないのか」

「違う。ママはあんな化け物じゃないよ。ずっとずっときれいだよ」

娘たちに促《うなが》され、夫が窓辺に寄ってくる気配がしたので、彼女はその場にしゃがみこんだ。頭上から夫と娘たちの会話が聞こえてきた。

「パパの話を聞いて、見間違えたんじゃないのか」

「違う。本当に見たのよ」

夫が窓を開けようとすると、娘たちが「やめて」と悲鳴をあげた。

「わかった。パパが後で見まわりをするから、おまえたちはもう寝るんだ。大丈夫だよ。もし化け物が来ても、この家に入ることはできない」

わたしが化け物？　このわたしが鬼女？

わたしが命からがら樹海から脱出してきたというのに。それがわたしにかける言葉なの？　激しい怒りが彼女の中で渦巻いた。わたしが怒ったら、どうなるか、あんたたちに教えてやろうか。

彼女は建物の裏側にまわり、物置へ向かった。気温はかなり下がっていたが、彼女の体の芯は高熱でたぎっている。物置に達すると、扉を開け、明かりをつけた。薪《まき》割り用の斧はすぐに見つかった。斧を手にして持ち上げると、かなりの重量があった。

よし、これでみんなを驚かしてやる。鬼女が怒るとどれだけ怖いか、あんたたちに身をもって体験させてやるわ。もちろん、傷つける意図はなく、ドアの一つでも壊すくらいのつもりでいた。彼女が経験した苦労に比べれば、ドアの一つが粉々になるくらい、大したことではないのだ。

物置を出た。フッと笑うと、吐息が闇の中に白く浮かび上がった。

どうせ、わたしは鬼女よ。樹海の中の伝説に登場する怖い鬼女……。みんなを死ぬほど驚かせる必要がある。

眉子は玄関へまわると、ドアをノックした。夫が開けてくれれば、それでいいし、もしチェーンでも掛けていたら、ドアをぶち壊して……。

彼女は鍵を握りしめると、フフッと笑った。

21

玄関のノックの音を風の音だとごまかして、何とか娘たちを寝かしつけてしまうと、鬼頭は子供部屋を出て、階段を駆け下りた。それから、キッチンへ行って、ブレーカーを下ろし、家中の明かりを消した。

危険を感じとったのか、シロが神経質そうな声で鳴きつづけている。

こっちも侵入者に対抗して何としてでも、斧を取ってこなくてはならなかった。彼は裏口をこっそり忍び出ると、物置へ急いだ。だが、驚いたことに、物置の扉は開き、斧がいつもの場所からなくなっていたのだ。

畜生、先を越されたか。

他に武器となるものを探したが、草刈り鎌しか見あたらなかった。何もないよりはいいだろうと、彼は鎌をつかむと、一目散《いちもくさん》に母屋《おもや》にもどった。

それから裏口のドアを施錠《せじよう》すると、玄関のほうへ向かった。相変わらず、ドアは叩きつづけられている。

「誰だ？」

鬼頭が声を張り上げたその時、ドアが静かに外に開き始めた。なんと、侵入者は鍵を持っていたのだ。

この時、彼は生まれてこの方、経験したことのないほどの恐怖を覚えた。全身が粟立《あわだ》ち、毛穴が開いた。崩れそうになる足を踏ん張ろうとした時、ドアがさらに開き、斧がチェーンを断ち切った。鬼頭は後退した拍子《ひょうし》に床板の継ぎ目に足をとられ、背後に転倒した。

ドアが開き、黒々とした空間に、斧を持った人物が突っ立っているのが見えた。

「こらあ、おまえたち」

甲高い大音声がホールに轟《とどろ》いた。目を覚ましたのか、二階のほうから子供たちの泣き叫ぶ声が聞こえた。

「パパァ、怖いよお」

「誰だ、おまえは？」

「鬼女だ。樹海から来た鬼女だ」

女にしては太くて迫力のある声だった。「おまえたちを皆殺しにきた」

「ぐえっ」と動物のような悲鳴が鬼頭の喉から漏れた。

「た、助けてくれ」

恐怖のあまり、腰が抜けそうだった。

22

眉子は斧を振り上げながら、家の中に入っていった。

明かりがつけば、みんなはすぐにママであることがわかるはずだ。子供たちを起こしてしまったが、明るい光の下では、彼女の姿は滑稽《こっけい》に映っているにちがいない。ちょうど男鹿《おが》のなまはげみたいなものだ。それから、種明かしをすればいい。だが、壁のスイッチを押しても、家の明かりはつかなかった。

「こらあ、ユリとシノブ。おまえたちはなぜ樹海に入った？」

斧を振りまわし、刃を床にどすんと置いた。その時、右足のふくらはぎに激しい痛みを覚えた。シロが唸りながら彼女の足に嚙《か》みついてきたのだ。

「この野郎。どけっ」

自分の声とも思えない怒鳴り声が、彼女の口をついて出た。足を振り払っても、シロは離そうとせず、その歯が彼女のふくらはぎの柔らかい部分に食いついていた。

「畜生。離せよ、こらあ」

彼女が足を思いきり振り上げると、ようやくシロは彼女の足から離れ、ホールのどこかへ吹っ飛んでいった。

最初は冗談のはずだった。夫と子供をただ驚かすのが目的だった。だが、今彼女の怒りの導火線に火がつけられ、シュルシュルと燃えながら脳の中枢《ちゅうすう》に向かっていたのだ。わたしが苦労して樹海から脱出したというのに、おまえたちは……。

もはや、彼女の暴走を止められるものはなくなっていた。

日頃の鬱憤、夫に対する怒り、子育ての悩み、そうしたもろもろのことが、いっぺんに彼女の暴走に拍車をかけたのだ。

怒りが沸点に達したちょうどその時、何の前触れもなくホールの明かりがついた。ホールの片隅にある鏡に、全身血まみれの女が映っていた。それが今の眉子だ。人殺しを始める狂気の女。

吹き抜けの二階の手すりから、双子の娘たちが恐怖の色を浮かべて彼女を見下ろしていた。階段のそばで、夫が身をすくませながら、彼女を見ていた。

「嘘っ、これがわたし?」

冷静な自分が彼女の心の中で悲鳴をあげている。だが、狂気に突き動かされた表面の自分を制御することは、もはや不可能になっていた。眉子は斧を振り上げた。怒りは、斧を使うことでしか鎮《しず》められなくなっていた。

「殺せ、殺せ!」

彼女は心の中の指令に呼応して、自らの口から叫んだ。家族全員を殺すのだ。鬼頭家の人間をすべて殺せ。樹海の蒔《ま》いた狂気の胞子が彼女に乗り移り、体内で急速に成長していた。

斧を振り下ろすと、ビュンと空気を裂く鋭い音がした。爽快《そうかい》だ。この音を聞くと、胸がすっきりするぜ。

「やれ、やれ、やれっ」

彼女の脳の中枢がそう指令を送ってきた。鬼頭家のホールで、今まさに惨劇が始まろうとしていた。斧を振りまわす女に対して、逃げまどう夫とその双子の娘たち。

これが鬼頭家の惨劇の真相だった。樹海の放つ毒素に冒され、頭に異常を来《きた》した妻が起こしたものだったのだ。

……………

23――(俺)

俺は鬼頭武彦の仕事部屋の「特等席」から出て、ホールに忍び出た。頭蓋骨《ずがいこつ》の内側が、破《わ》れ鐘を叩くように、わんわんと反響し、俺は思わず頭を抱えて、その場にしゃがみこんだ。これは何かの前触れのような気がした。

何か？

そうだ。目の前の映像が、俺に何かを訴えかけている。だが、俺の頭に浮かびかけた映像は、まだおぼろげで不鮮明だった。

眼前に展開するあまりに真に迫った殺人劇に、俺は思わず叫んだ。

「やめろ、やめるんだ！」

二階への階段を上りかけていた女は、踊り場付近で斧を頭上に振りかざしたまま立ち止まり、俺のほうを見下ろした。女の髪はばさばさに乱れ、目は血走り、服はあちこちが裂けている。顔中も傷だらけだった。二階の手すりで怯えている娘たちは泣きやみ、夫も途方に暮れたように立ち止まる。ビデオの一時停止ボタンを押したように、ホールの中のすべての動きが停止した。それから、数秒が経過した後、女が口を開いた。

「何だ、おまえは？」

女にしては太く、どすのきいた声だ。女は斧を持ったまま、階段を足音高く降りてきた。

「邪魔をするな。おまえから先に片づけてやろうか」

女はビュンと斧を振りまわした。その迫真の演技に俺は逃げようとして、床板の継ぎ目に爪先《つまさき》を引っかけ、前につんのめった。女の動きは敏捷で、たちまち階段を駆け下りて、俺のそばに達した。

「死ね！」

女は叫び、斧を大きく振りかぶった。

殺されると思った俺は目をつむって、その時を待った。死ぬまでに知りたかった、俺が誰なのかを。自分の身元がわからぬまま死ぬなんて……。

ここにいる連中はみな頭が変になっている。樹海が正常な人間の心までも蝕《むしば》んでしまったのだ。

ああっ。

………

その時、かちんと木が打ち鳴らされる音がした。目を開けると、髪をふり乱した女が斧を足元に下ろし、にこにこと笑っていたのだ。

（終）

24

突然、鋭い声が飛んだ。

「はい、そこでストップ」

一階のダイニングルームのドアが開き、髭をたくわえた中年の男が現れ、映画の撮影の時に使用するカチンコをまた鳴らした。

「やあ、みんな、ご苦労さま。いいよ、子供たちもみんな、下に降りてきて」

髭の男の指示に従って、子供たちも鬼頭武彦も斧を持った眉子も、ホールの中央に集まってきた。横たわった男は、頭を強く振りながら起き上がった。

「長丁場《ながちょうば》だったけど、みんな、お疲れさま」

髭男が拍手をすると、ホールの暗がりにいたスタッフも現れた。照明兼音声係、それから撮影係のアルバイトの若者二人が機材の電源を切って、中央に集まってきた。

髭の男は湖畔で民宿を経営する男で、眉子役は彼の妻、娘役は彼の実の子供だった。偶然にも、彼の娘たちも双生児だ。それから、鬼頭武彦役は地元の素人劇団の役者だった。

「で、あなた。あなたは一体誰なんだね？」

民宿の主人に質問された中年の男は、自分で頭を小突きながら、残念そうにかぶりを振った。

「だめですね。全然思い出せない」

「うーん、そうか。残念だなあ。ちょっと刺激を与えれば思い出すかと思ったんだけど……、ショック療法はだめだったか」

民宿の主人は溜息をついた。湖畔で行き倒れになっていた男を見つけたのは、二週間ほど前のことだ。その中年の男は記憶を失っていて、自分が誰なのかまったくわからないという。手掛かりといえば、男が所持していた一冊のノート、「赤羽一家殺人事件『鬼頭家の惨劇』資料」だった。

この男は鬼頭家の関係者だろうか。そう思った民宿の主人は、図書館などで鬼頭家関連の資料を調べたが、どの本にも顔写真は載《の》っていなかった。地元のへぼ警察は頼りにならないので、自分でやってみることにした。つまり、民宿の主人が考えた『鬼頭家の惨劇』の脚本に従って、樹海の山荘を舞台にして、再現劇を上演したのだ。

鬼頭家の面々をそれぞれの役者が演じ、記憶を失った中年男が現場で見る。そんな趣向で、撮影係の映す映像を見たり、あるいはリアルタイムに劇を見たり、さまざまな方法で劇にアプローチするわけだ。撮影したテープは、民宿の宿泊客へのアトラクションとして、後で利用することができるので、むだにはならない。

さて、実際に再現劇を演じるうちに、多少の齟齬《そご》を生じることもあったり、樹海に入る場面では「役者」たちが危《あや》うく遭難しかけたり、副次的なアクシデントが加わったりしたこともあった。もちろん、「観客」が劇のすべての場面に立ち会うことは不可能なので、脚本で不足分を補《おぎな》ったりもした。

いわゆるショック療法だった。脚本に書かれたストーリーに従って劇は進み、最後の衝撃的な真相の場面で男に対して記憶回復を試《こころ》みたのだ。衝撃的な結末は男に伏せていた。

だが、実際、男はショックを受けたものの、記憶を回復するまでには至らなかったのだ。

「やっぱり、だめだったか」

仕掛け役の民宿の主人は、腕組みをして首をひねった。実際にこの惨劇の舞台で一夜をすごし、何日分もの劇をこなしたのだ。子供たちは大喜びだったたし、他の「役者」たちも劇を楽しみながら進行させた。

たまたま、車で外へ行く場面で誰かを車ではねたような気がすると、鬼頭武彦役の「役者」が報告してきたが、まあ、それも樹海が生み出した錯覚なのだろう。

「さあて、今日はどうしよう。このまま帰るか、それともこの家で打ち上げのパーティーをやるか。酒なら、車に積んであるぞ」

「パパ、今日は遅いことだし、ここに泊まりましょう」

眉子役の妻、麻衣が言った。「みんな、疲れてるでしょ？」

民宿の主人夫妻の提案は、大歓迎された。その場で浮かない顔をしているのは、記憶を失った男だけだった。

「まあ、あんたも焦らないことだ。そのうち、何かの拍子でふっと思い出す。そんなもんだよ」

「でも、自分が誰なのかわからないなんて……」

「まあ、今日はぱあっといこう」

素人にわか劇団とそのスタッフたちは、車に撮影や録音の機材を積みこむために、家から出ていった。民宿の主人夫妻とその子供たちは、家に残り、慰労会《いろう》の準備にとりかかった。記憶を失った男は、まだ呆然《ぼうぜん》としたままホールの中央に立ち尽くしているだけだった。

「俺は一体誰なんだ」

（幕）

更《ふ》けていく夜

民宿の主人が語り終えた後、しばらく重苦しい沈黙がつづいた。囲炉裏では、鍋がぐつぐつと煮えたち、串に刺さった鮎《あゆ》の焼け具合がちょうどよかった。

その夜の宿泊客、大学の犯罪研究会の六人のうち、顧問の教授が思いきったように顔を上げ、口を開いた。

「これはつまり、全部が芝居だったというわけですな」

「そういうことです」

民宿の主人はにやりと笑うと、囲炉裏の炭を火箸《ひばし》でかきまわした。弱まりかけていた火勢がまた強まり、火花がぱちぱちと上がった。

「まあ、シナリオ通りには行かず、出演者の判断でアドリブといったことをかなりやりましたがね。それに、樹海の中でやったことが劇を真に迫ったものにしたと思うんです」

「結局、その記憶喪失の男は誰だったんですか？」

「その時点では、わからなかった」

「ずいぶん欲求不満が残る結末ですね」

「確かに不満がないわけではないけど、私は劇の出来には満足してます。どうだい、お嬢さん、おもしろくなかった?」

そう言うと、主人は串刺しの鮎を一本抜き取って、クラブの代表の男子学生に寄り添っていた女子大生にわたした。

「わたしはとてもおもしろく聞きました」

「そう言ってもらえると、嬉しいなあ」

民宿の主人は喜んで、今度は彼女に酒を勧めた。それを見た男子学生は、主人に聞こえないように小声で言った。

「フン、自己満足だと思うけどね」

民宿の主人はその一言を聞き逃さなかった。

「だけど、これにはまだつづきがあってね。君はそこまで予想してなかっただろう?」

「つづき?」

男子学生が怪訝な顔をした。

「そう、つづきだよ」

「この猿芝居、失礼、この再現劇の続編という意味ですか?」

「そうさ。話はこれで終わらなかった。悲劇はまだつづくんだよ」

「悲劇?」

宿泊客たちは戸惑い気味に顔を見合わせた。

「本番はこれからだったのさ」

主人は自分の茶碗《ちゃわん》に冷酒を注ぎ、一息で飲みほした。そして、また話をつづけたのだ。

「いいかい、話は再現劇が終わって、慰労のパーティーの準備にかかった時にもどるよ。子供たちやシロが遊びまわっている時、突然、ホールの明かりが消えたんだ」

終幕　惨劇

1

　突然、ホールの明かりが消えた。

　長い芝居が終わって、弛緩《しかん》した空気が流れていた直後のことだ。まだ芝居の余韻《よいん》を引きずっていて、現場には笑いの出る余裕があった。

「おいおい、ブレーカーを元にもどしてよ」

　民宿の主人が言うと、子供たちのくすくす笑いが聞こえてきた。「おまえたちか、いたずらしたのは？」

「違うよ。停電だよ」

　娘たちの答えに、彼はそれもそうだと思った。小さい子供にブレーカーを下ろすことはまず不可能だし、だいいち、彼女たちはブレーカーの存在さえ知らないだろう。

「麻衣、ブレーカーを上げてくれないか」

　彼は妻に対して声をかけたが、妻からはすぐに否定の答えが返ってきた。

「ブレーカーじゃないわよ。発電機の故障なんじゃないかしら」

「じゃあ、誰か物置の発電機を見てきてくれないか」

「わかりました」

と言ったのは、鬼頭武彦役の役者、片桐光司《かたぎりこうじ》だった。彼は三十代半ば、湖畔の貸しボート屋の息子で、地元のアマチュア劇団の役者をやっていたのだが、忙しいシーズンを終えて暇になったところを民宿の主人に駆り出されたのだ。片桐は鬼頭武彦の扮装《ふんそう》のまま懐中電灯を持って、自家発電機のある物置のほうへ向かおうと、裏口のドアを開けた。

裏口のすぐそこまで樹海が迫っている。黒々とした森が不穏な空気にざわめいていた。風がないのに、樹海はまるで生きているかのように呼吸をしている。

片桐はふと足を止め、耳をすました。

「どうした、片桐君？」

「いや、何でもありません」

「じゃあ、よろしく頼む」

民宿の主人の声に押されるようにして、片桐光司は暗闇の中に足を踏み出した。ドアを閉めた途端、彼の体は深い闇の中に取りこまれたのだ。


…………

2

ヒュッと空気が鳴った。

照明兼音声係の滝本春夫《たきもとはるお》は機材を車のトランクに入れようとした時、ふと奇妙な音を聞いた。風のいたずらだろうか。いったん機材を車に立てかけて、背後をふり返る。だが、人の気配はなく、葉擦《はず》れのような音がしただけだ。

そろそろ秋の気配が漂う季節である。短い秋が終わると、まもなく樹海に長い冬が訪れる。

滝本は湖畔の小さなレストランの息子で、今年大学を卒業して田舎にもどってきた。東京の会社に就職しようとしたが、この不景気で、どこの会社からも不採用の通知が来た。就職浪人をする気もないので、何の目的もなく実家に帰り、家業を手伝いながら、好きなことをやって暮らしている。夏場には若者がたくさん訪れるので、けっこう楽しいのだ。将来は客として訪れた女の子と結婚して、家業を継いでもいいかなと思っていた。実際、メールのやりとりをしている女の子が何人かいた。

今度の劇の件は、同じ地区の民宿の主人から持ちかけられた話だ。記憶を喪失した行き倒れの男のために作った芝居だが、夏がすぎて刺激の少なくなった今の季節には絶好の暇つぶしになった。

結局、男の記憶はもどらなかったが、それでも楽しい仕事だったと思う。こういう仕事なら、ボランティアでもいい。今回は民宿の主人の好意で、二日分の日当をもらうことになっていた。あの人は、自分の好きなことには金を惜《お》しまずに注ぎこむ。物好きな人だ。

長丁場の芝居の裏方の仕事はかなりハードだったが、打ち上げのパーティーを考えると、喉が鳴った。生ビールをぐいっと飲み干したい気分だ。

その時、滝本は人の気配を感じた。

もうひとりのアルバイト、多田洋介《ただようすけ》かなと思った。多田は中学時代の同級生で、同じ田舎へのUターン組としてこのところ親しく付き合っている。多田はレンタサイクル店の次男坊だが、暇を見ては、湖でウィンドサーフィンなどをして遊んでいた。

「多田か?」

返事はなかった。あいつはさっきまでその辺で撮影機材を片づけていたはずだが。

滝本はおかしいなと思いつつ、山荘のほうをふり返る。家の中は煌々と明かりが灯り、子供たちの騒ぐ声が聞こえた。肉の焼けるいいにおいがぷーんと漂ってきて、彼は空腹を覚えながら、また仕事にとりかかった。

車のトランクに機材を入れるために、中をのぞきこんだ時、背後でビュンと風を切る音がした。その直後、彼は後頭部を殴られ、そのまま意識を失ってしまった。

3

多田洋介は、裏の物置から正面へまわった時、どんと何かがぶつかったような不審な音を聞いた。車が衝突したような気がするが、エンジン音は聞こえない。

表の庭に停めてある車に滝本春夫が録音や照明の機材を運びこんでいるはずだった。多田は車のほうへ懐中電灯の光を送ったが、車のそばに滝本の姿は見えない。

「滝本」と声をかけるが、応答はなかった。

「おーい、滝本、どうした？」

妙だなと思いながら、多田は車のそばに行った。トランクの蓋は閉じられているが、照明の機材は外に出しっぱなしだった。あいつ、まだ片付けもしていないのか。

滝本は昔からのんびりした奴で、けっこうだらしないところがある。それでも、今度の素人劇団の芝居には積極的にかかわっていた。田舎だと刺激が少ないし、報酬もけっこういいということなので、二人でスタッフとして参加していたのだ。

滝本が俺をからかおうとして、どこかに隠れているのかと思った。茶目っ気のある奴だからな。顔はいいし、口もうまいので、女の子にもてる。俺とは正反対だ。だが、すべてが正反対だからこそ、かえって引きつけ合うものがあるのだろう。

懐中電灯をつけて車の下をのぞいてみたが、滝本は隠れていなかった。車の正面にまわってみると、ヘッドライトが割れているのが見えた。車の左前方に何かにぶつかったようなへこみがついていた。

これは多田の車だった。この山荘へ来るまで、こんなものはなかったのに、おかしいなと思った。猪か何かにぶつかったような痕《あと》だ。この車を最後に使ったのは……。

ふっと背後に人の気配を感じた。

「滝本。おまえがぶつけたのか？　それで、こそこそ隠れているんだな。まあ、いいよ。車両保険、掛けてあるからさ」

猛烈な悪意を含んだ空気が、多田のほうへ流れてきた。

いや、違う。滝本ではない。別の誰かだ。

それから、いきなり背後から首を絞《し》められた。

「こ、これを運転してたのは誰だ？」

低い男の声だった。これまで聞いた記憶はない。多田より大きく、力が強い相手なので、彼は抵抗をあきらめて、腕の中でおとなしくした。

「誰が運転してたんだ？」

自分の車だとわかったら、何をされるかわからないととっさに判断した多田は、架空の名前、いや、かつてここに住んでいた作家の名前を口にした。

「鬼頭武彦です」

「鬼頭という男がやったんだな」

「はい」

「そいつはどこにいる？」

「家の中です」

「どんな奴だ？」

そう聞かれて、多田は鬼頭武彦役の片桐光司の風貌を言うしかなかった。三十代半ばで、ちょっと痩《や》せ型。

「わかった」と相手が言った後、多田の首筋に強い力が加わり、彼は一瞬のうちに意識を失ってしまった。

4

その男は樹海の中を彷徨っていた。すでに一日くらい迷っているが、同じところをぐるぐるまわっているような気がする。

〝犯人〟を見つけだしたら、ただではおかない。俺を愚弄《ぐろう》した奴を許すことはできなかった。その一念で、男は樹海の中、手掛かりを求めて歩いていたのだ。

暗くなっている。時間の概念がなくなっているので、今が何時なのかわからない。何日もろくにものを食っていないので、体がふらふらだった。だから、男の鼻は鋭敏で、どんなにおいも逃すことはなかった。野生動物を見つけたら、捕まえて食ってやろうと思っているのだが、ここにはネズミや鳥もいないし、木の実もなかった。森全体が死んでいるのだ。ここは死の森なのだ。いったんその中に迷いこめば、森は貪欲に獲物をくわえ、その奥深くまで取りこむ。この森自体が巨大な胃袋なのだ。死んで肉体が骨になるまで、獲物をしゃぶり尽くす危険な森だった。

俺は消化されかかっている獲物。

だが、最後まであきらめるつもりはない。

その時、肉の焼けるようなにおいを嗅いだ。途端に腹の虫が鳴った。獲物のにおいに全身に力がみなぎってきた。

その家の前に白っぽい車があり、そのそばに若い男がいたので、彼は近づいて仕留めた。二人目の男は仕留める前に、そいつの口から車を運転していた「鬼頭武彦」という男の名前を聞きだした。

男はゆっくり家に近づき、その背後にまわった。そして、電線をナイフで切った。家の中の明かりが消えた。

5

民宿の主人は、片桐光司の帰りが遅いことに不安をつのらせていた。自家発電機を見るだけなら、こんなに時間はかからないはずだ。すでに十分近くが経過していた。

蠟燭《ろうそく》を一本見つけて、ホールのテーブルの上に置いて火を灯したが、蠟燭の光だけでは心もとなかった。

それに、片桐だけではなく、表のほうに行っている二人の若者も家が停電になったにもかかわらず、もどってくる気配がないのだ。

娘たちは安全のために、妻と一緒に二階の寝室に入れておいたほうがいいだろう。それから……。

あの男がいない。あの記憶喪失男がいつの間にか消えている。

飼い犬のシロが何かに怯えているのか、不安そうに鳴いていた。

…………

6——〈俺〉

俺は一体誰なんだろう。

記憶喪失者は、結局何も思い出せなかったことに失望し、停電になっている家を抜け出すことにした。劇の慰労のパーティーは俺以外のメンバーで好きにやってくれ。俺は関係ない。あの連中は自分たちの楽しみのために、こういう趣向を考えだしただけで、俺がどうなろうと最初から気にしていないのだ。そうでなかったら、打ち上げと称して酒なんか飲めるものか。

俺は裏口を忍び出て、頭を冷やすことにした。夜風にあたるには屋外の空気は冷えすぎていたが、全身が火照《ほて》っている俺にはちょうどよかった。

裏口のすぐそばに物置があった。中からうっすらと明かりが漏れてきており、そこでごそごそと物音がする。さっき裏口を出ていった片桐という男が発電機をチェックしているのだろう。

だが、それにしては様子が変だ。不審に思って、俺は近づいた。床に懐中電灯が転がり、その光が倒れている男の顔を照らしている。触れるまでもなく、鬼頭武彦が死んでいるのがわかった。正確にいうと、鬼頭武彦の役をやった片桐光司だ。首筋に鋭利な刃物で切ったような痕があり、血しぶきがあたりを汚していた。

これは芝居ではない。実際に起こっていることなのだ。

この家の周辺に頭の狂った殺人者がいる。この男を殺したのは、今家の中にいる民宿の主人一家ではない。この俺でもない。となれば、残る二人のスタッフだ。

俺は危険のある物置に入らず、そのまま家の表側へまわった。どうなっているんだ、これは。

車のそばに一人の若者がうつ伏せになって倒れていた。さらにもう一人が芝生の上に仰《あお》向《む》けになって死んでいる。照明係と撮影係だ。物置の片桐を含めて三人の男が殺されている。犯人は明らかに外部の人間だ。家の中の家族が三人もたてつづけに殺せるわけがない。彼らのアリバイをこの俺は証明できる。そして、この俺が三人を殺せたわけがないのは、中の家族が証明できる。

犯人はこの家の者に恨みを抱いている人間にちがいない。

その時、頭がきりきりと痛んだ。記憶回復の前兆か。

「俺は誰だ。俺は……」

声に出して言った。「俺は、俺は……」

「おまえが鬼頭武彦か？」

闇の中から声が聞こえた。いきなり、背後から首を絞められた。抵抗すればするほど、相手の腕が万力《まんりき》のように締め上げてくる。もうだめだと思った。

意識を失う寸前、俺はすべてを思い出していた。自分が誰なのか、なぜこの樹海に入ったのか。

俺は鬼頭家の人間。俺は鬼頭家で妻を殺された。妻は殺人事件の被害者なのだ。

そして……。

7

その男は四人目の男を倒すと、静かに玄関のポーチに上がった。どうせなら、自殺する前に全員を殺してやる。まだ、家の中に家族がいるはずだ。

なぜ、こうしているのか、男にはわからなかった。誰かが彼にそうしろと命じているような気がするのだ。最初、この樹海に入ったのは自殺するためだった。ところが、いざ自殺しようとすると死にきれず、道なき道を彷徨っていたのだ。

二日目、濃霧の中、偶然道に出た。死ぬのはあきらめていた。こんなにつらいものだったら、また生きなおしてもいいのではないかとも実は思ったのだ。

そんな時に、霧の中からいきなり車が飛び出してきて、男をはねた。まともにぶつかっていたら、もちろん死んでいただろう。腰にぶつかったので、命に別状はなかったが、それでもかなりのダメージを受けた。

皮肉なことだ。死にたくてここに来たのに、事故に遭った男が感じたのは生への狂おしいほどの執着《しゅうちゃく》だった。くそっ、こんなことで死んでたまるか。

男をこのように死を考えるまで追いこんだ恋人に対する怒りが、車で彼をはねた者に転嫁した。運転者は彼をはねたことを知っているにもかかわらず、走り去ったのだ。轢き逃げではないか。

男は犯人を探すために森の中を歩いた。死に瀕《ひん》するところまで自分を追いこんでも探しまわった。そして、とうとう犯人たちを探りあてたのだ。

奴ら全員を殺してやろう。

誰かに命令されたかのように、男の気持ちはすんなり決まった。きっと樹海が彼にそうしろと言っているのだろう。

四人の男を始末して、家の中に踏みこんだ時、男は恐怖を覚えた。死を超越して、死を恐れなくなった男が、今また恐怖を感じているのだ。

家の中、ホールの中央、床に立てられた蠟燭が淡い光を放っていた。玄関のドアから入ってくる風で炎は揺れ、今にも消えそうだった。その微弱な光の中、ホールに人の気配はなかった。

ここは死の家だ。ひっそりと静まり返った家の中で、動いているのは弱々しい蠟燭の炎と男の心臓だけ。

その時、男は床に荷作り用のロープを見つけた。これだ、これで死ぬのだ。男はロープの一方に輪を作り、もう一方を階段の手すりに結びつけた。

男は輪の中に首を入れ、階段からぶら下がった。

そして誰もいなくなる。

…………

（終）

また更けていく夜

　しばらく重苦しい沈黙がつづいた。囲炉裏では、串に刺さった鮎が焦げかけていたが、誰も手にとろうとしなかった。

　犯罪研究会の代表の男子学生が重い吐息をついた後、沈黙を破った。

「最後がどこかで聞いたような話ですね」

「でも、それが事実なんだから、仕方がない」

　民宿の主人は苦笑しながら言った。

「最後に残ったのは、あなたたち家族だけだったんでしょう？」

「まあ、そういうことになるね。推理劇をやってたわけだけど、まさかこういう展開になるとは夢にも思わなかった。いやな予感がしたので、面倒に巻きこまれる前に妻子と犬を連れてあの家をこっそり出て、最後は命からがら樹海を脱出したってわけだ。私は樹海の地理にくわしいから、私がいなければ、家族全員は助からなかったと思うね」

「スタッフたち、残った連中は？」

「もちろん、殺されたよ」

「記憶を失った男は?」

「山荘を中心に大々的に捜索が行われたが、彼だけは見つからなかった。もしかして、森の奥へ逃れたのかもしれない」

「じゃあ、記憶喪失者は生き残ったかもしれないけど、森の中で迷って、そのまま消息を絶ってしまった可能性が高いんですね」

「残念だけど、そういうことかな」

「ご主人は彼に対して、責任を感じませんか?」

男子学生が挑発するように言った。

「なぜ?」

「だって、危険な森の中に置いてきぼりにしたんですよ」

「仕方がなかったんだ。こっちには幼い子供もいたことだし……」

学生の言い方にかちんと来たのか、民宿の主人が珍しく語気を荒らげた。

その時、「まあまあ」と言って、話に割って入ったのが顧問の教授だった。

「私が推理するに、結局、あの記憶喪失者は、殺人者に首を絞められた時、ショックで記憶を回復したんですよ。自分が誰なのか、そしてなぜ樹海に入ったのか思い出した」

民宿の主人は、それまで寡黙《かもく》だった教授に興味を覚えた。犯罪研究会の顧問というくらいだから、犯罪には相当くわしいのだろう。

教授は柔和な表情を崩さず、自分の推理を披瀝《ひれき》していった。

「つまり、記憶喪失者は自分が鬼頭家の惨劇を調べにきたことを思い出したのです。数年前のこと、彼は鬼頭武彦に会おうとして森に入ったのです。ところが……」

「ところが？」

「森の中で遭難し、記憶を失ってしまったのです。どういう経路を通ったのかはわかりませんが、彼は湖畔まで辿り着き、そこで倒れた」

「それを救ったのが、シロと散歩していたこの私だというわけですな？」

「そういうこと。私は、ご主人、あなたをよく覚えている」

教授のその一言は、主人をひどく驚かせた。

「教授。あなた、まさか……」

「そう、そのまさかですよ。あの記憶喪失者がこの私なんです。ご主人、覚えていませんか？」

教授は人差し指を自分に向けてから、眼鏡をはずした。「数年前の私は髪がもっと長くて、髭だらけだったから、わからなくても不思議ではないんですがね」

「そうか、どうもおかしいなと思ったんだ」

主人は呆然として言葉を失った。

「ご主人。あなたは鬼頭家の事件の真相について、何か知ってるはずだ。それを訊ねるため、今回、私は学生たちを連れてここに来たのです。犯罪研究会の研究資料にするためにもね」

教授はにやりと笑い、人差し指を主人に突きつけた。

「さあ、ご主人。もっと話を聞かせてもらいましょうか。夜はまだ長い」

第三部　赤い森

鬼頭家の秘密

その部屋には八月のカレンダーが掛けてある。「30」と「31」を除くすべての数字の上には赤で×印がついており、今、男が赤いサインペンを持って「30」に印をつけるところだった。

男は八月のカレンダーを少しだけめくり、九月のページを見た。「2」に大きな赤い丸がつけられている。それは「決行」の日を意味していた。

重い溜息《ためいき》の後、しばらく沈黙がつづいた。

屋外には、秋を予感させる涼しい風が吹いている。一方、彼の心の中には禍々《まがまが》しい赤い森のイメージが広がっていた。

赤い羽、赤い森——。それはいくら時が経過しようと、消えることはない。


……………

「……というわけで、あの家で何が起こったのか、実際のところ、誰も知らないのです」

『樹海伝説』と『鬼頭家の惨劇』のストーリーをかいつまんで説明した後、民宿の主人は、自慢の髭《ひげ》を撫《な》でながら満足げにうなずいた。客の反応はまあまあだった。

そこは湖畔の民宿の囲炉裏《いろり》ばた。客たちが真剣な面持ちで主人の長い話を聞き終わったところだった。その夜の客は、東京のある大学の犯罪研究会の面々を中心に十人ほどだった。四十代の教授と会に所属する学生五人、さらに二十代のカップルと中年の夫婦。

「ま、いずれにしろ、あの森へは近づかないほうがいいと思いますよ。危険ですから」

主人は念を押すように付け加えた。

「いや、ご主人はもっと知っているはずだ」

教授はさっきから主人の話にこだわっていた。彼は民宿の主人の話が説明不足で、肝心《かんじん》なところを曖昧《あいまい》にぼかしていると不満に感じているようだ。

「いいえ、これまで話した物語を通して、あの森は危険で、いったん入るとなかなか外に出られなくなるということを強調したかっただけです」

民宿の主人は、やや苛立《いらだ》たしげに唇を嚙《か》んだ。

「それはみんなが知っていることです。あの家で鬼頭武彦という作家が何をしたのか、具体的に教えてください」

教授はなおも食い下がる。

「極度のスランプから気が変になり、妻子を殺し、そのまま森へ消えた。それでは不充分ですかな？」

「不充分ですね。というか、いかにも嘘《うそ》くさい」

「作家のその後は私は知らない。調べようがない。危険すぎて」

「ご主人は、森を庭のようにしているようじゃないですか。地図がなくても、頭の中に森のことがすべてインプットされている。そういう印象を受けましたけど」

「確かに森のことをかなり知っているのは否定しないけど、森は日々、時々刻々変化してるんです。しばらく行かないでいると、森の様子が変わって、私でも迷ってしまうことがある。あの森は生きてるんです。人々の恐怖心を吸い取って、それを栄養にして森を変える。あの森は怖いですよ。知れば知るほど怖くなる」

「じゃあ、肝心なところは教えてくれないのですね？」

「だから、私は知らないのですよ」

民宿の主人は腕組みをして、目を閉じた。

「では、一つだけ教えてください。鬼頭武彦は生きているんですか？」

「さあ、どうでしょう」

「わかりました。鬼頭武彦が生きてることは、あなたのその態度を見ていればわかります。私はこの目で確かめますよ」

「確かめるって、あんた、また森に入るのかな。あんなことがあっても……。懲《こ》りない人だなあ」

「それが目的ですからね」

「学生さんたちを連れて？」

主人は首を強く振った。「だめだよ、危険すぎる。あんたはともかくとして、前途のある若い人たちを道連れにすることになるんだよ。やめなさい」

「いや、私は行きます。もちろん、行きたくない者は無理に誘うことはしません。希望者だけを募《つの》ってね」

教授は犯罪研究会の学生を見わたした。学生は男子三人、女子二人の五人だった。目をきらきら輝かせている者、不安そうにメンバー一人一人の反応を探る者、うつむいて黙りこむ者など、さまざまだった。

「ええと、私は明日、あの森に入ってみようと思います。諸君はどうしますか。このまま東京に帰るか、私と一緒に冒険してみるか。明日の朝までに決めてください。私はこの手で鬼頭武彦を捕まえる。鬼頭家殺人事件の犯人の彼をね。諸君はその現場に立ち会える幸せを体験することができるのです。ただし、相当な危険を伴《ともな》うのは否定しないけどね」

「やめなさい」

主人は真剣な顔をして言った。「いいですか、みなさん。私は止めましたよ。『森は危険だから入るのはやめろ』ってね。知らないよ、何があっても。ご両親が悲しむことになっても、私は責任を持たないからね」

その時、狼の遠吠《とおぼ》えのような音が聞こえてきた。囲炉裏ばたにいた全員が声のしたほうを見る。民宿の番犬シロが不安そうに鳴いているのだった。

その声は、静かな夜の湖面をわたり、漆黒《しっこく》の闇の塊《かたまり》のほうへ伝わっていった。闇の塊とは黒い森、いや、赤い森なのかもしれない。

赤。鮮血に彩《いろど》られた赤い森、血塗られた呪《のろ》いの森。

八月三十日――。まだ夏にもかかわらず、開け放《はな》った縁側のほうから凍《こお》りつくような冷たい風が吹きこんできた。かすかに生臭《なまぐさ》いものを感じたのは、それまでの話のやりとりが影響しているせいかもしれない。女子学生二人は鳥肌の立った腕を両手でさすった。

……………

2

森の入口で教授はふり返った。

「諸君、ここで引き返すのは自由だ」

民宿で怪談話を聞いた翌日、八月三十一日の朝は、すっきりと晴れ上がり、森の背後にある独立峰の稜線《りょうせん》ははっきり見えた。夏の最後の日の朝日は、上空に燦々《さんさん》と輝き、森を明るい緑色に染《そ》めている。そこには邪悪な気配もなく、血に染まった森というイメージは皆無だった。

森のそばでは鳥が楽しそうに囀《さえず》り、湖畔は生気が満ちあふれている。湖面には、カラフルなヨットが浮かび、休暇で訪れた若者や家族連れの声が彼らのほうまで聞こえてきた。平和な湖の景色《けしき》の中に、邪悪な意志が入りこむ余地はない。底抜けに明るい森、観光客の歓声に包まれた平和な湖。

「私についてくるのは誰かな。手を挙げてくれ」

五人の学生は顔を見合わせ、それぞれの顔色を探るように見る。

髪の長いすらりとした体型の女子学生がまず手を挙げた。文学部三年の高尾香奈《たかおかな》は教授のゼミに入っており、教授が顧問をしている犯罪研究会にも入会した。要するに、教授を崇拝しているのだ。

「わたし、行ってみます。せっかくここまで来たのに引き返すのはもったいないですから」

「よし、高尾君。いい度胸をしてるね。他には？」

つづいて、長身で色白の男子学生が手を挙げる。経済学部三年の広田雄太郎《ひろたゆうたろう》はクラブの部長をつとめており、同学年の高尾香奈に密《ひそ》かに思いを寄せていた。広田が香奈に告白して玉砕したのは、部員全員の知るところだった。なぜなら、広田が席をはずしている時、香奈がそう公言しているからだ。その事実を知らないのは広田だけだった。

「僕も行きます」

二年生の桜井健介《さくらいけんすけ》は自信なさそうに言った。彼が高尾香奈に心引かれているのも、衆目の一致するところだ。小太りの桜井は息づかいが荒く、しきりに額《ひたい》の汗を拭《ぬぐ》っていた。

「じゃあ、残りの二人は？」

「わたしはここで帰ります。死にたくないですから。それに、鬼頭武彦が本当に山荘に住んでいるのか、はっきりしないわけだし……」

一年の瀬戸内麻美《せとうちまみ》はそう言って、もう一人残った一年の谷崎大輔《たにざきだいすけ》に目配せした。

「僕ももどります」

谷崎は麻美を見てうなずいた。「今日は民宿に泊まって明日帰ります」

部長の広田がからかうように言った。

「二人で？」

「はい」

一年生の男女は屈託《くったく》なく答える。美男美女の同級生二人が恋人関係にあるのは誰もが知っている。二十歳《はたち》前で将来を誓い合った仲だというのだが、なぜこんなクラブに入っているのか謎なのである。

「じゃあ、これで失礼します」

二人は教授たちに軽く頭を下げると、並んで湖畔の道をもどり始めた。一方、森へ入っていく四人は、やや緊張の面持ちで森の入口に目を向けた。

「じゃあ、暗くならないうちに出発しようか。『一攫千金《いっかくせんきん》』の夢を狙《ねら》って。私の言う意味、わかるよね？」

三人の学生はうなずいた。教授は眩《まぶ》しい光を注ぐ太陽を見上げる。まだ午前九時半で、日暮れまでたっぷりの時間があった。

湖畔のほうをふり返ると、脱落したカップルが手をつないで歩いていた。

「彼らのほうが正解だったかな」

教授は三人の学生を見て、にやりとした。「みんな、森をみくびらないでくれよ。何が起こるかわからないから」

森の入口——。

そこまで湖畔から道がつづいている。入口という明確なものがあるわけではなく、湖畔と森の境目《さかいめ》に人間一人が入れるくらいのスペースが空いているだけのものだ。

「教授が樹海に入るのは、何度目になるんですか？」

高尾香奈が言った。

「これで三度目かな。最初は命からがら逃げ帰った。記憶をなくしてね。救ってくれたのが、あの民宿の主人だ。それから、記憶回復プロジェクトに参加したのが二度目で、今回が三度目になるわけだ」

「それは聞きました。それで、本当に山荘に辿《たど》り着けるのでしょうか？」

部長の広田はやや真剣みを帯びた顔で訊《たず》ねる。

「日帰りは可能だと思う。でも、途中で何が起こるかわからないから、食料は三日分持ってきた。それに、危険に対処するために武器も持ってきた。ま、棍棒《こんぼう》みたいなものだがね」

教授は背負っているリュックサックを軽く叩《たた》いた。「君たちも持ってきてるよね？」

教授と異なり、三人の学生は低い山のハイキングを意識して比較的軽装だが、ビスケットやチョコレートといった菓子類や二日分ほどの携帯用非常食、ペットボトルの飲料をリュックサックに入れていた。

「離れ離れになることもあるから気をつけて」

「そんなに危険ですか？」と広田。

「私から離れなければ大丈夫さ。民宿のおやじは演出過剰だよ」

「先生は何を頼りに山荘を目指すのですか？」

「もちろん、『遭難記』だよ」

「でも、その人、樹海で迷って死んでしまったんですよね？」

「彼は山荘には辿り着いている。死んだのは山荘から帰る途中だ」

「でも、その話自体、眉唾《まゆつば》のような……」と広田。

「いちいち疑っていたら、何もできなくなる。私を信用してくれたまえ。君たちは『奇跡』の瞬間に立ち会えるんだ」

　教授は学生たちの不安を振り払うかのように森に一歩足を進めた。

　樹海の中に入った瞬間、目に見えないバリアを通過したような気がした。森は晩夏の光を遮《さえぎ》り、熱さえも遮断している。湖畔では半袖《はんそで》でも暑いくらいだったのに、森は肌寒く、香奈は剝《む》き出しの肌をさすった。不思議なことに、それまで聞こえていた観光客の歓声も聞こえなくなった。

　ここは外部と遮断された異界なのだ。

「みんな。どうだい、わかった？」

教授はふり返って言った。「これが樹海なのさ」

三人の学生は緊張した面持ちでうなずいた。

「では、出発だ。何度も言うが、これが最後の機会だよ。引き返せばまだ間に合う」

教授は今入ってきた森の入口を指差した。

「桜井君は大丈夫か？」

やや太り気味の桜井健介は額に大粒の汗を浮かべていた。それが恐怖によるものなのか、単に体が火照《ほて》っているからなのか、判断できなかった。

「ぼ、僕は大丈夫です」

桜井は右腕で汗を拭いながら言った。

「わたしは教授を信じてます」

高尾香奈が言うと、広田雄太郎は慌《あわ》ててうなずいた。

「僕もお供します」

「じゃあ、出発だ」

四人は森の奥へ向かって進んでいった。

樹海に入る。頭上を覆《おお》う鬱蒼《うつそう》とした森。太陽は中天高く昇《のぼ》っているというのに、密生した枝葉が太陽の光線を遮っているのだ。じめじめとして、とても暗く、そして寒い。僕はもうここへ来たことを後悔しはじめている。

…………

（『遭難記』より）

3

教授は『遭難記』を手に持ち、そこに書かれた記述の通りに進んでいった。

不気味な静けさに満ちた森だった。鳥の鳴き声も聞こえないし、針葉樹林ということもあって、葉擦《はず》れの音さえ聞こえないのだ。そして、歩いても歩いても景色に変化はなかった。

彼らはすでに森の中にとりこまれ、方向感覚をなくしていた。『遭難記』の中に手描きの地図があるので、何となくどの辺にいるのかわかっているだけだ。

一時間ほどすぎて、森の切れ目、広場のようなところに達した。そこだけ頭上の枝が丸く刈り取られたようになっており、真っ青な空が見えた。

「ここで休もうか」

教授が立ち止まり、後から来る三人を待った。教授は切り株を見つけて、そこに座ることにしたが、デジャ・ヴ、既視感のような奇妙な思いにとらわれていた。まるで誰かの筋書き通りに歩いている。いや、歩かされているような感じといえばいいか。

もちろん、『遭難記』を見ながら進んでいるのだから、「筋書き通り」にはちがいないのだが、それとは別の何かの意志が働いているような。うまく説明できないのが歯痒《はがゆ》かった。

高尾香奈と広田雄太郎は、かなり疲労しているようで、それぞれ切り株を見つけると、ほっとしたように座った。桜井健介はさらに遅れており、ようやくその広場に姿を現した。太り気味の彼は苦しそうに喘《あえ》ぎ、今にも倒れそうだった。

「一時間でそれだけ疲れるようでは、先が思いやられるね」

教授は持参した水筒に口をつける。「あと最低四時間は歩かなくてはならない」

三人の学生は切り株に腰を下ろし、しきりに汗をぬぐっていた。ペットボトルに入れてきた水も半分まで減っている。

「十五分休憩して出発するけど、今ならまだ引き返せるよ。来た道を一時間もどれば湖畔に出られる」

「いいえ、行きます」

広田は少しむっとしたような顔をした。「確かに少し樹海をなめてたことは認めますけど、まだ入ったばかりだし……」

「わたしもやめません」

高尾香奈は勝気そうな顔を引きしめた。「行けるところまで行きます。こんな機会、めったにないし……」

「引き返す勇気も必要だと思うがね」

教授は桜井健介を見た。「桜井君、君はここでやめたほうがいい。しばらく休んでから湖畔にもどりなさい。これは私の忠告だ」

桜井は顔にタオルをあてたまま、黙ってうなずいた。

「それでよろしい。退《ひ》くことは少しも恥ずかしいことじゃない。撤退する勇気も必要だ」

教授は汗ひとつかいておらず、体力が漲《みなぎ》っているようだ。

「広田君と高尾君はどうだい？　進むも退くも君たちの自己責任であることを認識してほしい。後に残された家族のこととか、考えてみたほうがいい」

「先生は僕たちを行かせたくないようですね」

広田が不満そうに言う。

「いや、それだけの覚悟が必要ということだ。樹海を甘く見るなよ」

教授がそう言った時、どこかで笑い声がした。複数の女が楽しそうに笑っているような声だ。やがて、四人がやって来たほうから、小柄な若い女の二人連れが姿を現した。二人は話に夢中になり、しきりに笑っていた。高校生くらいだろうか、二人とも同じような体型で、髪をポニーテールにしていた。一人は眼鏡《めがね》をかけている。

若い女たちは明るい空間に入ってから、ようやく先にいた四人に気づいた。

「こんちは」

眼鏡のほうが言い、軽く手を挙げる。登山者が山道ですれちがう時に挨拶《あいさつ》でもするように。もう一人のほうも「こんちは」と明るい声で言って先客たちに手を振った。

二人は肩にやや大きめのリュックサックをかけているが、髑髏《どくろ》のデザインの白いTシャツにジーンズという軽装だった。真新しいお揃《そろ》いのスニーカーをはき、いかにもピクニックに行くといった感じだった。

三人の学生たちが疲れきっているというのに、娘たちは疲労の色も見せず、そのまま森の奥へ進んでいこうとした。

「あの、君たち、ちょっと」

教授は二人に呼びかけた。二人が立ち止まり、同時にふり返った。

「君たち、危なくないかな？」

「危ない？」

眼鏡の娘は眉根にしわを寄せる。「どういう意味？」

「だからさ。ここは樹海だし、そんな服装で入ったら危ないということを言いたいのだが」

教授は学生たちの前で樹海の危険性を説いていた手前、軽装で入ってきた二人の娘たちの存在が許せないようだった。

「はっ？　ばっかじゃない」

眼鏡のほうが軽蔑《けいべつ》したような笑みを口元に浮かべる。「ここはハイキング・コースなのよ。ちっとも危ないことはないの」

「どこへ行くのかね？」

「山荘」

「山荘って、まさかあの？」

「山荘と言えば、山荘」

「あとどれくらいかかるかわかってるの？」

「二、三時間あれば、行けると思うけど」

眼鏡の娘は平然と答える。「だからさ、あんたたちみたいにぐずぐずしてたら、日が暮れるってえの。ねえ、早く行こうよ」

眼鏡の娘は連れの肩を叩いた。

「君たち、山荘の場所はわかってるの？」

進みかけた二人に教授は声をかけるが、若い女たちは答えず、そのまま森の奥へ消えてしまった。森の中から楽しそうな笑い声が聞こえてくる。

「先生、僕たちも行きましょう」

広田が立ち上がり、困惑した顔で言った。

「あいつら、樹海をなめてる。絶対に泣きを見るぞ」

教授は自分のアドバイスを無視されたことがよほど腹に据《す》えかねたらしく、悔《くや》しそうに言った。

「我々も出発しよう。彼女たちが助けを求めても、こっちには自分たちの食料しかないからな」

脱落した桜井健介を残し、教授と学生二人は出発した。

再び森の中に入り、しばらくの間、先を行く二人の娘たちの声が聞こえていたが、そのうちに聞こえなくなった。教授たち一行は深い沈黙の世界に入りこんだ。

4

もともと山荘は森の周縁部にあったが、事件後、誰も寄りつかなくなり、森に吸収される形で呑《の》みこまれ、地図でさえ、その位置がわかりにくくなっていた。

しかし、目印さえつけておけば心配はない。僕は黄色い紐《ひも》を約三十メートルおきに枝に結びつけて、森の奥へ奥へと進んでいったのだ。

（『遭難記』より）

…………


「先生、黄色い紐が結んであります」

高尾香奈が枝を指差して言った。

「『遭難記』によれば、黄色い紐を目印にしたと書いてあるけど……」

教授は首を傾《かし》げた。紐は荷作り用のビニール製のものだ。

「これは、ずいぶん新しい」

「問題があるんですか？」と広田。

「昔のものがこんなに新しいはずがない。最近つけられたものだ」

「さっきの連中でしょうか？」

「いや、違うだろう。あの娘たちはこれを見て進んでるだけだ。道案内があるんだから、道に迷うはずがない。どうせそんなことだろうと思った」

教授はそう言うと、紐を引っ張った。蝶々結びの紐は簡単にはずれた。

「私にはこんなものは必要ない。この頭の中に地図は入ってるんだからね」

彼は自分の頭を指で軽く叩いた。

「え、はずしちゃうんですか？」

香奈は信じられないといった顔をした。「そんなことをしたら、彼女たちが迷ってしまうと思うんですけど」

「少し懲らしめてやろうと思ったのだが……。そうだね、高尾君の意見ももっともだ。遭難でもされたら、私も後味が悪いしね」

教授は苦笑した。「じゃあ、せっかくだから我々もこの道しるべに従って行くか。そのうちにあの連中に追いつくだろう」

黄色い紐は延々とつづいていた。周囲はどこを見ても同じような風景だった。木々はほぼ等間隔で、前後左右、どこも変わらない。溶岩でできた大地なので、凹凸があり、苔《こけ》が生《は》えている。

方向感覚を失う最大の理由は大地の凹凸だ。足元に気をとられていると、すぐに自分の位置を見失う。だから、目印の紐はありがたかった。苔むした大地にうっすらと人が通った跡が残っているので、そこが道として何度も利用されていることがわかる。

三人は途中何度か休憩を挟みながら、小さな流れに達した。午後一時すぎだ。

「目印がなくなってるけど、ここまで来れば、あとは流れを遡《さかのぼ》っていけばいい。三十分、昼食休憩だ」

教授は安堵《あんど》したように言った。三人は流れのそばにある石の上に荷物を置いた。

高尾香奈は清流に両手を入れて飲んでみた。

「まあ、冷たくておいしい」

「溶岩で何年も濾過《ろか》されて出てきた水だから、うまいよ」と教授。

広田雄太郎はペットボトルに早速水を満たした。

「先生、山荘へは車ならもっと早く行けたんじゃないですか？　記憶を失った先生のために、民宿の主人が劇をやった時、車が入ってたみたいだし」

広田は『鬼頭家の惨劇』のことに言及している。行き倒れになり、記憶を失っていた教授のために、地区の人たちが協力して劇を演じてくれたのだ。

「創作劇の後、誰もあそこへ寄りつかなくなって、道が森に呑みこまれてしまったらしい。だから、昔のように、湖畔から歩いて入らなくてはならないんだ」

「なるほど」

「それに、私自身が言うのも変だが、あの話自体が疑わしい。実際にあったのか、なかったのか」

「じゃあ、山荘が存在しない可能性もあるのかしら」

香奈は不安そうに言う。「何もないところにわたしたち、行くんでしょうか？」

「いや、山荘は間違いなく存在する」

教授が自信たっぷりに言ったその時、彼の頰《ほお》に冷たいものがあたった。

「あ、雨だ」

上空を見ると、木々の葉の隙間《すきま》から雨がぽたぽたと落ちてくる。「山の天気は変わりやすいな。さっきまで晴れてたのに。急いだほうがいい。場合によっては、山荘に泊まることも念頭に入れておこう」

そうしているうちにも、辺りはみるみるうちに暗くなっていった。雨足も激しくなっているが樹海の外はもっと激しく降っていると想像できた。

「さあ、急ごう。流れに沿って遡っていけば、山荘だ」

5

……気がつくと、薄闇が迫っていた。もともと森の中は樹影が濃くて薄暗い。それでも、宵《よい》が迫っているのは、空気のにおいでわかった。まだ二時にもなっていないのに、宵を感じさせるとは……。これから引き返すとしても、日没前に樹海を出るのは困難であろう。

……………

（『遭難記』より）


「これから引き返すにしても、日没前に樹海を出るのは困難かもしれない」

教授がそう口にした時、彼はまた誰かに言わされているような奇妙な感覚を覚え、周囲を見た。だが、誰もいない。

時刻は二時をすぎ、森の中はますます暗くなっていった。食料はあるが、雨具を持ってこなかったのは迂闊《うかつ》だった。これでは、中高年の無謀《むぼう》な登山を笑えない。

雨は冷たく、服を浸透して容赦《ようしゃ》なく体温を奪う。

「先生、今日は泊まりですね。僕は全然問題ないですが」

広田雄太郎はビニール製の雨合羽《あまガッパ》を着ていて、雨の影響をまるで受けていないようだった。高尾香奈もピンク色の携帯用の雨具を着ており、元気に見える。二人とも、樹海に入った最初の頃のように疲れてはおらず、逆に体力が漲っているようだった。若い二人は、これからの「冒険」を期待して胸をわくわくさせているのだ。

「先生は雨具はないんですか？」

広田が信じられないといった顔で言う。教授は雨具の失態を学生たちに悟られたくなかった。

「いや、私の場合、山には慣れてるから必要ない。最初から泊まるつもりでいたしね」

教授は自分の言い方が負け惜しみにとられたかもしれないと思った。寒い。体ががたがた震えているのを、歩くことで何とかごまかそうとした。

広田は「ふうん」とだけ言い、辺りをきょろきょろと見まわした。

「あとどのくらいで山荘ですか？」

高尾香奈が訊ねた。

「一、二時間だと思うのだが」

教授は自分の声が尖《とが》っているのを意識した。苛立っている証拠だ。このおぞましい樹海の毒に染まっているのが皮肉なことに学生たちではなく、教える立場の自分であるのが腹立たしかった。こんなはずではないという焦《あせ》りもあって、言動が空回りしだしている。

上流に行くにつれ、流れは細くなり、ついに消えた。川の源流は独立峰からの湧《わ》き水だったのだ。

「先生、川が消えちゃってるんですけど」

香奈は不安げに言った。

「道を間違ってるんじゃないでしょうか？」

広田の言い方には明らかに疑念が込められている。

「いや、いいんだ。私がそう言うんだから間違いない」

教授はきつい調子で言う。教授の心の余裕はすっかり失われていた。

「でも」と言って、広田が香奈と顔を見合わせたので、教授は声を荒らげた。

「私が保証すると言ったら、君たちはそれを信じるんだ。山荘に着いたら……」

「着けなかったら、どう責任をとってくれるのですか？」

「広田君。君はいちいち突っかかるね」

「だって、僕たち、死にたくないですからね。責任をとるといっても、何もできないでしょう。携帯電話は使えないし、使えたとしても、救助隊がここまで来られる保証はない」

「信じられないのなら、君だけで行動すればいい。この流れをもどって、途中から黄色い紐の目印に沿っていけば樹海を出られる。日没までにもどれるか保証はできないけどね」

教授はすっかり腹を立てていた。

「じゃあ、私は先を急ぐ。君たちは勝手にしたまえ」

教授は森の奥に向かって、また歩き始めた。香奈は広田を見て、「怒らせちゃって」と小声で非難すると、教授のあとを追っていった。広田は教授と彼女を二人だけにしたくないという思いで、仕方なくついていった。香奈が独身の教授に引かれており、教授も彼女に邪心を持っていることを広田は感じていた。

教授は私生活をあまり公《おおやけ》にしていないが、最愛の妻を十年以上前に何かの事故でなくして今も独身を貫《つらぬ》いているらしい。そんな話を本人が酒の席でぽろっと漏らしたことがあった。

広田が森を一人で引き返せば、暮れていく森の中で道に迷うのは間違いなかった。夜になれば、目印も見えなくなるからだ。懐中電灯はあるが、夜の森ではそんなに役に立たないと思われた。

とりあえず、今日は教授を信じて山荘で夜を明かそうと思った。明日になれば、脱出の糸口が見えてくるはずだ。体力を温存することが必要だった。

6

……同じような濃灰色の木々がえんえんとつづく森の中、頼りになるのは小川の流れだけで、僕はひたすら歩いていたのだ。……

そして、どれくらいたっただろう。ふと足元から目を上げると、木の間《こま》越しに森と色合いの違った何かが目に飛びこんできたのだ。

黄土色《おうどいろ》の何か。薄暗い森の中では場違いな気がするほど明るいもの。僕は浮き立つ気持ちを抑えながら、足を速めた。そして、ついに「そこ」に到達したのだ。

そこは森とは別世界だった。森がその家の敷地まで迫っているが、家の中心部からコンパスで描いたように半円形の広場ができているのだ。……

西に傾きかけた太陽の強い光線がスポットライトを浴びせるように、その家を照らしていた。

（『遭難記』より）

…………


一時間ほど歩いているうちに、雨が上がった。

だが、教授の服は濡《ぬ》れ、肌着まで浸透して体温を奪った。背後から学生たち二人の足音と荒い呼吸音がするが、教授は一度もふり返らなかった。途中、休憩を二度ほどとりたかった。いや、とるべきだった。しかし、広田に愚弄《ぐろう》された手前、休むわけにはいかないと思った。彼らを疲れさせてやろうという意地の悪い気持ちが、教授の心の中に入りこんでいたのだ。

そして、どのくらいたっただろう。ふと足元から目を上げると、木の間越しに森と色合いの違った何かが目に飛びこんできたのだ。

「あっ、見えた。ついに到着したぞ」

教授の声が明るくなった。

黄土色の何か。薄暗い森の中では場違いな気がするほど明るいもの。彼は浮き立つ気持ちを抑えながら、足を速めた。そして、ついに「そこ」に到達したのだ。

そこは森とは別世界だった。森がその家の敷地まで迫っているが、家の中心部からコンパスで描いたように半円形の広場ができているのだ。……

だが……。

広場の入口で、教授は呆然《ぼうぜん》として立ち尽くした。背後からやってきた広田雄太郎と高尾香奈も声をなくしていた。

「何ですか、これ？」

ややあって、広田が広場の中心に向かって歩いていった。「先生、これは何なんですか。僕たちを騙《だま》してたんですか？」

「いや、こんなはずでは……」

「じゃあ、どんなはずが？」

香奈も広田のほうへ歩いていき、二人で並んで非難するように教授のほうを見た。「山荘どころか、鬼頭武彦という作家だっていないじゃないですか」

「まさか、ここで一夜を明かすつもりじゃないですよね？」

香奈もきつい調子で言った。「わたし、森で野宿なんて、考えていなかったわ。最悪」

雨は上がり、青空が見えるが、太陽は西にかなり傾き、あと二時間もしないうちに森は闇に包まれるだろう。

「あの『遭難記』に書いてあるものはまやかしだったんですよ。すべてが虚構、フィクションだったんです。先生は、本当にこの森の中に鬼頭武彦がいると思ったんですか？」

広田は追及の手をゆるめなかった。

「あれは、本当だったと信じている。私は鬼頭を捕まえなくてはならないんだ」

広場には、かつて建物があったのは確かだった。その礎石らしきものがあるからだ。

教授はコンクリートの礎石に腰を下ろし、頭を抱《かか》えこんだ。そして、そのまま石のように動かなくなった。

7

三人は持参した食料をそれぞれ別々の場所で食べた。

午後六時をすぎ、もうすぐ日没の時を迎えるが、彼らのいる広場は薄闇になり、周囲の森はすでに黒々とした不気味な空間と化している。森の中にいるのが怖いので、三人は広場にいたが、彼らが闇に呑みこまれるのも時間の問題だった。

高尾香奈は押し寄せる不安と戦っていた。どんな怖い怪談を読んでも聞かされても恐怖を感じたことは一度もなかった。確かにここまでに至る道筋、森の恐ろしさを実感していたが、山荘に泊まれると思っていたので、心に余裕があった。山荘には鬼頭武彦による惨殺伝説があるが、そうしたものには実体がないので、少しも怖くなかった。

だが、この森の中で一夜をすごすことは想定していなかった。精神的な恐怖と大自然が作る恐怖は、性質がまるで違う。精神的な恐怖は、頭の中に侵入するだけで命の危険を伴うことがないのに対し、大自然の恐怖は生命の危険に関わってくるのだ。季節は秋になるかならないかという時に、この寒さをどう説明したらいいのか。

雨合羽の下の両腕には、鳥肌が立っていた。替えの長袖シャツは持ってきているが、今ここで着替えるわけにはいかなかった。

その時、肩に何かが触《ふ》れて、彼女はきゃっと悲鳴をあげた。

「しっ。僕だよ」

広田雄太郎が、彼女の座っている切り株の反対側に背中合わせに腰を下ろした。「一緒にいないか。この森は怖いよ」

「わたしも怖いと思う。とても普通じゃない感じ」

香奈は広田が彼女を好いているのを知っているが、彼女自身は特に広田を男性として意識することはなかった。むしろ、教授に対して憧《あこが》れのような感情を抱いていた。だが、森に入ってからの教授の行動には幻滅させられっぱなしだった。この異常な森という空間の中で、彼女は広田を味方にしておく必要性を感じていた。

広田の背中が彼女の背中に触れ、彼の温《ぬく》もりが伝わってきた。恐怖におののいていた彼女は、座る位置をずらし、彼に近づいた。

そうしているうちに日没となり、西のほうにわずかに残っていた明るさが蠟燭《ろうそく》を吹き消すようにふっと消え、二人は文字通り漆黒の闇の中に呑みこまれた。

「怖いよ、広田君」

香奈が近づいていくと、広田が彼女の肩を抱き寄せた。

「僕がいるから大丈夫だよ」

「うん」

香奈は頭を広田の肩に預けた。「先生は大丈夫かしら?」

「心配ないよ」

教授は家の礎石のあたりにいるはずだった。さっきまで黒々とした影だったのに、今は闇に溶けてしまって見ることはできなかった。

「わたしたち、このまま夜明けまでここにいるの?」

「そうするしかないだろう」

「寒いわ」

「大丈夫だよ。二人で暖をとれば」

その時、二人の顔にぽつりと冷たいものがあたった。上空を見上げると、重々しい雲の存在がはっきり感じられた。森の天気はめまぐるしく変わる。雨がまた降り始めたのだ。

「雨宿りしなくちゃ」

広田は立ち上がり、香奈の手をとった。「森の中のほうがまだ濡れないですむ」

「わたし、いやだ。怖いよ」

「僕だって同じさ。でも、この広場より森のほうがましだ」

「先生も呼ぼうか？」

「いや、ほっとけよ」

二人は森のほうへ進んだが、方向感覚は完全に失われており、自分たちがどこから広場に入ってきたのかもわからなくなっていた。

森は広場よりさらに濃密な暗闇だった。重苦しい沈黙の世界。完全な無音の世界。

懐中電灯をつけて、雨宿りできるような木を調べていくうちに、広田は苔むした大木の根方に空虚《うろ》のようなものを見つけた。

「ここに入ろう。少なくとも雨は避けられる」

「そうね」

二人は手をとり合って、空虚の中に入った。二人が入れる程度の空間があって、下は乾いている。枯れた草が適度なクッション代わりになりそうだった。

「夜が明けてから、川を見つければ、目印のついたところに出られる。そこから目印を辿っていけば、お昼すぎには湖畔に出られるはずだ」

「よかった。広田君がそばにいてくれて」

懐中電灯が消され、香奈は広田に抱き寄せられた。

「ずっと君が好きだった」

「知ってる」

「僕のこと好き？」

香奈は広田に抱きついて、答える代わりに彼の頬にキスをした。広田が彼女の体を横たえようとしても、彼女は拒《こば》まなかった。だが、やわらかな草のクッションに寝かされた時、彼女は違和感を覚えた。

誰かに見られている。誰かが彼女の背中をつついていると思ったのだ。

「嘘でしょ？」

香奈は体をひねろうとした。「ね、広田君。この下に誰かがいる」

「え、まさか」

広田が枯れ草の中に手を入れると、枯れ木のようなものが手に触れた。懐中電灯をつけて、その正体を確かめようとした。明かりがそれを照らした時、香奈が悲鳴を上げた。

苦悶《くもん》に口を歪《ゆが》めた骸骨《がいこつ》が、彼らを恨《うら》めしそうに見ていたのだ。

8

鬼頭武彦は原稿用紙を丸めて、ドアに向かって投げつけた。紙のつぶてはドアにあたり、その手前に落ちた。

「うるさい」

あれがもうすぐ完成するという一番大事な時に、ホールのほうが騒がしくて、原稿に気持ちを集中させることができなかった。ブランコの音もうるさかった。油が切れて、キーキーと神経をやすりで削るような音。そして、子供たちがくすくすと楽しそうに笑う声。すべてが癇《かん》にさわるのだ。

「ふざけやがって」

鬼頭が書いているのは、『赤い森――赤羽一家殺人事件』という小説だった。赤羽にはいろいろな意味がある。赤羽という地名に含まれる「赤」、情熱の赤、鮮血の赤、虚偽の赤……。彼はそうしたすべての要素をぜいたくに作品の中に盛りこむつもりでいた。

メインのテーマは、赤羽の老富豪夫妻が惨殺される話だ。前段として、富豪の家族の中で財産をめぐっていがみ合いがある。その分配をめぐって怨念《おんねん》が渦巻き、やがて殺人事件に発展するのだ。一族の中に犯人がいるのだが、探偵がそれを指摘する前に犯人は逃亡する。

原稿が完成するのは、九月二日の予定だった。あと二日なのに、原稿はまだ犯人の告白部分しかできていない。もし編集者が来ても、これではわたせない。わたせなければ、契約が打ち切られるかもしれなかった。打ち切りになったら、食っていくことができない。彼を森の中に囲いこんで、食料や資金をわたしながら執筆させ、原稿ができるのを待っているのがスポンサーである。小説を書けなければ、彼はただの人間のくず。

九月二日になれば、別の意味でいいことはあるので、原稿をすっぽかして逃げるという手もある。しかし、そうなれば、スポンサーは黙っていないだろう。追手を差し向けて、鬼頭の潜伏先を突き止めて……。殺しはしないだろうが、どこかへ監禁して原稿を書かせるかもしれなかった。

作家は原稿を書くことより空想を楽しむことのほうが好きだった。どうしたらいいか考えているうちに、一つの妙案が思い浮かんだ。

原稿を取りにくる連中を殺せばいいのだ。奴らを殺せば、締め切りの問題に悩まなくてすむ。私はプレッシャーに弱い。いついつまでに原稿をあげてくれとうるさく言われると、そのことばかり考えて、小説に集中できなくなるのだ。

幸いにも、ここには斧《おの》がある。奴らがうるさいことを言ったら、こいつで始末するくらいの覚悟は必要だった。

これまでにも、樹海を彷徨《さまよ》い、この山荘にまぎれこんでくるハイカーや自殺志願者がいた。そういう時、彼は電気を切ってからホールの左手前の部屋、妻は右手前の部屋に鍵を掛けて閉じこもり、奴らが出ていくのを待った。結局、闖入者《ちんにゅう》たちは諦めて森にもどり、また迷って命を落とす。一度この森に入ったら、脱出するのは困難なのだ。

今は九月二日を控《ひか》える大事な時だ。邪魔者を追い返すか殺すか、決断しなくてはならなかった。

9

「あんなところにいるくらいなら、森で遭難したほうがまだましよ」

香奈は震える声で言った。彼女と広田は森の中を歩いていた。まだ七時をすぎたばかりだというのに、森の中は墨で染めたように真っ暗だった。

電池の消耗《しょうもう》を少なくするために、懐中電灯を消したいところだが、足元は凸凹が多く、暗い中を歩くのは危険だった。電池の消耗を恐れて怪我《けが》をしてしまったら何にもならない。

どこか一ヵ所に留まって、夜が明けるのを待つのがベストだが、さっきの雨でどこもかしこも湿っていた。たまに木の根方に大きな空虚を見かけるが、同じように自殺者か遭難者の死体が横たわっていそうな気がする。広田は大きな木の下で休もうと何度も言うが、香奈の瞼《まぶた》の裏にはさっきの骸骨の恨めしい顔が焼きついており、あんな暗い祠《ほこら》のようなところに二度と入りたくないと言う。

祠？　そう、あそこは人の魂を祀るところ。いや、違う。自殺者の墓場。世の中を恨んで死んでいった者の霊が彷徨っているのだ。

どのくらい歩いたのか、わからなかった。一般的な認識からすれば、自分たちはすでに遭難しているのだ。

足が棒のようになっているが、立ち止まれば、邪悪な森に生気を奪われそうな気がした。香奈は何度か転びそうになり、そのたびに広田に助けてもらった。

だが、ついに彼女の足が動かなくなる時が来た。

「わたし、もうだめ。広田君、わたしにかまわないで先に行って」

香奈はそう言って、しゃがみこんだ。

「そんなこと、できるわけがないだろう」

広田も腰を下ろし、彼女の背中をやさしく撫でた。

「こんなところに来るんじゃなかった」

香奈は悲しくなって泣きじゃくった。「民宿のおじさんがあんなに止めたのに」

「しっ、静かに」

広田が低い声で言った。「何か聞こえるぞ」

どこかでキーキーと何かが擦《こす》れるような音がした。金属が擦れ合って生じるような軋《きし》み音。自然の音というより、人為的な音だ。

二人は立ち上がって、耳をすました。再び軋み音が聞こえた。

「あっちよ」

元気をとりもどした香奈の声ははずんでいる。

「よし、行ってみよう」

懐中電灯を持つ広田が先に進み、香奈がその後を歩いた。そのうちに、音はさらに近づき、彼らが向かっている方向が正しいことが証明された。

軋み音がだんだん大きくなっていくとともに、楽しげな笑い声が聞こえてきた。人がいるのだ。二人の心に希望の灯がともり、足どりが軽くなった。助かったのだ。ようやく、人のいるところに到達できたのだ。

森を抜けて、円形の広場のようなところに差しかかった。雨はやみ、上空に晴れ間が見える。月が広場を照らし、広場中央に建つ二階建ての建物を闇の中に浮かび上がらせていた。山荘は現実に存在したのだ。

建物の前方に軋み音を立てているものがあった。公園にあるような箱型のブランコで、そこに白いものが二つ見えた。白いもの、いや、それは人間だった。純白の服を着た少女が二人、ブランコを揺らしていたのだ。キーキーと耳障《みみざわ》りな音を立てるブランコの中、長い髪の少女たちはくすくすと笑っている。月明かりなので、彼女たちの顔はよく見えないが、声の調子で年若いことがわかった。

広田と香奈は広場に入り、建物に近づいていった。庭に少女がいるのに、建物に明かりが見えないのが奇妙だった。

「ねえ、君たち」

広田が少女たちに声をかけた。彼女たちは笑いをやめ、広場に現れた新来者に目を向けた。ブランコの動きが止まり、最後の軋み音を立てた後、重苦しい沈黙が月明かりに浮かんだ空間に溶けだしていく。

少女たちはブランコを降りると、長い髪をなびかせ、家のほうへ一目散《いちもくさん》に駆けだした。まるで幽霊のように足音も立てず玄関のポーチに上がり、ドアの中に入った。ドアが閉まるばたんという音がいっとき森の静寂を破った。

「どうして逃げるんだろう?」

「わたしたちが怖かったのよ。森からいきなり出てきたから」

「あの家に行って、怪《あや》しい者じゃないと説明しようぜ」

外で夜明かしせずにすみ、二人はほっとしていた。たとえ、中に亡霊がいようとも、樹海の中で心細い思いをするよりはるかにましだと思う。

二人の疲労はピークに達し、体は休息を求めていた。

10

庭のほうが騒がしくなった。使いの者が到着したのだろうか。奴らがうるさいことを言う前に、その口に蓋《ふた》をしてしまおうと作家は思った。

いや、蓋ではなく、首を切ってしまおう。そうすれば、しばらくの間、うるさく原稿を催促されることはなくなる。

執筆には誰にも邪魔されない静かな環境が必要だった。締め切りより早く来たおまえたちがいけないのだ。

誰かが来た時は、たいてい配電盤のスイッチを全部下ろす。家の中が真っ暗になり、重苦しい静寂に包まれると、誰もが肝《きも》を冷やしてここから逃げていく。そして、森の中で力尽きて命を落とす。

それでも、逃げなかったら……。

原稿はあることはあるのだ。『赤羽一家殺人事件』の犯人の名前を記した結末篇が。

11

広田雄太郎は、森の中で見つけた山荘のドアに触れた。

一瞬びりっと電流に触れたような気がして、広田は慌てて手をノブから離した。

「どうしたの?」と背後から高尾香奈が小声で言った。広田の背中に彼女の手があてられる。広田は動揺を悟られてしまったと思ったが、彼自身も香奈の不安を背中に強く感じていた。人里から遠く離れた深い森の中、恐怖を感じないほうがおかしいのだ。

広田は再びノブを握った。森の中、ぽっかり開いた空間。雨がやんだ後、切れた雲間から月が出ており、建物を闇の中に白々と浮かび上がらせている。

「さあ、入るぞ」

彼は己《おのれ》を鼓舞するように言った。鍵は掛かっていなかった。さっきの少女たちが家に入った時、施錠《せじょう》しなかったのだろう。

ドアを引くと、吹き抜けのホールになっており、薄ぼんやりした照明が天井にあった。

広田は「こんばんは」とおそるおそる声をかけたが、応答はなかった。

「どなたかいらっしゃいませんか?」

家の中はしんとして物音もしない。ブランコで遊んでいたあの少女たちはどうしたのだろう。

二人は玄関のマットで靴の汚れを落としてから、家の中に入った。ホールに面して、四つの部屋がある。左手の二つの部屋のうち、奥のほうのドアには「仕事中。静粛に」という紙が貼《は》ってあった。一方、右手の奥の部屋のドアにも同じく「仕事中。静粛に」という貼り紙があった。筆跡が違うので、別々の人間が書いたものと思われる。

広田は香奈と顔を見合わせると、唇に人差し指をあてた。

「とりあえず、静かにしようぜ」

広田が囁《ささや》くような声で言うと、香奈はうなずいた。そうは言っても、二人は森を歩いてきたことで疲労困憊《こんぱい》の状態だったし、空腹も覚えていた。何かを口に入れ、一休みしたいところだった。

家の中に無断で入ることに抵抗はあったが、「静粛に」ということなら、ここに留まってもいいだろうと勝手に解釈した。彼らには他に行き場がなかった。

ホールの奥のほうにどうやらキッチン・スペースがあるようだ。二人は足音を忍ばせてホールを抜け、奥へ向かった。

ホールに接したドアを開けてみると、そこはダイニングルームだった。テーブルの上には、スープ皿が二つあり、たった今作られたかのような白っぽいシチューが湯気を立てていた。その奥に狭《せま》いキッチン・スペースがあるが、誰もいない。

「シチューだわ」

香奈は思わず唾を飲みこんだ。

「食べたいな。お腹も空《す》いてるし」

広田はスープ皿に顔を近づけ、鼻をひくつかせた。「食べちゃおうか？」

「だめよ。仕事がもうすぐ終わって、彼らがここに来るわ」

「彼ら？」

「もちろん、仕事中の彼ら」

「つまり、小説家の夫と画家の妻ということか」

「そういうことになるわよね」

「でもさ、民宿の主人の話では、頭が変になった小説家が妻と子供を殺して森のどこかへ姿を消したということじゃなかったかな？」

「それは伝説。そういう言い伝えがあるというだけで、実際は……」

「だったら、ここにいるのはいったい誰なんだ」

「鬼頭武彦とその妻眉子、双子《ふたご》の娘たち。あるいはその役を演じている誰か」

その時、シチューのにおいが広田の鼻を刺激した。

「僕たち、疲れきってるし、腹がへってるし……」

広田は一つの椅子《いす》に腰を下ろした。「僕はこのシチューを食べようと思う」

「だめよ」

香奈は止めたが、広田は首を左右に振った。

「だって、静粛にって書いてあるんだから、僕たちはこの家の住人たちに挨拶さえできないじゃないか。これを飲んだからって、怒られないよ。もしとがめられたら、土下座をして謝ればいい」

広田はスプーンを取り上げると、温かいシチューの中に突っこみ、一口食べた。

「あ、これ、うまいよ。君も食べろよ。早くしないと冷めちゃうぞ」

香奈は気が進まなかったが、疲れていたこともあり、椅子に腰を下ろした。食べるつもりはなかったものの、シチューの湯気が彼女の空腹感を煽《あお》り、彼女も我慢できなくなり、シチューを口にした。

「ああ、おいしい」

思わず声に出る。それは濃厚なクリームシチューだった。中に大きな肉がある。今まで味わったことのない食感だ。弾力があり、ジューシーだった。嚙むと、口の中に肉汁が広がる。鯨でもない、羊でもない。もちろん、豚や牛、鶏肉でもなかった。

シチューだけで満腹になるほどだった。食べ終わってから、二人はようやく人心地ついて、冷静に判断できるようになった。やはり、無断で食べたのはまずかったかもしれない。この家の主が現れたら、低姿勢で謝るしかないだろう。このような異様な森、ここに至るまでにたいへんな思いをしてきたことを正直に打ち明ければ、彼らだって、きっとわかってくれるはずだ。

ダイニングの壁に掛け時計があり、まもなく八時になろうとしていた。彼らがここに来てからすでに三十分もたつというのに、依然、誰も姿を現さなかった。

「あの長い髪の少女たち、どうしちゃったんだろう」

人がいるはずなのに、この家には人の気配が感じられなかった。

二人は怪訝《けげん》な思いを抱きつつ、再びホールに入った。

「あれっ」

広田は思わず声を出す。食事の前、ホールに面した二つの部屋には「仕事中。静粛に」の貼り紙があったが、今、ドアからその紙は消えていたのだ。

「これはどういうことなんだろう。誰かが貼り紙をはずしたんだ」

「つまり、ここには人がいるのよね」

「そういうことだ。じゃなかったら、あんな温かいシチューが出ているはずがないし

……」

「だったら、今すぐ謝ったほうがいいわね」

「大丈夫かな」

「大丈夫。いやなことは早くすませちゃおうよ」

香奈はそう言って、右手の部屋に行った。「わたし、あっちの部屋の人に謝るから、広田君はそっちの人ね。アポなしで来たこと、シチューを無断で食べちゃったこと。とりあえず、そういうことよね？」

「わかった。じゃあ、手分けして謝るか」

二人は別々のドアの前に立った。ホールを挟んで、二人はうなずき、微笑《ほほえ》み合った。許しをもらい、一晩の宿をお願いするのだ。

「大丈夫」

広田は囁きながら自分の胸を叩き、香奈を安心させた。

二人がそれぞれのドアをノックした。静寂の中にこつこつと骨を叩くような音が響いた。ドアの向こう側からほぼ同時に「どうぞ」と二つの声がくぐもって聞こえてきた。

12

広田雄太郎がノブを握り、ドアを引いた瞬間、ホールの明かりが消え、彼は真っ暗闇の中に取り残された。高尾香奈はどうしたのだろうとホールをふり返ろうとした時、「さあ、入れ」と部屋の中から声がした。その声に抗《あらが》いがたい力があり、広田は引き寄せられるように部屋に入った。

「早くドアを閉めろ」

高圧的な男の声。

「はい」と言って、広田は後ろ手にドアを閉めた。香奈のことを考える余裕はなかった。

「やっと来たか。待ってたぞ。おまえ、編集者だな？」

部屋の中もホールと同じように明かりは消えていたが、その代わりにデスクのそばの壁に掛けられたランプの火が薄ぼんやりとした光を放っていた。

「ここは山の中だから、すぐ停電になるんだ。自家発電だから故障しやすいのさ」

ぼさぼさの髪の男が広田に背中を向け、デスクに向かってしきりにペンを動かしていた。

「あのう、実は僕たち……」

広田が森の中で道に迷ったことを話そうとすると、男は遮った。

「わかってるよ。グッドタイミングだったな」

男は大きな封筒に分厚《ぶあつ》い紙の束を入れると、椅子をまわして、ようやくその顔を見せた。だが、ランプが背後にあるので、その顔は陰になってはっきりと見えない。それでも、男が長い髪をかきあげると、顔を覆うように伸びた髭や高い鼻が見えた。両目は暗い洞窟《どうくつ》のように黒く塗りつぶされている。年齢は四十代後半くらいに思えた。

「あのう、僕たち、道に迷いまして」

「そうだ。たいていの者は森の中で迷う。迷わないほうが不思議なくらいだよ。たとえ編集者が原稿を取りにきても、ほとんど遭難する。中には野垂れ死んだ者もいるかもしれない」

男はよく通る声で笑った。男が広田を編集者と誤解しているのを何とかわからせなくてはならない。この男が民宿の主人が話していた伝説の作家、鬼頭武彦なのだろうか。家族を殺して森の中に消えたという話が本当なら、ここに鬼頭がいるはずはないのだが。最低限、それだけを確認しておく必要があった。だが、どうやって確かめたらいいのだろう。

「あのう、鬼頭先生」

広田がそう言うと、男がすぐさま「何だ」と答えた。即座に答えるということは、この男は鬼頭武彦なのか。広田は、そこでもう少し探ってみることにした。

「鬼頭先生に関して言い伝えがありますが、あれは本当なんでしょうか？」

「言い伝え？　どういうことだ」

「ご家族を残して森の中に消えたという話です」

「家族を殺して森の中に消えた」とは言えず、広田はぼかした表現にした。

「何だ、そういうことか」

男は笑いながら、うなずいた。「あれは、まやかしだよ。いくらスランプになったからって、大事な妻や娘たちを殺すわけないじゃないか。民宿の主人が作った大ボラさ」

「そうでしたか。よかった。鬼頭家の惨劇は単なる噂だったんですね」

広田は相手が激しやすい人間であるのを感じとっていたので、慎重《しんちょう》に言葉を選びながら言った。

「君、名前は何という？」

作家は訊ねた。

「広田です」

「そうか。君にいい知らせがある。ついに原稿が完成したのだ」

作家は大きな茶封筒を持ち上げた。「ここに五百枚の原稿が入っている。すぐにここから持っていってほしい」

作家は依然誤解したままだった。だが、広田がそのことを口にすると、鬼頭が不機嫌になるような気がした。これまでのわずかなやりとりで相手の精神的な歪みを感じとっていたからだ。広田が編集者ではないと言ったら、鬼頭にここから追い出されるのではないかという危惧《きぐ》があった。それに、シチューを無断で食べてしまったことが今や重荷になっていた。それよりは、誤解されたまま一晩だけ泊めてもらい、明日の朝、正直に本当のことを話してこの家を出るのだ。

「わかりました」

とりあえずそう言って、広田は作家から茶封筒を受け取った。封筒はしっかり糊《のり》付けしてあり、かなり重い。

「大事なものだから、なくさないようにな。森を出るまで封を切ってはいけない」

「誰にわたせばいいのでしょう」

「民宿のおやじに。私からの心ばかりの贈り物だと言ってな。おまえ、民宿から来たんだろ？」

「はい、一晩泊まって」

広田はそう言って受け取らざるをえなかった。

「じゃあ、さがってよろしい」

「あのう、一つ質問があります。この原稿のタイトルは何でしょうか？」

「おおっ、よくぞ聞いてくれた」

鬼頭はまた機嫌がよくなった。「これは『赤い森——赤羽一家殺人事件』という作品だ」

「赤羽一家殺人事件？」

それは広田も聞いたことがある。十何年か前、赤羽の老資産家一家が惨殺された事件だ。その頃、広田は小学校の低学年だったので、事件名はおぼろげに記憶しているが、事件の詳細は知らなかった。容疑者らしき人物が行方《ゆくえ》をくらましているので真相はまだ藪《やぶ》の中、といった程度の貧弱な知識だった。

「これまでさんざん苦労してできなかった作品がやっと完成したのだ。大事なものだから、なくさないようにな」

「そんな大事なものを僕に?」

「何を言ってるんだ。おまえは編集者だろう? 命をかけて森から運びだすんだ」

断れば、雷が落ちるような気がした。いや、雷どころか、この勢いでは……。広田の視線がその時、部屋の隅《すみ》に立てかけてあるものに向かった。

斧?

その刃先に何か粘液状のものがべったりとついており、ランプの淡い光に黒々と光っている。何だ、あれは?

広田は、今は相手に誤解されたままでいたほうが得策と判断した。弁解はいつでもできるのだ。明日、明るくなってから……。

「明日、早く出ればいい。今日はゆっくり休んでいけ、隣りの部屋でな」

この部屋にこれ以上いたくなかった。この作家の目は陰になってよく見えないが、その暗い目を見ていると、その深海の底に引きずりこまれるような恐怖を覚えるのだ。心の中を見透かされているような不安もあった。

広田は「わかりました」と答えるだけに留め、作家の部屋を出た。

「間違っても、あっちの部屋に行ってはだめだぞ。あいつに原稿ができたと知られたら、何をされるかわからないからな」

『鬼頭家の惨劇』の中で、作家の夫と画家の妻がお互いの仕事の進捗《しんちょく》具合に神経を尖らせている場面があった。それがやがて悲劇に発展するのだが、今でも同じ状況なのだろうか。いや、これは虚構ではなく現実に起こっていることであって……。あれっ。

広田の頭の中は混乱した。

ドアに体を預けた瞬間、広田の背中を冷たい汗が伝わり落ちた。本能的にここは危険だと感じる。全身に鳥肌が立ち、脳の中枢《ちゅうすう》が「今すぐ逃げろ」と警戒信号を送ってきた。

13

高尾香奈は震える手でノブを握り、ゆっくり引いた。その瞬間、ホールの明かりが消え、彼女の背後は闇となった。だが、部屋の中はぼうっと明るい。

「さあ、入りなさい」

女の声に潜《ひそ》む魔力に囚《とら》われるように、部屋の中に一歩足を踏み入れる。停電になっているが、ランプの灯で女の姿が見えた。長い髪を後ろに束ねた女は四十代半《なか》ばに見える。顔は陰になってはっきりしないが、目が洞窟の中に灯《とも》る光のように見えた。今まで嗅《か》いだことのない不思議なにおいに、彼女は思わず両足を止めた。

「大丈夫。絵の具の溶き油のにおいよ。ちょっともわっとして、独特なにおいよね」

女の声は低く、やさしかったが、その裏に説明のつかない何かがあった。「慣れれば、気にならなくなるわよ。あなた、画廊の人よね？」

否定しないほうがいいような気がした。

「あ、はい」

「でも、画廊の人にしては若いわね」

彼女は心の中を見透かされているように思った。今、彼女は試験を受けているのだ。ここはうまく乗りきらないと、何かまずいことが起こるような予感がした。

「実はアルバイトです」

と彼女はごまかした。「失礼ですが、鬼頭眉子先生ですよね？」

民宿の主人に聞いた話によれば、山荘に住んでいた作家の一家。その妻が画家なのだ。伝説では夫に殺されていることになっているが、実際は生きていたのだ。あの話自体、まやかしだったのか。

「そうよ。わたしが鬼頭眉子」

「今、絵を描かれているのですか？」

香奈はとりあえずそれだけ言った。

「そう。絵が完成したのよ。描けなくてずっと苦しんできたのよ。それがやっとできたの。とても嬉《うれ》しくて、誰かに教えたくてうずうずしてたの」

「それはよかったですね」

部屋は広さ十畳ほどの洋間だった。窓際にイーゼルがあり、絵が立て掛けてあるのが見えた。画家の手にきらりと光るものがある。ナイフ？

わたしは殺される？

「あ、ごめんね。これはペインティング・ナイフ。絵を描く時に使うの」

画家はナイフをペン立てに突っこんだ。

「何というタイトルの絵ですか？」

薄明かりなので、キャンバスは黒くしか見えなかったが、香奈は抽象画かもしれないと思い、言葉づかいに気をつけた。

「『団欒《だんらん》——赤い森』というタイトルね。見て、どう思う？」

暗くてよく見えなかったが、「素晴らしいと思います」と答えた。

「ほんとにそう思う？」

感想を求められている。注意して答えないと、何をされるかわからない。だが、彼女は絵に関してそれほどくわしくなかった。

「実を言うと、暗くてよく見えないのですが」

香奈はおそるおそる言った。

「あら、そうだわ。ちょうど停電だから、見えないのが残念。あなた、運が悪いわね」

画家は何とか納得してくれたようだ。

「説明していただけますか？」

「そうね。茫洋《ぼうよう》と広がる黒い森に、やがて日が落ちる。夕日に染まった空。そして、黒い森の中で生活しているわたしたち。それらを比喩《ひゆ》的に描いたの」

「なるほど」

画面が濃い赤で描かれているので、暗い部屋では黒く見えるのだろう。

「個展をやることになってってね。画廊から急《せ》かされてるの。焦ってずっと描けなかったのが、今日になって不思議なほど筆が進んだの」

「よかったですね」

「そこで、あなたに頼みがあるの」

画家はなぜか声を低めた。

「何でしょう」

「ここから絵を運び出してほしいの。このことは夫に言わないでね」

「そんなに大事なものをわたしが運んでいいんですか？」

そう言ってから、しまったと思った。相手はわたしを画廊の者と思いこんでいるからだ。

「だって、あなた、画廊から派遣されてきたんでしょ？」

「ええ、そうですけど」

画家の機嫌が悪くなるのが空気の動きで感じとれた。薄暗い部屋の中で、画家が怒りを爆発させようとしている。

「あなた、何か変ね」

画家の声に危険な響きを感じた。

「ここに辿りつく間に、自信がなくなったんです。また外に出られるかどうか」

香奈は必死に弁明する。

「あら、そういうこと？」

画家はふふっと笑った。「あなたは大丈夫のような気がするの。これまではこの森を抜けてここに来るまでに必ず遭難してたのよ。早くしろとせっつくくせに、ここまで取りにこれないんじゃ話にならないわ」

「そうだったんですか」

「でも、到着したこともあるのよ。その時、一度作品をわたしたんだけど、その人、この森から出られなかった」

「出られなかった？」

「そう、遭難したらしいの。ま、メッセンジャー役のアルバイトの子じゃ、何が何でも運び出そうって職業意識が希薄だったのかもね」

「わたしもアルバイトですけど」

「あなたなら、外へ出られる気がする」

どういう理屈なのか、よくわからなかった。

「わかりました。でも、出られる保証はありません」

「それなりの報酬は払うから、それをむだにしないためにも頑張ってね」

「でも……」

どうやって運べばいいのだろう、こんな大きな絵を。「わたしみたいな体力のない者に絵を運べるのでしょうか」

「あら、そんなことを心配してたの。絵は画布といってね、木枠からはずして持ち運びできるの。筒の中に巻いた絵を入れるから、あなたはそれを持っていけばいいわけ。額はないからそんなに重くないわ」

画家はキャンバスを木枠からはずすと、くるくると器用に丸め、筒の中に入れた。

「わかりました」

香奈はそう言うしかなかった。「出発は明日の朝でよろしいでしょうか?」

「もちろんよ。夜にここを出ろなんて無茶なことは頼まないわ。わたしはそんな鬼じゃない。夜明けを待って出ていけば、午後には外へ出られるはず。あなたは絶対に遭難なんかしない。幸運を祈るわ」

画家は体の向きを変えると、「もう話はすんだから、出ていっていいわよ。隣りの部屋でゆっくり休んで」

香奈は「はい」とだけ言って、ドアノブに手をかけた。ドアを開けて、ホールに出かけた時、画家の声が聞こえた。

「あ、それから。くどいようだけど、このことは夫に言わないでね。あいつに知られると、邪魔されるから。誰にも秘密にして。あなた一人ですべてを処理するの。いいわね？」

「ご主人に内緒なんですか？」

画家はそれには答えなかった。ランプの灯心が揺れて、ふっと消えそうになり、部屋の中がさっと暗くなった。部屋を出てドアに体を預けた瞬間、香奈の背中を冷たい汗が伝わり落ちた。

ここは危険だ。見ず知らずの若い女を画廊の関係者と誤解し、ろくに確かめないうちに大事な絵を託す。普通ならありえないだろう。あの女は頭が変になっているのか。それとも、鬼頭眉子を騙《かた》る者？

香奈の全身の肌が粟立《あわだ》ち、恐怖で下腹が差しこむように痛んできた。この絵は山荘を出ていく時、こっそり置いていくべきだろう。早く広田を見つけて相談しなくては……。

14

広田雄太郎は、香奈のことが気になり、ホールに佇《たたず》んでいた。

相変わらず停電はつづいている。ホールの左右両方の壁にランプが一つずつあり、いつの間にか火が灯っていた。作家の部屋とホールを挟んで反対側にある部屋に香奈は入っていったが、どうしてしまったのか。彼はそのドアに耳をつけた。興奮したような甲高《かんだか》い女の声が途切れ途切れに聞こえてくる。怒っているようではなく、笑っているようだった。

ここで、香奈が出てくるまで待っているべきか。

広田がそうやって迷っている時、作家の部屋のドアが開いた。

「おいっ、そんなところにまだいるのか。部屋に入ってさっさと寝ろ」

作家は長い髪に両手を突っこみ、広田を怒鳴《どな》りつけた。

「はい、わかりました」

広田はあてがわれた部屋のドアを閉めようとする時、奥のダイニングルームのほうへ歩いていく作家の後ろ姿を見た。シチューを食べたことを作家に言い忘れたのを思い出した。謝ったほうがいいかもしれないと思って、ダイニングのほうへ向かおうとしたが、

「誰だ、シチューを食べたのは？」

作家の怒号が響いてきたので、広田は首を縮《ちぢ》め、部屋にもどった。

部屋はシングルベッドが一つあるだけの殺風景な空間だ。壁際のスイッチを押したが、明かりがつくことはなく、壁に掛けられたランプの灯が唯一の光源だった。停電の後、誰かがランプをつけたのだろう。まるで停電を予期していたかのように準備が整っている。すべてに遺漏がないのが不思議というか、奇妙だった。

ベッドは真新しいシーツに白いカバーのついた毛布がかけられている。二面に窓があり、左手のほうからは月明かりで庭がぼんやりと見える。こっちが南側だなと思った。それから西側の窓から外を見ると、森が間近《まぢか》に迫り、ほとんど漆黒の世界だった。

カーテンを閉じて、ベッドに腰を下ろすと、ほっと安堵の息が漏れた。ここへ至るまでの長く遠い道のりを必死にやってきたことが一気に思い出される。森で別れた教授は今頃どうしているのだろうかとふと思った。

香奈があの部屋を出るまでしばらく横になって待つことにした。

だが、ベッドに横たわった途端《とたん》、重い疲労が彼のすべての不安を追いやり、猛烈な睡魔に襲われた。あの濃厚なシチューが腹に重い。眠りに落ちる寸前、彼はなぜかやわらかい肉のことを考えていた。

…………

15

高尾香奈はホールに出ると、広田の姿を探した。作家の部屋に入ったのを見ているので、そのドアの前に立ち、耳をすました。何も聞こえない。おそるおそるノブをまわすが、鍵が掛かっていた。その左隣りの部屋もやはり施錠されている。

「広田君、いるの?」

そう声をかけるが、応答はない。仕方なく、彼女は画家の隣りの部屋に入り、ベッドに腰を下ろした。

まだ停電がつづいているようで、明かりはつかない。ランプの淡い炎だけが唯一の光源だ。シングルベッド一つだけの味気ない部屋。当然ながら、誰も隠れるスペースはなかった。

窓辺に行って、外をのぞいてみた。正面に広い庭があり、箱型のブランコが静かに揺れている。森の木々は揺れていないのに。

彼女は不安を感じ、もう一方の窓の外を見た。森が窓のそばまで迫り、密集した葉がガラスに触れている。風もないのに、小刻みに揺れているのが、生きものめいていて気味が悪い。彼女はカーテンを閉じた。

広田はどうしてしまったのだろう。彼だけが唯一の味方なのに。

だが、ベッドに腰を下ろした途端、疲労の大波が彼女に襲いかかってきた。やわらかい肉、濃厚なシチュー、ブランコの軋み、少女たちのくすくす笑い……。すべての不安な要素を覆い尽くすほどの猛烈な睡魔。たとえ殺人者が部屋に忍びこんでも首を切られる寸前まで気づかないほどの眠気。

ごろんと横になった瞬間、彼女は意識を失うように寝入っていた。

………

16

教授は森を彷徨っていた。

「畜生《ちくしょう》、あいつら。私を愚弄しやがって」

二人の学生はどこかへ行ってしまい、彼は一人森の中を移動していた。ひとところにじっとして、明るくなるのを待つのがいいと頭ではわかっているが、木の根方に一人でいると、周囲から得体の知れない恐怖が襲ってきて、気が狂いそうになるのだった。

動かないでいるより、歩いているほうが気がまぎれたし、恐怖感を薄めることもできた。彼は山荘を目指して歩いているが、右を見ても左を見ても闇の中だ。自分がどこにいるのかさえわからなかった。

彼を今、突き動かしているのは、山荘にいる作家の存在だった。鬼頭武彦がそこにいるのであれば、あいつを捕まえて……。

どうする？

彼はしばらく考え、怒りのトーンを下げた。

作家と会う時、立会人が必要だった。なぜ彼が鬼頭を殺したいのか、その説明を聞いてくれる人間が必要だった。それがあの学生二人だったのだ。ただ単に鬼頭を殺すのではつまらない。反省する時間をあいつに与える必要があったのだ。

ああ、とても疲れた。休もうとすると、また不安に襲われるので、足を止めることができなかった。このまま倒れて気を失ってしまえれば、どんなにいいだろう。起伏のある森は注意していないと木の根や溶岩の出っ張りに足を引っかけて転んでしまう。そうならないためにも、彼は両手を出して体のバランスをとりながら歩いていた。そうしたことを怠《おこた》っていると、木に衝突したりするからだ。

懐中電灯をつけると、足元は見えるが、森に明かりを向けると、光はたちまち貪欲《どんよく》に吸い取られ、底知れぬ暗さだけが強調され、かえって恐怖感が増す。明かりをつけないほうが、かえって歩きやすいことを彼は学んでいた。

それでも、何度か転倒して、手を擦りむいていた。痛みのせいで、疲れていても目は冴《さ》えわたっている。森の中で死ぬまで歩きつづけなくてはならないなんて、神には慈悲の心がないのかとぼやきたくなる。時刻はまだ九時をすぎたばかりで、夜明けまでに時間だけはたっぷりあった。気の遠くなるような長い時間が。

「ぶっ殺してやれ」

疲れがピークに達した時、どこからともなく彼の頭の中にそんな言葉が忍びこんできた。森が囁いたのだ。

「ああ、もちろん、ぶっ殺してやるよ」

教授はうなずきながら森の中を進んだ。俺は殺し屋なのだ。

「俺は殺し屋。目的は森の中に潜む鬼頭武彦を殺すことなのだ。天に代わって愛妻の仇《かたき》を討つ」

早く山荘を見つけだして、タイムリミットまでにあいつらの首を叩き切ってやる。

…………

17

広田が目を覚ましたのは、明け方だった。明け方というのは、ただ何となくそう思っただけだ。膀胱《ぼうこう》がぱんぱんに膨らんでいる感じがし、寝てから相当な時間が経過していると思った。早くしないと、漏らしてしまう。

ベッドから起きて、立ち上がった時、足の筋肉が張っていて、その場にへたりこみそうになった。だが、それ以上に激しい尿意が彼をせきたてた。早くしろと。

「僕はどこにいるんだろう」

その疑問は、空気の中に潜む悪意のようなものに触れると、すぐに氷解した。ここは民宿ではない。樹海の中、あの山荘の中なのだ。いつの間にかランプの灯は消えていた。一気に記憶が満ち潮のようにもどってくる。ドアを開けて、ホールの様子を窺《うかが》うが、そこもランプの灯は消えており、暗くてわからなかった。

手探りでホールへ出て、しばらく目をじっと凝《こ》らすうちに、おぼろげながらホールの様子がわかってきた。しんと静まっているということは、住人がまだ眠りについているからだろう。

だが、トイレの位置を知るより先に、香奈のことが気になった。彼女の無事を確認してからトイレを探そう。そう思って、彼女が入っていると思われる部屋の前に立ち、ドアを静かにノックした。

だが、応答はなかった。おかしいなと思いつつノブをまわすと、抵抗なく動いた。ずいぶん不用心だな。ドアを引いて部屋に入った時、窓から差しこむ星明かりで、ベッドの黒い影がうっすら見えた。香奈が寝ていると思って、ベッドに近づいた瞬間、毛布がずるっとずれて床に落ちた。

毛布の下から現れた人物には首から上がなかった。頭部がすっぱりと切断されていたのだ。広田は「うわっ」と叫んで、背後に退いた時、体のバランスを崩して仰向《あおむ》けに倒れた。下半身にじわっと生あたたかいものが流れた。生まれて初めて失禁したのだ。それから、胃の底から激しい突き上げがあって、胃の内容物が奔流のように口からあふれ出した。

香奈が殺された。

広田はこのきびしい現実をなかなか受け止められなかったが、ここから一刻も早く逃げださなくてはならないことだけはわかった。ぐずぐずしていると、今度はこの僕が殺される番だ。

慌てて部屋から飛び出し、玄関のドアを何とか探りあてたが、固くロックされている。何も見えない暗がりの中、しかも焦っていたので、開け方がわからなかった。彼は自分のいた部屋にもどり、そこの窓を破って逃げることにした。

窓は古いタイプの上下開閉式のもので、開いたところから何とか抜け出せそうだった。荷物を窓の外へ放り出してから、彼自身も窓から身を乗り出した。

濡れた股間が不快だったが、ズボンを替えるわけにはいかなかった。彼は窓を抜けると、外へ飛び下りた。思いのほか高くて、着地する時、左足を少しひねった。

逃げないでいれば、香奈のように殺される。この程度の痛みなんか気にしてはいられなかった。彼は庭から森へ向かって駆けだした。

東の空はまだ明るくなっていない。樹海の森は深く、どこまでも暗かった。

夜が明け、森の中が次第に明るさを増しても、曇り空なので、それほど明るくならなかった。肌寒い。長袖のシャツでも、森の冷たさが肌に浸透してきた。腕時計の日付表示は「1」になっている。九月一日。もう秋なのだ。彼の心の中にも冷涼とした秋風が吹き荒れていた。

川の流れる音はまったく聞こえない。歩いても歩いても、同じような単調な景色がつづくばかりだ。黒褐色の木がほぼ等間隔に生え、足元は溶岩台地のため、起伏が多く、上下しているうちに方向感覚がなくなってしまう。

日が出ていれば、太陽の位置で東西南北は何となくわかるが、曇天では明け方と日没にかろうじて東西方向がわかるくらいだ。少しでも明るいうちに森を抜け出したいが、まっすぐ歩いているつもりでも、足元の起伏で狂っていく。民宿の主人の話では、樹海はほぼ円形で直径が十キロほどということだ。まっすぐ歩いていれば、計算上、三時間で「円周」のどこかに到達する計算になるが、木に邪魔をされ、足元の起伏に方向感覚を狂わされてしまうので、何時間歩いても森を突き抜けることはできなかったのだ。

香奈と二人でいれば、お互いに励《はげ》まし合ったり、話すことで時間を忘れたりすることはできるが、一人になってみると、誰にも頼ることはできず、孤独感に苛《さいな》まれた。

広田自身のリュックサックの中には、作家から託された原稿入りの茶封筒があった。『赤い森——赤羽一家殺人事件』。かさばるので、森に捨てていこうと思ったが、すぐに思いなおした。

これは証拠として一緒に持っていくのだ。原稿には鬼頭の指紋が残されているはずで、大切な証拠品になる。

歩いているうちに、広田の股間の失禁による濡れが乾いていた。それだけ森を歩き、体温が上がっているのだ。まもなく日が落ちるのがわかった。腕にしている時計は、午後五時四十五分を示している。

もうすぐ日没だ。今のうちに、夜をすごす場所を見つけるのが先決だった。

疲労が極限に達していた。それでも、食欲はなかった。

ようやく大きな木の根方に空虚を見つけた時は、ほとんど暗くなりかけていた。寝場所を確保できたことを今は幸運と思うべきだろう。

穴の中は湿っておらず、枯れ草のようなものが敷いてあった。そんなに広い空間ではないので、上半身を起こし、背中を空洞の奥に預けた。

その時、聞き覚えのある軋み音が聞こえた。

背後から身を切るような冷たい風が吹きつけてくる。広田の背筋を戦慄《せんりつ》が駆け抜けた。

後ろをふり返ると、木の幹に裂け目があり、そこから建物の黒い影が見えたのだ。あの山荘が月光の下、禍々しい姿を見せていた。ブランコが軋み音をたてて動いている。どこからともなく、少女たちの楽しそうなくすくす笑いが聞こえる。

彼は木の空虚から出て、山荘のほうへ向かった。山荘の発する魔力が磁石のように彼を呼んでいたのだ。

18

首筋がひんやりとしていた。まるで首を切られた直後のような。

それまで、とんでもなくひどい夢を見ていた。樹海の中を歩きまわり、ようやく到達した山荘の中で首を切断される夢だ。

高尾香奈は夢の中で首を切られる寸前、目を覚ました。それと同時に、部屋の中の人の気配に気づき、咄嗟《とっさ》に体を反転させた。ベッドと壁の隙間に体がすっぽりはまり、腰から落ちた。その直後、「畜生。出ていったか」と罵《ののし》る声がした。男か女かわからない。低く、怒りのこもった声だ。

ベッドの下の彼女は、恐怖で震えていた。暗いことが幸いしたのだ。また落ちたところがベッドと壁の隙間で、幸いにも腰からゆっくり落ちたので、落下音がほとんどしなかったのもラッキーだった。開いた窓から星明かりが入ってきて、薄ぼんやりと明るかった。夜明けはまだ遠いはずだ。

部屋に忍びこんだ者はすぐに出ていったが、彼女はベッドの下でそのまま身じろぎもせず様子を窺っていた。起き上がってうろうろするより、おとなしくしているほうが見つかりにくいと判断したのだ。案の定《じょう》、すぐに誰かがもどってきて、ベッドの上に何か重いものを置いた。ベッドの下から人の足が見えた。

それから人が出ていく気配がして、さらにまた誰かが入ってきた。

その人物はベッドに近づいてくると、「うわっ」と叫んだ。男の声だ。転倒する音の後、不快なにおいがした。

その男はもしかして広田かと思ったが、彼女は金縛りにあったように動けず、声も出せなかった。それから、吐《は》く音がして、すえたにおいが漂《ただよ》ってきた。

十五分ほど待って、部屋の中に人の気配がないのを確認してから、彼女はベッドの隙間から起き上がった。だが、起き上がったことをすぐに後悔した。なぜなら、ベッドの上には首のない女の死体があったからだ。

これは鬼頭眉子だろうと思った。おそらく作家である夫に殺されたのだろう。惨劇の幕が今、切って落とされたのだ。その場に立ち会った己の不運。

「こんなの、最悪」

悲鳴が出そうになって、思わず口を両手で押さえたが、そんなことをする必要もなかった。喉《のど》が引きつって断末魔《だんまつま》の呻《うめ》きに似た音が漏れただけだった。

早く逃げよう。彼女自身が持ってきたリュックサックを背負い、それから窓から出ようと思ったが、広田のことが気にかかり、彼がいると思われる部屋へ行ってみることにした。

何か武器になるものはないかと部屋を探すと、鬼頭眉子から託された画布の入った筒が見えた。これを振りまわせば、少しは抵抗できるかもしれない。彼女はそれをリュックサックに突っこんだ。重量は負担になるほどでもなかった。

真っ暗なホールには、人けは感じられない。広田とは食事の後、別れ別れになったので、彼がどこにいるのかわからなかった。しかし、黒い染みが点々とホール左手、玄関に近いほうの部屋に向かっており、さっきの叫び声を上げた人物がそこにいるのは間違いないと彼女は判断した。ドアは施錠されていなかったので、彼女は部屋の中に入った。

ベッドの上に、首のない死体が横たわっていた。

ズボンをはき、半袖のシャツを着ている。体型的に男であるのがわかった。広田は似たような服を着ていた。

彼女は口の中に拳《こぶし》を入れて、悲鳴を抑えた。無意識のうちに噛んだ拳から血の味がした。それでも嗚咽《おえつ》が漏れる。

むかつくような吐瀉物《としゃぶつ》のにおいと小便臭とがたちこめる部屋。次はわたしが殺される番だ。ここから一刻も早く逃げなくてはならなかった。

なぜか窓が開いていた。彼女は荷物を持って、窓の外へ身を躍らせた。

殺されるより、森に迷いこんだほうがましだ。森の中で力尽きて死ぬほうがはるかにい い。出口を求めて森の中を彷徨い、それで力尽きて死ぬのであれば、まだあきらめがつく。首を切られて死ぬなんて最悪。

泣いている暇《ひま》はなかった。泣いている時間があったら、この狂った山荘からできるだけ遠ざかるのだ。追手が来る前に、距離を稼いでおかなくてはならなかった。

そうは言っても、喉から漏れるのは嗚咽ばかりだった。

逃げきれるのなら、悪魔に魂を売ってもいい。

そう思っていても、夜の森は漆黒の絵の具を溶かしたかのように暗く、ひんやりとして薄気味悪かった。森に入った時は、教授と広田と三人だったので、それほど心細さは感じなかったが、今は頼れるのは自分しかいなかった。

川に出ることができれば、その流れにしたがって歩いていけばいい。それはわかっていても、肝心の川がなかなか見つからない。時々立ち止まって耳をすますけれど、水の流れどころか物音一つ聞こえない。物音がしないのは、追手が迫っていないことに他ならないのだが、それは逆に森の中に彼女一人しか存在しないという意味でもあった。

森の深い沈黙は、彼女の精神の中に深く分け入ってきて、心の中に悪いものを吹きこむ。そして、精神をかき乱し、錯乱させる。海上で遭難し、何日も漂流しているのと似ているところがあった。

蓄積された疲労は、少しだけの睡眠で回復できるわけもなく、昨日の激しい「行軍」で体の節々《ふしぶし》が悲鳴をあげていた。

すでに一時間以上歩いていた。懐中電灯がないので、自分の勘に頼るしかなかった。木の位置は気配で何となくわかるようになったが、それでも足元に起伏があるので、目測を誤ってぶつかってしまうことがある。両手を広げて障害物がないのを確認しながらの移動なので、速くは進めなかった。

空の片隅がうっすらと明るくなっている。向こうが東だ。

そろそろどこかで休憩をとらないといけないなと思った時、すぐそばに大きな木があった。長い年月の間、樹海の中で育ち、心がひねくれてしまったかのように、ねじれた根が周囲に伸びている。その根方に休息できそうな空間を見つけた。

誰かがいないかのぞきこんだが、人の気配はない。ここに隠れて、しばらく休もう。追手が来るまでに体力を温存させておく必要があった。

祠のように広い空間。下には枯れ草のようなものがあって、冷たくなかった。この前の時のように自殺体がないのを確認する。かろうじて横になれるスペースがあったので、彼女は一時間程度眠ることにした。時計を確認しようとしたが、よく見えない。おそらく明け方の五時少し前なのだろう。

香奈が目覚めた時、あたりは眠った時より明るくなっていた。腕時計に目を落とすと、午前六時を少しまわったところだ。眠ったのは一時間ほどだが、体の疲れがかなりとれていた。ただ、下半身を突き上げるほどの尿意があり、すぐに近くで用を足さなくてはならない状況だった。危険がないのを確認してから、彼女は放尿した。

それから、木の穴の中に入った。リュックサックの中に水の入ったペットボトルがあり、わずかだけ残っていた。彼女はそれを飲みほし、渇《かわ》きを癒《いや》した。さあ、出発だ。

森の中は、地球上のすべての生物が息絶えたかと思われるほど静かだった。

だが、不思議なことに、もっと明るくなっていいはずなのに、葉の間からのぞく上空は時間とともに暗さを増し、それにつれて森の中も暗くなっていった。これから天気が荒れる前兆なのかもしれなかった。いやな予感を覚えつつ、彼女はもう少し様子を見ることにした。追手がどこかで見守っている可能性もあると思うからだ。

じっとしているうちに、夜の帳《とばり》が下りたようにあたりは暗闇の世界になった。

おかしい。大型の嵐でも迫っているというのか。いや、木が揺れているとか、風が吹いているとか、そうした兆候はまったく見られなかった。

そして、彼女は悟ったのだ。時計を見ることができないので、正確な時間ではないが、今は八時くらいだと思われる。だが、その八時は午前八時ではなく、夜の八時なのだ。彼女は一時間眠ったのではなく、実際は十二時間以上もここで眠りこけていたのだ。排尿した後の爽快感《そうかい》がじわりと恐怖感に変わっていく。彼女はこれから長い夜を迎えなくてはならないのだ。たった一人。この邪悪な森の中で。

その時、一陣のひんやりした風が木の根方の中に吹きこんできて、彼女の首筋を撫でた。ぶるっと身震いした彼女は、耳障りな音を聞いて、全身が総毛立ち、毛穴が収縮した。

ブランコが揺れて軋む音。そして、くすくすと笑う少女たちの声。

彼女は山荘から遠ざかろうと逃げたが、実際は山荘の周辺をまわり、また舞いもどってきていたのだ。木の穴から這《は》い出て、樹間に目を凝らすと、かすかに人工的な明かりが見えてきた。白いものが蝶のように舞っている。白い服を着た少女たちだ。

またくすくす笑い。そして、歓声につづいて玄関とおぼしきドアの閉まる音が聞こえてきた。ドーンという音が夜の始まりを告げる合図のように森に響いた。

「ふりだしにもどっちゃったんだわ」

香奈は暗澹《あんたん》たる思いで立ち尽くしていた。

19

男と女は、互いの心のうちを探り合っていた。いったんバランスが崩れれば、とんでもない事態が起こることが予想された。危《あや》うい精神のバランスの上に立った真剣勝負。お互いの首筋に抜き身の剣があてられていて、引けば、たちまち鮮血が噴き出る。

「もうそろそろね。ずいぶん長かった」

「ああ、そうだね」

「小説は進んでるの？」

妻がそう言って、切り出した。

「ああ、いや、かなり難儀してるね」

男はテーブルに肘《ひじ》を突き、相手の視線を受け止めた。これはゲーム、心理戦なのだ。額に汗が出てくる。

「そう。それは残念ね。自分の経験をまとめるだけで、大反響を呼ぶと思うのに」

妻はふっと笑う。

「言うのは簡単だが……。それより、俺には才能がないのを痛感した」

作家は苦笑する。「そういうおまえは？　個展の準備は着々と進んでるんだろうね」

「それが、あまりうまくないの」

画家は頬杖《ほおづえ》を突いて、大きな溜息をついた。

「そうか。おまえのほうが楽そうに思えるけど。キャンバスにただ絵の具を塗りたくるだけでいいんだからね」

「ここにいると、いい発想が浮かぶかというと、その逆みたいね」

「ああ、確かに。精神が森の邪悪な空気に毒されるというか、かえって発想は貧弱になっていくというか、枯渇《こかつ》して萎《しぼ》んでいくね」

「何かきっかけが必要だと思うの」

「それさえつかめれば、先に進める。小説でも絵でもそれは同じだと思う」

作家は言った。

「それは何だと思う、あなた?」

「刺激だ。体の血を湧きたたせるような刺激だ」

「血?」

「そう、血だ。熱くたぎる血潮というか」

ここまではいつもの会話だった。まるでマニュアルに記《しる》してあるのをそのまま棒読みしているような、何年もの間、毎日繰《く》り返してきた問答だ。

だが、今日は妻のほうが新たな話題を持ち出してきた。

「あなた、ちょっと質問したいんだけど、ゲストルームの首なし死体。あれはあなたがやったいたずら？」

「そうだ」

「いけない人ね」

眉子はふふっと笑った。

「俺は基本的にジョークが好きだからね」

「『樹海伝説』では、あなたが妻と子供たちを殺して森へ逃げたってことにされてるわ」

「それは、彼が流した噂さ。この山荘を恐怖の舞台に仕立て上げて誰も近づかせないようにする。邪魔する者がいなければ、創作の筆が捗《はかど》るという計らいというが……。俺には苦痛だった」

「作家には最適の環境なのにね」

「でもさ。実をいうと、俺はそろそろここから出たいんだ。樹海の外へ出て、自由を満喫したい。死ぬ気でここへ来たけど、やはり生きてるほうがどれだけいいか」

「あら、わたしもそう思ってる」

「刺激のない生活って最悪だよ。死後の世界って、すっごく退屈だと思う」

「あなた、何かいいことあったでしょ？」

妻は探るように夫を見た。

「どうしてそう思う?」

夫は顔に警戒の色を滲《にじ》ませる。

「ほっとしたような顔をしてるから」

「君もそうだ」

「今日は何日だっけ?」

「九月一日だよ」

夫はダイニングルームの壁に掛かったカレンダーの八月分を破り、九月一日に×印をつけた。

「じゃあ、赤羽一家殺人事件が起こったのは?」

「九月二日。犯人はわかってるけど、いまだに捕まっていない。警察も無能だね」

「じゃあ、『赤羽一家殺人事件』は完成したも同然じゃない?」

「実をいうと、犯人の名前を書いた原稿を昨日の夜、編集者にわたした」

「最初に答えがわかっちゃっていいの?」

「暗号だからいいのさ。作品の前宣伝を兼《か》ねてね」

「実は、わたしも絵を持っていってもらったわ。大事な証拠品だから、ずっと捨てずにいたけど、もういいかなと思って。たぶんあの女の子、森の中で遭難して絵も一緒になくしてしまうでしょうけど……」

「よくわからないけど、輝かしい前途を祝して乾杯しようぜ」

二人のグラスが触れ合って、チリンと涼しげな音を立てた。

「結果がわかってるんだから、ある意味、ストーリーを組み立てるのは楽さ。話題性で売れると思うんだ」

女はワインを口に含みながら笑った。「でも、大丈夫かしら。樹海を出ちゃって」

「もちろん、大丈夫さ。とりあえず湖畔の部屋にこもって執筆してもいいかなと思ってる」

「長かったわね」

「ああ、死ぬほど長かった。でも、死ななかった」

「死ぬほどね。笑えない冗談」

妻はばかにしたように笑う。「でも、わたしたち、外では忘れられた存在になってしまったかもね」

「かえって、そのほうがいい」

その時、どこかで物音がした。

「しっ、静かに」

男は人差し指を唇にあてた。今、邪魔が入っては困る。「どんでん返し」にはまだ早すぎるのだ。

20

広田雄太郎は、山荘にもどってきた。この家の中に殺人者がいることは承知しているが、樹海で不安な一夜をすごすより家の近くにいたほうがまだましなような気がしていた。

夕刻になって雨が降りだし、本降りになってきている。木の下で雨宿りをしても、服が濡れれば体温を奪われる。樹海の闇の中、恐怖に震えながら寒さに耐《た》えるか、殺人者が住む少しは温かい山荘で一夜をすごすか。どちらを選んでも地獄が待っているが、「選択」という秤《はかり》の目盛りがわずかに山荘のほうに傾いた。

だが、彼は愚《おろ》かではなかった。殺人者に対抗するために、武器を調達しておく必要性を感じていた。おそらく建物の裏側に物置か倉庫のようなものがあるはずで、そこに斧か鉈《なた》でもあればしめたものだ。それから家の中に入り、どこかの部屋に立てこもる。それが彼の考えた「戦略」だった。殺人者が襲いかかってくれば、自衛のために武器で抵抗する。場合によっては相手と刺し違える。いや、相手を殺したっていい。

開き直りが彼に勇気を与え、気持ちを落ち着かせた。高尾香奈を殺した奴に復讐《ふくしゅう》の鉄槌《てっつい》を下すためにも彼自身がしっかりしなくてはならなかった。

山荘の裏手にまわると、小さな物置のようなものが目に入った。扉は閉まっていたが、中に何かがありそうだった。

21

森の中で迷うという恐怖の体験をした教授は、己の役割を再認識した。

そう、俺は殺し屋。何年か前、山荘に鬼頭夫妻がいるという噂を聞きつけて、森の中に入ったのだ。スランプに陥《おちい》った作家が、自分の妻と二人の子供を惨殺して森の中に逃げたという〝伝説〟は、いかにも嘘くさかったが、少し引っかかるものを感じた。

湖畔で聞きこみをすると、ある民宿の主人がでっちあげたフィクションではないかという話だった。観光客が危険な樹海に入らないように、そんな伝説を広めたというのが、湖畔の住人たちの一致した見解だった。

あるみやげもの屋の主人に、森には入るなと止められたにもかかわらず、彼は樹海に入った。もしかして山荘はあるのではないかと思ったのだ。そして、案の定、すぐに道に迷ってしまった。こんなはずではない。すぐに外へ出られると思ったが、樹海はそんなに生やさしいところではなかった。

焦りはやがて死の恐怖へと変わった。何日か森を彷徨ううちに、彼は力尽きて倒れてしまった。助けられた時、彼は記憶を失っていた。なぜ、ここに来たのかということさえも忘れていたのだ。

湖畔で倒れているところを民宿の主人に助けられ、一命をとりとめた。記憶はずっと回復しなかったが、皮肉にも主人の演出した『鬼頭家の惨劇』が終わった後、ひょんなことから記憶をとりもどしたのだ。

その後、大学に復帰し、また犯罪研究会の顧問となり、学生たちを引き連れて森に入った。彼を見捨てた二人の学生のことは今やどうでもよくなっていた。鬼頭武彦と遭遇した時、第三者が立会人としてついていたほうがいいと思ったが、今やかえって足手まといになるかもしれないという考えに変わっていた。

俺は鬼頭武彦を殺す。あいつは社会から抹殺されなくてはならないのだ。それは一人でこっそりやったほうがいい。

22

広田雄太郎は物置の扉を開けると、懐中電灯をつけた。

薪《まき》や道具類があたり一面に散らばっている。誰かが怒りに任せてぶちまけたような感じだった。彼はそこに古びた斧を見つけた。刃に血糊《ちのり》のようなものがついているが、錆《さび》なのかもしれない。

広田は斧を取り上げ、物置を出ようとした。その時、背後に人の気配を感じ、思わず斧を振り上げた。

「待って、広田君」

広田が振りまわした刃が女の顔をかすめた。

「わたしよ。わたしを殺す気？」

高尾香奈が積み上げられた薪の上に仰向けに倒れ、バランスを崩した薪ががらがらと崩れ落ちてきた。

「君、生きていたのか」

大切な人を失った悲しみが一転して喜びに変わった。広田は薪の山の中から香奈を引っ張り出した。

「わたしも広田君が死んだと思ってた」

香奈はそう言って、広田に抱きついた。二人はしばらくそうやって、それまでのお互いの「冒険」を手早く話した。

「そうか、そんなことがあったのか。あの二人を何とかしなくちゃ」

「鬼頭夫妻？」

「そうだ。あいつら、とんでもない殺人鬼なんだ。こっちが殺される前にあいつらを何とか……」

広田が途中で口を閉ざした。

「殺す？」

「正当防衛だよ。こっちがやらなければ、僕たちが殺されるんだ。君はベッドの上の死体を見たか？」

「首のない死体？」

「そうさ。あいつらがやったのさ」

「マジで山荘に入る気？」

「もちろん。大丈夫。僕に任せてくれ」

広田は斧を少し持ち上げた。「これがあれば負けないよ。君はここにいてくれ」

「わたしも一緒に行く」

「だめだ。危ないから」

「広田君が殺されたら、ここにいても殺されるわ。どうせなら、一緒に」

香奈の決然とした様子を見て、広田はそれ以上は止めなかった。彼女は物置の中の武器として手頃な棒を見つけて、拾い上げた。

「わかった」

こうして、二人は山荘に向かった。裏の勝手口の鍵が開いていれば気づかれずに入れそうだったが、施錠されていた。仕方なく表にまわり、玄関のポーチに上がった。鍵が掛かっていたら、斧で打ち破らなくてはならないが、その必要はなかった。玄関のドアはすでに開いていたのだ。

「気をつけて。待ち伏せしてるかもしれないから」

広田はドアを開けて、ホールの中をのぞいた。人の気配は感じられない。吹き抜けの天井に照明がついていて、淡い光を放っていた。

「おい、出てこい。隠れてるのはわかってるんだぞ」

広田の声は心の不安を反映して震えを帯びている。結果的に、こっちの存在を相手に知らせてしまうことになるが、その時点ではそれ以外の方法を思いつかなかったのだ。

樹海の闇より深い沈黙がもどってきて、二人を包みこんだ。

「くそっ」

広田は意を決して、作家のいた左手奥の部屋のドアを開ける。中には誰もいなかった。

つづいて画家の妻の部屋に入る。ここもがらんとしていた。

そして、残るは首なし死体のある部屋だ。画家の隣りの部屋、ベッドの上には確かに死体があった。香奈は広田の背後からおそるおそる部屋をのぞいたが、何かに気づいた。

「あれ、死体じゃないわ。人形よ」

「まさか」

広田はベッドに駆け寄り、横たわっているものに触れた。「畜生、ほんとだ」首がもげた人形だった。暗いところで見たので、すっかりだまされていたのだ。広田が寝ていたもう一方の部屋も同じだった。ベッドの上にやはり首のない人形が横たわっていた。

「もぬけの殻《から》か。二人は何らかの理由でここを出ていったんだ」

「理由って何?」と香奈。

「よくわからないけど、彼らには出ていかなくてはならない理由ができたのさ」

「あの女の人はなぜ、わたしに絵を託したりしたのかしら」

その時になって、広田は作家に託された原稿が気になってきた。

「僕は作家から原稿を預かったんだ。この際だから、袋を開けてみよう」

「大丈夫?」

「袋を破ったら、毒ガスが出てきたりしてさ」

少しも笑えない冗談だった。広田はリュックサックを開けて、作家から託された大きな茶封筒を取り出した。しっかり糊付けされていた。たとえ毒ガスが封入されていたとしても、封筒の中にはそれほどの空気はない。

広田は意を決して、封を手で破った。

びりびりに裂けた封筒の中から原稿用紙が現れた。パソコンで書くのがあたりまえの今、最初の一枚目に勢いのある字で、『赤い森——赤羽一家殺人事件』と書いてあった。

『赤い森――赤羽一家殺人事件』

鬼頭武彦

赤羽の閑静な住宅街で、陰惨な殺人事件が起きた。老富豪夫妻が殺され、屋敷に火がつけられた。

その殺人の謎を解明し、私は真犯人を大胆に指摘するつもりである。その真相に誰もが驚愕するにちがいない。

彫心鏤骨《ちょうしんるこつ》、畢生《ひっせい》のミステリー大作！

書けない書けな

い書けないのあと。俺は畜生書けない俺は畜生書けない

俺が書けないは畜生畜生畜生畜生畜生畜生畜生畜生畜生畜生畜生書けないん畜生書けないに畜生書けないん畜生書けないは畜生書けないわ畜生書けないた畜生書けないし畜生書けないよ畜生俺は書けない書けない畜生

どうだ、わかったか。犯人は畜生だ。（終）

23

「まいったな。こりゃ」

広田は原稿を香奈に手わたした。「こいつ、頭がいかれてるんだ」

「だから、広田君に託したのね。これだったら、森の中でなくされたって痛くもない」

「そういうことだ。鬼頭武彦はただの作家の脱け殻だったのさ。もう何も書けない。作家としてすでに終わっていることを証明しただけだ」

「じゃあ、なぜ彼はここにこもってたの」

「小説を書くためだったのだろうけど、樹海は結局執筆できる環境ではなかったってことさ。彼は妻と一緒にこの山荘を出た」

「子供たちは？」

「伝説が本当なら、子供たちはいるはずだ」

「彼女たちはどこにいるの？」

「さあね」

「最初ここに来た時、ブランコで遊んでいたのは誰なの？『鬼頭家の惨劇』によれば、民宿の主人の娘たちということになっているけど」

「あれはフィクションだよ。真実じゃない」

「でも、わたしたちはあの子たちを見たのよ」

「遠くからだったから、見誤ったのかもしれない」

「何が本当で何が嘘なのか、その境目がわからないわ」

「それが、この森の放つ魔力なのさ。僕たち、森の中を彷徨って、この森の怖さは身にしみてわかったよね。幻影を見るかもしれないし、幻聴だってあるかもしれない」

「うん、確かに」

香奈はそう言ってから、「あ、忘れてた」と思い出したように手を叩いた。

「わたしがもらった画家の絵。あれって、何だったんだろう?」

彼女は画家から託された筒の蓋を開けてみた。くるくると巻かれたキャンバスの布地が現れたので、それを引っ張りだして広げた。

それは、キャンバスの全面を真っ赤に塗りたくったものだった。赤い炎がちろちろと燃えているようにも見える。

「これは抽象画だな。絵の具の凹凸で炎か溶岩台地か何かを暗示している感じがする」

広田はそう言ってキャンバスをじっと見た。「あれ、何か書いてあるぞ。絵のタイトルかな」

薄明かりの中、はっきりしないが、中央あたりに目を近づけてみると、かすかに赤褐色の文字が読みとれた。「たけひこがやった」と書きなぐっているように見える。その上に絵の具が塗ってあるのだが、なぜか文字の部分が見る角度と光の加減で浮き上がって見えるのだ。

「武彦がやった？」

広田はつぶやいた。「鬼頭武彦がやったって意味かな」

それとは別に、「M.Kitoh」というアルファベットのサインが右下にあった。キャンバスの裏側には「団欒」というタイトル、漢字で「鬼頭眉子」のサイン。これは赤黒いペンではっきり書いてあった。「たけひこがやった」という字は別人が書いたものと思われる。

「鬼頭眉子は具象画を描いていたはずじゃないか。『団欒』は文字通り家族団欒の絵だったような気がするけど」

広田は首をひねる。

「それも『鬼頭家の惨劇』の中の話でしょ？　実際は抽象画を描く人だったんじゃないかしら」

「鬼頭眉子が別人の可能性はあるな」

「どういうこと？」

「本物の眉子はすでにこの世にいなくて、君が会った眉子はニセモノかもしれない」

「つまり、彼女は本物の眉子の作品の上に赤い絵の具を塗りたくったと？」

『たけひこがやった』はダイイング・メッセージじゃないだろうか。本当の眉子が殺される前、犯人を示すために書いたんだ。筆跡が違うのがその証拠だよ。ニセの眉子は赤い絵の具を上から塗ったけど、完全には消えなかった」

「そんな貴重なものをわたしに託すのは奇妙ね。途中で道に迷って、絵をなくしてしまう可能性もあるじゃない」

「ニセの眉子にとって貴重なものではなかった。途中でなくなっても、証拠がなくなるくらいの感じで、どうでもよかったのさ。彼らは何らかの理由で僕たちを追い払いたかっただけなんだ」

「どんな理由？」

「それはわからないよ」

その時、玄関の外のほうでがたんと物音がした。

「ここは危険だ。どこかへ移動したほうがいい」

広田は階段を見て、香奈に二階に上がるよう目で合図した。

24

教授はついに山荘に到達した。

ここに鬼頭武彦と眉子の夫妻がいる。奴らを捕まえて、ぶっ殺してやる。

一階にぼんやりと明かりが見えた。いるぞ、いるぞ。犯人は樹海の中にずっと潜伏していたのだ。

湖畔の民宿の主人が流した『樹海伝説』なるものは、いかにもインチキくさい。樹海の中に逼塞《ひっそく》して暮らす作家が自分の妻と幼い子供を殺して森の中に逃げるなんて話、作り話としても最低のレベルだ。

それを信じた愚かな者たちが樹海の中に入り、森の中で迷って命を落とす。そういった諸々《もろもろ》のことが伝説を彩り、事実を歪めることになったのだ。

「真相は嘘の中に隠せ」なのだ。事実を嘘と混ぜ合わせることで真相は歪み、いかにも嘘らしく見える。樹海はまさにそれにぴったりの舞台だった。森の中には、迷いこんで命を落とす者、自ら命を絶つ者、そうした死体や骨片があちこちに散らばっている。浮かばれない者の怨念が渦巻く森。犯罪者が身を隠すには、まさに恰好《かっこう》の場所だったのだ。

山荘は現に存在している。そして、そこに鬼頭武彦は身を潜めて執筆しているのだ。書けもしない小説を。

教授が初めて森の中に入り、山荘に向かった時、途中で樹海の罠《わな》に迷いこみ、行き倒れになってしまった。記憶を失って助けられた時、民宿の主人が壮大な「記憶回復プロジェクト」をやってくれた。

湖畔の近くにちゃちな「山荘のセット」を造り、そこに素人《しろうと》の地元俳優陣を配して、『鬼頭家の惨劇』という創作劇をやった。教授がそれを見ながら何か思い出せないかという「配慮」だったのだ。

実際は、民宿の主人の創作であって、やはり彼の金もうけプロジェクトの一環だった。話題を作って客を呼びこもうという算段なのだ。それに踊らされた木偶《でく》の一人が教授なのだ。演劇にはハプニングがつきもので、命を落とす素人俳優もいたが、それもまた『樹海伝説』を禍々しく彩る結果になった。商才に長《た》けた民宿の主人の思うつぼだった。

記憶をとりもどした教授は大学に復職し、何年かして犯罪研究会の学生たちを率いて民宿に合宿に来る。復讐の現場に立ち会ってもらえる学生と森に入り、山荘まで行くという計画だったが、軟弱な若者が多く、彼についてきてくれたのは二人の学生だけだった。

樹海に入って最初に見つけたのは、山荘ではなく、『鬼頭家の惨劇』に使ったセットの跡地だった。ここで教授は学生たちと感情的なもつれから別れ、一人きりになってしまったが、それも仕方がない。学生たちは勝手に森の中で死んでいるだろう。

さてと――。彼は深く深呼吸をする。

山荘のドアノブをまわしてみると、鍵は掛かっていなかった。ずいぶん手まわしのいいことだ。彼はドアを開けて、ホールの中に入った。

25

広田と香奈の二人は、二階に上がった。

『樹海伝説』の話が正しければ、二階には夫婦と子供の部屋、そして書斎があるはずだ。彼らは階段のそばの部屋に入ってみた。確かにそこは書斎のようだが、室内には空っぽの書棚の他にライティング・デスクがあるだけで、がらんとしていた。

そこに誰もいないのを確認してから、左手奥、廊下の突き当たりの部屋の中に入った。開かれたカーテン、窓の外から月の光が差しこんでいるので、部屋の中の様子はわかった。

ダブルベッドが一つ。あとは鏡台やらクローゼットなどがある。いかにも夫婦の寝室だが、ベッドの上は雑然としていた。ドアにロックがあったので、広田は鍵を掛けた。

「とりあえず、ここに緊急避難しよう」

「怖いわ」

「僕がついてるから大丈夫」

広田はベッドの上に香奈を掛けさせた。「君は少し休んだほうがいい」

「広田君は？」

「僕はあいつが来たら、斧で応戦する」

だが、広田は物置でせっかく見つけた斧を一階に忘れてきたことに気づいた。しまったと思ったが、香奈にそれを告げていたずらに不安がらせることはしなかった。

彼女はベッドに横になり、しばらく目を閉じていたが、そのまま眠ってしまった。よほど疲れていたのだろう。広田はドアのそばの床に腰を下ろし、壁に身を預け、室外の物音に耳をすました。だが、音がしない安心感もあって、彼自身も極度の疲労から、いつしか寝入っていた。

26

山荘の中はもぬけの殻だった。

人が住んでいた形跡はあった。最近まで、それもほんの何時間か前まで。獣のにおいが家の中にたちこめていた。

その時、教授はホールの床に何かが落ちていることに気づいた。茶封筒だ。中には分厚い書類のようなものが入っていた。彼は中身を抜き出してみて驚いた。

『赤い森——赤羽一家殺人事件』

ぱらぱらとめくると、最初の何枚かに「書けない」とか「畜生」といった言葉が羅列してあったのだ。その後、数百枚は白紙。

「おっと、これは……」

まさにこれが鬼頭武彦の正体なのだ。何も書けない小説家のくずの証明。

無数の「書けない」と「畜生」を見ていると、作家の狂気、病的な几帳面《きちょうめん》さが直《じか》に伝わってきて、読んでいるほうが眩暈《めまい》を覚えるほどだ。そういう意味では、この小説は成功していた。

そして、違った意味でも興味深かった。なんと、あの事件の犯人の名前が指摘してあったのだ。

「畜生、ふざけたことをしやがって」

彼は原稿を破ろうとしたが、すぐにその手を止めた。これは大切な一級資料なのだ。彼は鬼頭武彦の筆跡を知っている。これは間違いなく鬼頭の文字だ。

彼は自分の腕時計に目を落とし、日付表示を見た。

「まずい」

奴はまだそんなに遠くへ逃げていないはずだ。今から追えば、樹海を出る前に絶対に追いつけるだろう。そう思って荷物をまとめて山荘を出ようとした時、頭上でごとんと物音がした。

二階に誰かがいる。そうか、鬼頭たちはここを出ていったと見せかけて、実は二階に隠れていたのか。この原稿は餌《えさ》だったわけか。危うくだまされるところだった。

教授が立ち上がった時、階段のそばに斧が置いてあるのが目に入った。なんて都合がいいのだろう。誰かが俺の行動を見越して用意してくれているみたいではないか。

斧はずっしりと重かった。教授は両手で斧の柄をつかみ、足音を立てずに階段を上がっていった。

頭上でまたごとりと小さな音がする。階段をのぼりきり、薄暗がりの中、左右を見ながら、しばらく音の出所を探った。左のほうだ。

足音を忍ばせ、静かにその部屋のほうへ近づいていく。部屋の前に達すると、ドアに耳をあてて、中の様子を窺った。丸いノブを握り、静かにまわしてみようとしたが、鍵が掛かっていた。ここに人がいなければ、鍵を掛ける必要はない。間違いなく、ここに誰かがいる証拠だ。

この斧でドアを叩き破り、中に潜む鬼頭武彦を殺すのだ。

気持ちが固まると同時に、怒りが全身の隅々に行きわたっていった。彼は斧を頭上高く振り上げ、鍵に向かって打ち下ろした。

27

突然、すぐそばで爆発かと思えるほどの大音響がした。

床に横になって眠りこんでいた広田は、驚いて起き上がった。ドアの鍵の上の部分に裂け目ができ、そこに斧の刃先が見えた。記憶が一瞬にしてもどる。

僕は樹海の中の山荘にいるのだ。はっとして、ベッドを見ると、高尾香奈が寝ているのが目に入った。

鬼頭だ。鬼頭武彦がこの部屋に入ろうとしている。ぐずぐずしていたら殺されるだろう。彼はベッドに近寄って、香奈を揺り起こした。

「早く起きろ。逃げるんだ」

香奈はうーんと呻きながら目を開いたが、何が起こっているのか把握《はあく》していないようだった。その時、ドアに斧が打ち下ろされた。

「鬼頭が僕たちを殺しに来た。早くここから脱出するんだ」

香奈は完全に目が覚めて、ベッドから起き上がる。

「でも、逃げるって、どこから？」

彼女の目は窓に向かった。「まさか？」

「その、まさかだよ。ここから逃げるしかない」

「飛び下りるのは怖い」

「斧で叩き殺されるか、飛び下りて骨折するか。君はどっちがいい?」

広田は上下開閉式の窓を上に引き上げる。窓の近くまで森が迫っていて、大きな枝が窓の近くまで伸びていた。

「枝に飛びついて降りるんだ」

広田はそう言って、香奈の背中を押した。「さあ、早く。君が先に逃げるんだ」

「わたし、いやだ。広田君から行って」

香奈が首を左右に振って後ずさりした。

「じゃあ、僕が先に降りて下で君を受け止める。いいかい、ぐずぐずしている暇はないんだぞ」

広田は窓から身を乗り出し、枝に飛びついた。そのまま手を交互に動かしながら幹に達した。そこから滑り下りるのはむずかしくなかった。地上に降り立つと、彼は二階に呼びかけた。

その時、ずしんと大きな音がして、「おい、逃げるな」と叫ぶ男の声が聞こえた。きゃっという悲鳴があって、窓から香奈が首を突き出した。

「早くその枝につかまって」

広田が叫ぶのとほぼ同時に、香奈が枝に飛び移った。だが、次の瞬間、彼女の重みで枝がぽきりと折れた。枝と一緒に香奈が落ちてきて、広田の体に覆いかぶさってきた。

広田は仰向けに倒れ、その上に香奈が重なる形で落ちたが、幸いにも枯れ草の層がクッションとなって衝撃はやわらいだ。

「早くしろ。あいつが外へ出てくる前に、できるだけ距離を稼いでおくんだ」

夜であることは逃げるには不利だったが、追うほうにもいい条件とはいえなかった。二人は手を取り合って、樹海の闇の中に飛びこんでいった。

鬼頭の原稿をホールに置き忘れてきたのは残念だったが、絵の入った黒い筒は香奈が何とか持ち出していた。

28

教授がドアを破った時、死者の怨念が混じったような腐《くさ》ったにおいがした。開いた窓から女が外に身を乗りだしていた。

「おい、逃げるな」

だが、女は窓から外へ飛び出した。

この闇の中を追いかけるのはかえって樹海の深みにはまり、危険かもしれなかった。だが、奴らを逃がすわけにはいかなかった。

斧を持って一階へ降りようとした時、どこかでくすくすと笑う声が聞こえた。子供のような声だったが、なぜか彼の背筋を冷たい戦慄が駆けのぼっていった。

「な、何だ」

教授はその場から一刻も早く逃げだしたい気分だったが、声のしたほうをのぞかないわけにはいかなかった。彼が破った部屋の反対側、廊下の突き当たりの部屋だ。

何かいやな予感がした。そんなことが起こっていいものか。彼は超自然現象や霊現象を信じない人間だった。宇宙人や幽霊の類はこの世に存在しない。そんなものは愚かな人間の想像が生みだすまやかしだと思っていた。

だが、それなのに、全身が小刻みに震えている。なぜなのだ。

恐怖——。認めたくなかったが、それ以外に説明できなかった。

いや、絶対にそんなものはこの世に存在しない。開けてみれば、ラジオかテレビがつけっぱなしになっているにちがいない。

彼は斧を持つ手に力を入れ、音のしたほうに進んだ。またくすくす笑いが聞こえた。それが彼の行動を愚弄しているように思えて、歩いているうちに恐怖より怒りのほうが勝ってきた。

武彦が実はそこに隠れている可能性もあると思った。さっき捕まえそこなった女は幻影。いや、幻影は存在しない。ああ、俺は何を考えているのだろう。

頭を振って、ばかな考えを追い出すと、彼はドアの前に達して、鍵に向かって斧を振り上げようとした。その時、ドアがわずかに開いており、隙間からオレンジ色の明かりが漏れていることに気づいた。

斧を下げて左手でドアを素早く開けた瞬間、彼はそこにいるものを見るべきでなかったと後悔した。

白いワンピースを着た二人の少女がマンガを読みながら笑っていたが、彼の気配にふり返ったのだ。のっぺらぼうの少女二人が彼を見て「こんにちは」と言った。

彼はうわっと悲鳴をあげると、斧を放り投げ、一目散に階段を駆け下りた。

鬼頭夫妻は逃げたのだ。あの異形の少女たちを置き去りにして。

夜の闇よりなお暗い森へ入るほうがはるかにましだった。道に迷い絶望して死ぬほうが、あの山荘にいるよりずっといい。

だが、くすくす笑いは逃げる彼のあとをどこまでも執拗《しつよう》に追いかけてきた。

29

……というわけで、何とか無事に樹海の外へ出てきました。御無沙汰《ごぶさた》しております。鬼頭武彦です。自分で言うのも変だけど、なんか、刑務所から娑婆《しやば》に出てきたような台詞《せりふ》ですね。

今日は何日ですか？　そう、九月三日ですよね。念のために新聞を見せていただけますか。

……ああ、よかった。本当に九月三日だ。間違っていなかったんだ。

原稿はこれからすぐかかります。実を言うと、できているのはまだプロローグだけなんですが、傑作になると思います。ストーリーは頭の中にインプットされていますから、原稿用紙さえあれば、いつでも書き始めることができます。

パソコン？

慣れていないので、むずかしいかな。でも、やってみますよ。かなり早くできあがるかもしれません。

題して『赤い森――赤羽一家殺人事件』。そのまままものタイトルですが、そのほうがインパクトがあると思いませんか？

こんな感じでストーリーは始まります。

…………………………………………………………………………………………

『赤い森――赤羽一家殺人事件』

鬼頭武彦

〈プロローグ〉

私はだめな男だ。もうこれ以上、生きてはいけない。可哀相だが、あいつらも私と一緒にあの世へ旅立ってもらおう。

ただ、私たちが生きていた証《あかし》を後世に残しておかなくてはならなかった。ここで一体何が起きたのか、後で鬼頭家の「現場」に踏みこんできた連中に知らせる意味でも、記録を残しておくことが私の使命だと考えている。

さあて。では、始めるか。

九月二日、午後八時二十分、人間狩りのゲームの幕が、今まさに切って落とされようとしていた。

斧を持った人間から逃《のが》れようとして駆けまわる者たちの悲鳴。その人物は右手で斧を軽々と振りまわす。

ビュンと空気を切り裂く音が静寂を破る。

「やめて、お願いだから」

複数の悲鳴が深い木立を抜け、赤羽の住宅地のほうへ伝わっていった。

……………

こうして、血塗られた鬼頭家の伝説が始まったのである。だが、語り継《つ》がれているうちに、さまざまな小さなエピソードが積み重なっていった。そして、伝説は歪曲《わいきょく》され、真実の姿を隠し、何が本当なのか定かではなくなったのだ。

鬼頭家で一体何が起こったのか。十年以上もたっているのに、犯人はまだ森の中に逃げていた。

……………

1

「あの家で何が起こったのか、実際のところ、誰も知らないいんだ」

民宿の主人は、ひび割れた太い手で剛毛に覆われた顎《あご》を撫でながら、宿泊客の反応を窺った。その民宿では、主人が囲炉裏ばたで地元に伝わる昔話を語り聞かせるのを売りにしている。主人の年齢は不詳だ。三十代半ばとも見えるし、あるいは五十歳をすぎているようにも見える。

……………

まあ、こういうプロローグで、『赤羽一家殺人事件』は幕を開けます。

まず、東京都北区赤羽にある「鬼頭家」で遺産相続のごたごたがあります。大地主の鬼頭家には当主円蔵《えんぞう》とその妻、三人の子供（二人の息子と一人の娘）がいます。それはあなたもご存知だと思いますが。

父親は収入の不安定な作家、長男武彦に失望し、次男や長女のほうに深い愛情を注ぎます。当然、相続に関しても、次男たちに有利な内容の遺言を書いています。

遺産をめぐるもめごとがやがて殺人事件に発展するというわけです。

犯人はわかっています。長男です。彼は売れない作家でした。推理小説の新人賞をとったのはいいが、その後、鳴かず飛ばずで、食っていくのもやっとでした。父親の円蔵は長男を見放し、資金の援助を断ちました。

九月二日の夜、鬼頭家で家族会議が開かれます。円蔵とその妻、長男夫婦、次男夫婦、長女とその娘たち。ここで悲劇が起こります。父と妹に愚弄された武彦はあらかじめ用意していた斧を持ち出し、一家を次々と殺していきました。悲鳴は鬼頭家の深い木立を抜け、赤羽の住宅地のほうへ伝わっていきます。

そして、長男武彦とその妻眉子は大金を盗んで逃走し、未だに捕まっていません。

30

「それだけだったら、ストレートすぎて話はつまらないし、売れそうもないね」

民宿の主人は言った。「こっちはあんたをずいぶん援助してきたんだから、それに見合った分を返してもらわないと」

主人は客から茶封筒を受け取ると、中身を取り出した。

「何だ、このくだらない文字の羅列は」

「私の十五年間の苦悩が凝縮していると思いませんか？」

「この空白の部分が？　おいおい、ただの才能のない作家の歯ぎしりにしか見えないけど」

「それなら、暗号はいかがですか？」

「うーん、簡単すぎる。二ページ目の『書けないのあと』がヒントで、三ページ目の『書けない』のあとのひらがな一文字をつないでいくと、『はんにんはわたしよ』となる。つまり、作家の鬼頭武彦が犯人ということになる」

「私が犯人というテーマなのです。十五年逃げきって、時効が完成しました。真犯人の手による実録ミステリー。犯人が捕まらないで堂々と小説を書くなんて、画期的だと思いませんか？」

「うむ」

「それから、証拠となるものも出します」

鬼頭武彦は傍《かたわ》らでさっきから黙っていた妻の眉子にうなずいた。「森の中で拾ったあの絵を出しなさい」

眉子が黒い筒の蓋を開け、中から巻いた布を取り出すと、武彦はそれを畳の上に広げた。

「これは、私の妹が残したダイイング・メッセージです。赤羽の事件現場のテーブルクロスです。妹は死ぬ間際に『たけひこがやった』と自分の血で書きました。現場から立ち去る前、私の妻がそれを見つけ、証拠隠滅のため持ち出しました」

「ほほう」

民宿の主人は、初めて興味を持ったように布に目を近づけた。「注意深く見ないと読めないね」

「妻がメッセージの上に絵の具を塗ったのです。タイトルは『団欒』。惨劇の直前の一家団欒のひとときを断ち切ったという意味を込めました」

「なるほど」

「ですから、事件の経緯と私たち夫婦が樹海に逃れて十五年の耐乏生活を送ったこと、すべて明らかにします。昨日でちょうど時効が完成したことも、大きな付加価値になると思います」

「なるほどね」

「ご主人には、これまで私たちを森に匿《かくま》ってもらったことを感謝しております」

「いやいや、私はね、東京の赤羽における『鬼頭家惨殺事件』を樹海の中の事件に思わせるようごまかしたのだ。『鬼頭家の事件』は『鬼頭家の事件』の中に隠せとね。死体は樹海の中に隠せと同じような意味だ。あんたはその辺のことも書いてくれるんだね？」

「はい」

「執筆に最適の場所を用意しているので、心おきなく執筆にかかってほしい」

「ありがとうございます」

鬼頭武彦は、妻の眉子と顔を見合わせ、安堵したような顔をした。

「でも、その場所を聞いて、腰を抜かさないでくれよ」

民宿の主人はにやりとした。

31

「私は悔しい」

民宿の居間の囲炉裏ばたで、教授は涙を流した。「時効までに復讐を果たせず、亡き妻には何と言って謝ったらいいのか」

「警察は無能ですからね、教授」

民宿の主人は、口元に同情の色を浮かべてうなずいた。

「本当にそう思いますよ、ご主人」

教授は擦り傷だらけの顔に手を触れ、痛みに顔をしかめた。彼は命からがら樹海を脱出してきたのだ。

「警察があてにならないから、自分で鬼頭武彦を探そうと思ったのです。樹海にいるのではないかという伝説を信じて、一度、樹海に入りました。いいかげんな伝説であっても、私にはその情報にすがるしかなかったのです。でも、山荘に達することができず、記憶を失ったところをご主人に救っていただきました」

「あなたの気持ちはよくわかる。愛する奥さんを鬼頭武彦に殺されたのですからな。憎き義兄を捕まえられない警察に歯がゆい思いをされたことでしょう。赤羽の鬼頭家の家族会議に出張でいなかったことで難を逃れたあなたは、奥さんや鬼頭円蔵さんたちのため、復讐を誓ったわけだ」

「ご主人には私の記憶回復のための創作劇『鬼頭家の惨劇』までやっていただき、感謝しています。おかげで記憶は回復しましたが、貴重な時間をむだにしましたよ」

「まあ、確かに」

「でも、奴らを見つけだすために、今度は万全を期しました。私が顧問をつとめている犯罪研究会の学生を復讐の立会人として連れていったのです。本人たちにくわしい事情は説明しませんでしたがね」

「学生たちはどうしたんだろう?」と民宿の主人。

「途中ではぐれました。彼らは樹海から出てきましたか?」

「いや、私は見ていませんが」

「そうですか」

教授は溜息をついた。「ま、それはいいとして」

「少しもいいとは思わないが」

と主人はつぶやいた。事件に無関係な学生を自分の復讐行為に利用しようとした教授は教育者として失格だと思ったのだ。

「何ですか?」と教授。

「いや、先をつづけて」

「私は山荘に辿り着くことはできたのですが、鬼頭夫妻は逃げだした後でした。しかもあと一歩のところで取り逃がした。残念だ。本当に残念だ」

教授は握り拳を畳に打ちつけた。

「十五年の時効が成立してしまいましたね。民事は別だが、警察はもう鬼頭たちの罪を問えない」

民宿の主人は冷静に言い放った。「実をいうと、教授。私は最近、あなたの探してる鬼頭武彦とその妻に会ったんですよ」

「えっ、それはいつですか?」

教授が目を大きく見開いた。

「昨日です」

その答えを聞いて、教授は思わず立ち上がった。

「なんてことだ。で、奴らはどこに?」

「鬼頭武彦はまた森に帰りました」

「あの山荘へ?」

「そうです。彼らには他に行き場がないのでね」

「ばかげてる。十五年の時効が完成したのに、なぜ?」

「今は重大犯罪の公訴時効が延長されたのですよ。鬼頭武彦は死ぬまで逃げなくてはならない」

「ちょっと待ってくださいよ」

教授は居住まいを正した。その目に安堵ともとれる複雑な光が差した。

「あなたは鬼頭夫妻と行き違いになりましたが、彼らはこれからもまた苦しみの歳月を送らなくてはなりません」

「なるほど、ご主人の意図がわかりました」

「そんなわけだから、あなたはそろそろ鬼頭武彦を許してやったらどうでしょう。永遠に地獄の歳月を送らなくてはならないことを鬼頭に告げた時、私は複雑な心境でしたよ。まさに血も涙もない裁判官のような心境でした。彼らががっくり肩を落としたのを見て哀れに思いました」

「そうですか」

教授は茶碗《ちゃわん》になみなみと注《つ》がれた酒に手を伸ばし、一口飲んだ。その口元に不敵な笑みが浮かんでいる。

「でも、私はまた復讐のために樹海に入ります」

「もういいかげんにしたらどう？」

主人はうんざりした様子で言った。「鬼頭夫妻は、彼らなりに罰を受けているのだから、これでおしまいにしようよ」

「いや、私は鬼頭に本当の苦しみを与えるつもりです。何もしなかったら、死んだ妻やその両親、兄たちの霊が浮かばれません。私は奴らに復讐の鉄槌を下す。司法に頼らない個人的な復讐です」

「森へ行くのはやめなさい。これは忠告だ」

主人はきつい調子で言った。

「どうして止めるんですか？」と教授。

「危険だからだよ。あなたはたまたま外に出られたけど、次はどうなるかわからない。生きて帰れる保証はないんだ。あなたは何度も経験してわかってるだろうが」

「それでも行きます」

教授の意志は固いようだった。

「まあ、今日はお疲れだから、一晩やすんで、ゆっくり考えなさい」

囲炉裏ばたは重苦しい沈黙に包まれた。

32

樹海の中の山荘――。

庭でブランコの軋み音が聞こえる。あの二人のくすくす笑いがいつまでもつづく。ああ、神経にさわる声だ。

「畜生、書けない。私はだめな人間だ」

鬼頭武彦は頭をかきむしる。

時効成立のゴールを切ったと思った瞬間、ゴールラインが地平線の彼方に行ってしまったような気分だった。無限に遠いゴール。その重圧感を思うと、今にも神経の線が切れてしまいそうだった。そして、実際、彼の頭の中でピアノ線が巨大なペンチで切断されるような音がしたのだ。ビーンと。

彼は斧を持った。そして、書斎から出て……。

私はだめな人間だ。もうこれ以上、生きてはいけない。可哀相だが、妻や娘たちも私と一緒にあの世へ旅立ってもらおう。

ただ、私たちが生きていた証を後世に残しておかなくてはならなかった。ここで一体何が起きたのか、後で鬼頭家の「現場」に踏みこんできた連中に知らせる意味でも、記録を残しておくことが私の使命だと考えている。

さあて、始めるか。

人間狩りのゲームの幕が、今まさに切って落とされようとしていた。

斧を持った人間から逃れようとする者たちの悲鳴。その人物は右手で斧を軽々と振りまわす。

ビュンと空気を切り裂く音が静寂を破る。

「やめて、お願いだから」

複数の悲鳴が深い木立を抜け、湖畔のほうへ伝わっていった。

……………

エピローグ

1

「あの家で何が起こったのか、実際のところ、誰も知らないんだ」

民宿の主人は、ひび割れた太い手で剛毛に覆われた顎を撫でながら、宿泊客の反応を窺った。その民宿では、主人が囲炉裏ばたで地元に伝わる昔話を語り聞かせるのを売りにしている。主人の年齢は不詳だ。三十代半ばとも見えるし、あるいは五十歳をすぎているようにも見える。

七月下旬のこの日は、東京のある大学のハイキングクラブの部員十人が宿泊していた。男五人に女五人だ。彼らは串に刺した鮎《あゆ》の塩焼きをかじりながら、主人の話に耳を傾けていた。

そのそばに一人の男が座って黙って話を聞いていたが、突然言葉を発した。

「あのう、ご主人。一つ質問があるのですが」

「はい、何かな?」

主人は男を見る。三十歳前後だろうか。夕刻、一人で訪れた客だった。幸い一部屋だけ空いていたので、泊めてやったのだ。

「公訴時効は確かに二〇〇五年から二十五年に変更されましたけど、赤羽の鬼頭家事件のように二〇〇五年以前に起こった事件に関しては十五年が適用されると思うんですが」

「もちろん、そうだよ。教授も当然そのことを知っている」

民宿の主人は涼しい顔をして言った。

「では、あなたは鬼頭武彦がここに来た時、それを言わなかったのですか？」

「わざわざ教える必要もないと思ってね。彼は推理作家なんだから、それくらい知っていて当然だ。知らないのは怠慢のきわみ、推理作家でいる資格はない」

「でも、鬼頭武彦は森の中にずっと潜んでいたんだから、知らないのは仕方がないと思うんですがね。それを伝えなかったなんて、あなたには人の心がないんですか？」

「うーん、人の心がないと言われてもねえ」

民宿の主人は苦笑いした。

「それに、あなたは鬼頭家の伝説を客寄せに使って、けっこうもうけている」

「娯楽のないところだから、それくらいのことをしてもいいだろう」

「でも」

男がさらにつづけるのを強引に遮って、主人は言った。

か？」

「あのう」

リーダー格の学生が言った。「明日、あの森に入ってみたいんですけど、大丈夫ですか？」

「ああ、悪いことは言わないから、やめなさい」

民宿の主人は苦笑しながら言った。「樹海に入ると、ほんとに道に迷って、外へ出られなくなるよ。あそこには浮かばれない自殺者の霊がうようよいるんだ」

その時、どこかでくすくすと笑う声がした。その場にいる全員の背筋が凍りついた。

主人が襖《ふすま》をがらっと開けると、そこに白いワンピースを着た二人の少女が正座していた。その顔を見て、女子学生が悲鳴をあげた。なぜなら、少女の顔はのっぺらぼうだったからだ。

「これは鬼頭武彦の双子の娘たちです。さあ、おまえたち、顔を見せるんだ」

主人に言われると、二人の少女は顔からストッキングを取った。ポニーテールにした可《か》憐《れん》な少女の顔が「仮面」の下から現れる。年齢は十代半ばくらいだと思われたが、近くでよく観察すると、二十歳をすぎているようにも見える。一方の娘が眼鏡をかけて、「こんばんは」と挨拶した。

「他に質問は？」

「この子たちは、樹海を庭のようにしていて、迷うことはない。伝令役として、食料運搬係として、たまに山荘に行ってもらっている。停電の時にランプをつけたり、料理を作ったり、よく働くんだ。ブランコ遊びが好きでね。実の両親とその時、会っている。おまえたち、今日も行ってきたんだね？」

「うん、今日はちょっと危ないことがあったけど、何とか帰れたわ」

眼鏡の娘が言った。今日は父親の鬼頭武彦が荒れていて、危うく斧で殺されるところだったことを二人の娘は黙っていた。いつも彼女たちは山荘へ着くと、子供っぽい白いミニのワンピースに着替え、童心気分に浸り、気持ちも幼い頃にもどる。母親の姿は見えなかったが、きっと森に出かけているのだろうと思った。

「とてもスリルがあって、楽しかったわ」

二人の娘は顔を見合わせて、くすくすと笑った。「パパって、怒ると最高なんだ」

2

広田雄太郎と高尾香奈は、どのくらい樹海の中を彷徨っているのか、ほとんど記憶にない。いくら歩いても、また同じ山荘にもどってしまったのだ。それから、山荘の裏手から進んでも、よけいに深い森の中に入りこんだ。そうしている間に、香奈が画家に託された絵の入った筒を落としてしまっていた。

一度、人の気配を感じ、物陰に隠れると、一人の男が鬼のような形相で歩いているのが見えた。教授だった。「あいつらの公訴時効は十五年だ」とつぶやいている。とても近寄れる雰囲気ではないので、二人は教授を見送ってから、再び樹海の中を歩いた。

腹は空きすぎて、まったく食欲を覚えない。

木の空虚を見つけて、夜をすごし、また次の日、一日中歩き、疲れきったところで木の空虚を見つける。その繰り返し。「繰り返し」の悪夢から解放されるきっかけとなったのは、一人の死体を見つけた時だ。途中で離脱した二年生の桜井健介だった。彼は森を出ることができず、力尽きて死んでいたのだ。

悲鳴をあげた香奈が急に走りだしたので、広田は慌てて追いかけた。

疲れきって、二人が倒れた時、すぐ近くで人の声が聞こえた。

「じゃあ、みんな、頑張ろうぜ」

木の間越しに大学生風の若者たち五人が集まっているのが見えた。

ああ、やっと助かったのだ。

安堵した広田と香奈がよろよろと出ていくと、若者たちは親切にも食料と水を出してくれた。広田たちはやっと人心地がついて、全身にエネルギーが満ちるのがわかった。

「あなたたちも、僕たちについてきますか？」

「ええ、喜んでお供します」

広田は香奈と手を握り、互いの生還を喜び合った。悪夢からついに解放されたのだ。

ところが、リーダー格の若者がにこやかにこう言った。

「では、休憩したところで、山荘を目指して出発しましょう。食料はたくさんあるから、安心してください。さあ、出発」

リーダーの手には、『遭難記』がしっかり握られていた。

…………

…………

∞

解　説——どうして折原一の代わりはこの世に存在しないんだろう?

ライター　与《よ》儀《ぎ》　明《あき》子《こ》

ページを開いたとたん、磁石と磁石がぱちーんと引っつくみたいに話に吸いよせられるのが、折原作品の魅力のひとつ。未読のままここを読んでいる方がいたら、まずは冒頭に戻って物語と自分がぱちーんと出会うのを体感してみるのをオススメ。

一ページ目。人間狩りゲームが、今、まさに始まろうとする不穏《ふおん》で思わせぶりなモノローグだ。どういうことなのかとページをめくると、場面が変わり、

「あの家で何が起こったのか、実際のところ、誰も知らないんだ」

の一声から物語が始まる。

そこは樹海近くの民宿。語っているのは民宿の主人。

「亭主が作家で、妻が画家なんだ。それに、幼い双子の娘がいた」

十年ほど前、作家・鬼頭武彦《きとうたけひこ》は家族を斧《おの》で惨殺《ざんさつ》して失踪《しっそう》した。民宿の主人はさらに、事件を追ったという記録の書を取り出した。

「一人の物好きな若者がいてね、森の中に入って調べた記録が残っているんだ」

樹海の半《なか》ば白骨化した死体のかたわらに手帳があり、それをコピーしたと主人は語る。その名は『遭難記――魔の森調査報告書』。

話を聞いた学生達は、手記をたよりに樹海に入る。目的地は、惨劇の地、山荘だ。学生は手記を読み進めながら、追体験するように山荘へ歩を進める。ページを繰る読者も一緒に冒険しているような感覚におちいる入れ子構造になっている。

折原一は、言葉の魔術師として名高い作家である。どうしてそう呼ばれるのか。言葉と言葉の繋がり、文章と文章の繋がりから読者がどんなイメージを頭のなかに描くのか計算して、トリックに利用しているからだ。

言葉をつかって騙《だま》し絵体験をさせている。AからBに見え方が変わる多義図形のように、読者の脳内にAのイメージを描かせておいて、ラストで「ほんとはBですよ」とひっくりかえす。実は、物語の吸引力は、Aのイメージに集中させて騙し絵効果を最大にするためにある。

入れ子構造によって「読んでいる自分」に自覚的になっている読者本人にむけて、があああんと強い一撃を与える。折原はそうやって、根がドMなミステリファンを二十五年もひいひいと悦《よろこ》ばせ続けているのだ。

折原一が放った五十以上の作品のなかでも『赤い森』は成り立ちが変わった作品だ。

本書は、『樹海伝説　騙しの森へ』（二〇〇二年）、『鬼頭家の惨劇　忌《い》まわしき森へ』（二〇〇三年）を加筆・訂正して、第一話、第二話とし、新しく第三話「赤い森　鬼頭家の秘密」百八十枚を書き下ろした形で二〇一〇年に出版された（ちなみに、樹海シリーズには、他に、前からも後ろからも読めて真ん中が袋とじという凝《こ》った装丁の『黒い森』（祥伝社文庫）がある。『黒い森』と『赤い森』はどちらを先に読んでも問題なく楽しめるのでご安心を）。

先の二作は、中編一本が四百円で読めるというコンセプトの四百円文庫として刊行された。つまり『赤い森』は、七年の経過のすえ、中編二本を微調整し、同じくらいの量の中編を書き足して長編にした本なのだ。

なにそれ、やっつけ仕事？

いえいえ。折原は『沈黙の教室』でも短編をまるごと長編に挿入する技法を見せている。「小説」の扱いが独特なのだ。

一話と二話は、元は一つの作品だったのだから当然、それぞれどんでん返しがあり、独立して楽しめる。しかし三話を読んだら、それまでのイメージががらっと変わる。全体を通しての騙し絵体験だ。一・二話、もう完全に騙しの道具にされちゃってる！

当初から計算していたかのような緻密《ちみつ》な仕掛けだ。

折原作品の「緻密さ」は、魅力としてよく語られる。もうひとつ私が愛してやまない特長がある。「いびつさ」である。折原作品のキャラクターは、変だ。ズレている。たとえば、恐ろしい殺人鬼のはずの作家・鬼頭武彦。

〝首を切ってしまおう。そうすれば、しばらくの間、うるさく原稿を催促《さいそく》されることはなくなる。（中略）締め切りより早く来たおまえたちがいけないのだ〟（三五一頁）

〝彼は両手を上に挙げ、アワアワと甲高《かんだか》い声を出して勝利の舞を踊った〟（一三三頁）

折原がデビュー初期から書いていた〈倒錯《とうさく》〉三部作では、デビュー前の自分を投影した自虐《じぎゃく》ネタとして、作家志望者のつらい日々が描かれていた。鬼頭武彦は、デビューはしたもののスランプ気味。また自虐だ。武彦は自らをこう語る。

〝哀《あわ》れな作家、ぼろぞうきんのようにいくら絞っても、プロットが出てこない使用済みの作家〟（二〇二頁）

書けない苦しみで精神を歪《ゆが》めて行く武彦を、そんなことはないと分かりながらもつい折原一と重ねてしまう。「優しくて穏《おだ》やかな眼鏡男子である折原先生が、実は踊り狂ってたらどうしよう」「催促のタイミングを間違えた編集者をぶっ殺してるかもー」と妄想《もうそう》しちゃう。こういう虚実のあわいも楽しみのひとつだ。

鬼頭武彦だけでなく、山荘へ向かうメンバーも、森のなかを彷徨《ほうこう》するうちに、少しずつおかしなところを見せていく。

緻密に作り込まれた物語のなかで、いびつなキャラクターがうごめいている。このかけあわせが独特の読み心地を生む。キャラクターの行動がぶっ飛んでいる。予測がきかない。瞬間瞬間を目で追わされているドライブ感がある。

おかしいと思いつつも共感してしまうのは、みんな三大欲求——食欲・性欲・睡眠欲に対して切実なものがあるから。それにしても、性愛や食欲を描く推理作家はたくさんいるけれど、私は折原一ほど執拗《しつよう》に睡眠欲を描く人をしらない。

『赤い森』でも、みなさんよく寝ている。殺人鬼に追われる極限状態で、はたまた、惚《ほ》れた女とやっと欲望を遂《と》げようというときに寝落ちしている。もどかしさがまた風変わりなサスペンスを生む。

この解説のタイトルを「どうして折原一の代わりはこの世に存在しないんだろう？」にした。失礼を承知で書く。変だからである。ときに読者は笑っていいのか怖がっていいのか分からず、奇妙な宙づりの状態になる。それはサスペンスのsuspensus（ラテン語で吊るすの意）につながる。折原一はオンリーワンのサスペンス作家だ。

とはいえ、ただ変なわけじゃない。「あれ、この人、なんかおかしい……」という違和感は、真相が明かされたとき、驚きに結びつく。その快楽たるや！　緻密さといびつさは、密にからみあっているのだ。どんな手を使ってでも驚かせようとする業《ごう》の深さも、折原一がオンリーワンたるゆえんだ。

ここで、折原作品全体のなかでの『赤い森』を見てみよう。一・二話が書かれた二〇〇〇年代前半、折原は作風を模索――というか、以前にもましてのびのびと遊んでいた。八十年代後半から手がけていた〈倒錯〉三部作（『倒錯の死角』『倒錯のロンド』『倒錯の帰結』）は完結。実在の事件をモデルにするシリアス路線の『〜者』シリーズは中断していた時期である。

たとえば、刊行当初は別名義・青沼静也《あおぬましずや》（『犬神《いぬがみ》家の一族』の青沼静馬《しずま》が由来）で出したホラー小説『チェーンレター』。フィリップ・マーゴリンを意識した法廷もの『被告A』。リチャード・ハル『伯母殺人事件』の題名をもじったシンプルなサスペンス『叔母殺人事件』『叔父殺人事件』。それぞれまったく違う方向性を持っている。

とりわけ楽しそうだったのが『黙《もく》の部屋』だ。実在する石田《いしだ》黙という画家の人生を虚実混ぜてミステリ小説化し、自ら集めた石田黙コレクション写真も載せるという、趣味が突き抜けちゃってる本だ。


樹海シリーズでも、折原は新しい挑戦をしている。なんせ森だもの。山田風太郎《やまだふうたろう》『誰にも出来る殺人』や戸川昌子《とがわまさこ》『大いなる幻影』などの集合住宅を舞台にした群像劇ミステリを愛し、室内を舞台にし続けて来た折原の書く新境地だ。

おそらく折原が意識したであろう作品がある。米国の作家ハーバート・リーバーマンの『魔性の森』（一九七三）だ。

ニューイングランドの森のなか、案内していた男が突然おかしくなってしまった。帰り道が分からず、同行していた男女は途方にくれる。自信満々な男がこっちの方角だと主張するので、一行は従って歩き続けるが、何日経《た》っても森からは出られない。

どちらの作品も、人間を脅《おびや》かす禍々《まがまが》しい存在として森が描かれているところ、人々が遭難するうちにおかしくなっていく点、いつまでも森から抜け出せない絶望感などが共通している。さらには、

〝かれは熱狂して叫び、草原の中でジッグダンス（軽快で急速度の三拍子のダンス）を踊った〟

こっちの森でも踊っている人がいる。森にいるからといってふつうは踊らないので、触発されたとみてもいいのではないか。

『魔性の森』の訳者あとがきで斎藤伯好《さいとうはくこう》はこう書いている。

〝きわめて現実的な大人の世界が、いつの間にか〈不思議の国のアリス〉の世界にすり変って行く手練の見事さは、まさにマジックであり、〈悪魔〉の技である〟

じっさい『魔性の森』の結末はシュールで予想外。『赤い森』の、世界が反転する驚きに通じるものがある。

模索期にやりきった感があるのか、以降の折原一は『〜者』シリーズを主軸に据《す》え、表向きはベテランのような活動にシフトしている。表向きと書いたのは、やってることは相変わらずやんちゃだから。

近刊である『グランドマンション』（二〇一三年五月）は、伏線が張り巡らされた巧緻な連作短編集だ。エラリィ・クイーン『神の灯火《ともしび》』やアガサ・クリスティ『そして誰もいなくなった』を本歌取りし、遊び心満載。そしてやはりキャラクターは妄想して暴走して壊れていく。帯の「そ、そんな馬鹿な！」に偽《いつわ》りなし。

折原一、今年で作家生活二十五年。その手が次になにをしでかすのか、いまだ予測不能。

本書は祥伝社文庫書下ろし『樹海伝説　騙しの森へ』（平成十四年刊）、『鬼頭家の惨劇　忌まわしき森へ』（平成十五年刊）に、新たに書下ろした『赤い森　鬼頭家の秘密』を加え、作者が加筆・訂正をし、平成二十二年四月、小社から四六判で刊行されたものです。

——編集部

赤い森

一〇〇字書評

切り取り線

購買動機（新聞、雑誌名を記入するか、あるいは○をつけてください）	
□（　　　　　　　　）の広告を見て	
□（　　　　　　　　）の書評を見て	
□ 知人のすすめで	□ タイトルに惹かれて
□ カバーが良かったから	□ 内容が面白そうだから
□ 好きな作家だから	□ 好きな分野の本だから

・最近、最も感銘を受けた作品名をお書き下さい

・あなたのお好きな作家名をお書き下さい

・その他、ご要望がありましたらお書き下さい

住所	〒				
氏名		職業		年齢	
Eメール	※携帯には配信できません	新刊情報等のメール配信を 希望する・しない			

この本の感想を、編集部までお寄せいただけたらありがたく存じます。今後の企画の参考にさせていただきます。Eメールでも結構です。

いただいた「一〇〇字書評」は、新聞・雑誌等に紹介させていただくことがあります。その場合はお礼として特製図書カードを差し上げます。

前ページの原稿用紙に書評をお書きの上、切り取り、左記までお送り下さい。宛先の住所は不要です。

なお、ご記入いただいたお名前、ご住所等は、書評紹介の事前了解、謝礼のお届けのためだけに利用し、そのほかの目的のために利用することはありません。

〒一〇一-八七〇一
祥伝社文庫編集長　坂口芳和
電話　〇三（三二六五）二〇八〇

祥伝社ホームページの「ブックレビュー」からも、書き込めます。
http://www.shodensha.co.jp/bookreview/

祥伝社文庫

赤《あか》い森《もり》

平成25年 7月30日　初版第1刷発行

著　者　折原《おりはら》　一《いち》
発行者　竹内和芳
発行所　祥伝社《しょうでんしゃ》
東京都千代田区神田神保町 3-3
〒101-8701
電話　03（3265）2081（販売部）
電話　03（3265）2080（編集部）
電話　03（3265）3622（業務部）
http://www.shodensha.co.jp/

印刷所　堀内印刷
製本所　関川製本
カバーフォーマットデザイン　芥 陽子

Printed in Japan ©2013, Ichi Orihara ISBN978-4-396-33856-5 C0193